HEYNE BÜCHER

BLAUE REIHE

DAS SYNDIKAT

Die besten deutschen Kriminalstories

Herausgegeben
von Uwe Friesel

Originalausgabe

WILHELM HEYNE VERLAG
MÜNCHEN

HEYNE BLAUE REIHE
02/2356

Herausgegeben
von
Bernhard Matt

Printed in Germany 1991
Umschlagillustration: Enno Kleinert / die KLEINERT, München
Umschlaggestaltung: Atelier Ingrid Schütz, München
Satz: Kort Satz GmbH, München
Druck und Bindung: Presse-Druck Augsburg

ISBN 3-453-05448-2

Syndikat –
geschäftlich getarnte Verbrecherorganisation

laut *Duden*

Inhalt

Essen für Mombasa

1

Genaugenommen handelte es sich nicht um Mombasa, sondern um ein Kinderdorf, das nach europäischen Maßstäben noch nicht einmal in der weiteren Umgebung dieser Stadt lag, dessen korrekte Bezeichnung die norddeutsche Sprach- und Merkfähigkeit aber dermaßen überforderte, daß in den vergangenen Jahren die Spendenfreudigkeit der Bazarbesucher darunter gelitten hatte. Selbst der Zusatz ›Afrika‹ hatte daran nichts ändern können. Die jetzige Lösung, in Verbindung mit einem Foto, das die Existenz des Dorfes bezeugte – man sah mehrere flache, unverputzte Steinbauten inmitten von staubigem Buschwerk –, sowie einer Stellwand mit Portraitstudien unterernährter Negerkinder schien erfolgreich zu sein; Opfergaben flossen reichlich.

Da sich mit den Jahren das Bazarangebot immer mehr von kunstgewerblichen Artikeln eher erbaulicher als praktischer Art zu Naturalien in Form heimischer und ausländischer Gerichte verschob, hatte der Kirchenvorstand die Veranstaltung auf die Zeit zwischen 16 und 21 Uhr festgelegt, womit den Besuchern die Gelegenheit gegeben wurde, sowohl den Nachmittagskaffee als auch das Abendbrot für Mombasa einzunehmen. Nur der Gesprächskreis arbeitsloser Jugendlicher, den Diakon Frensel leitete, hatte wieder einmal kurzfristig ein eigenes Programm aufgestellt: Den Nudelsalat aß man für die Erdbebenopfer von Armenien.

Es waren auch diese Jugendlichen, die für den ersten Mißklang des schönen Festes sorgten, indem sie den Verkauf ihrer Nudelportionen mit Hilfe von Musik anzuheizen versuchten. Durch die original armenischen Melodien fühlten sich nicht nur der Posaunenchor und der Liederkreis, die in den Räumen über dem Gemeindesaal probten, irritiert, und der Kassettenrecorder mußte abgestellt werden.

Dann brannte eines der beiden Waffeleisen durch. Die Besitzerin des Eisens beschuldigte ihre Kollegin am Stand, das Mißgeschick durch permanentes Überheizen direkt herausgefordert zu haben. Die im Flüsterton geführte Auseinandersetzung zog sich hin. Der Waffelteig gerann.

Gegen sechs Uhr lärmten die ersten Konfirmanden alkoholmutig vor der Eingangstür. Dem Frauenbibelkreis war ein Tischläufer mit Hohlsaum und kreuzstichgesticktem »Komm, Herr Jesus, sei unser Gast und segne, was Du uns bescheret hast!« abhanden gekommen, und die fünfjährige Tochter des Organisten erbrach sich nach dem Genuß von drei Stücken Marzipanstollen ohne Vorwarnung auf die neuen Pumps der Leiterin des Altentanzkreises.

Es war 20.30 Uhr – Pastor Renscheid erinnerte sich später genau an das Schlagen der Kirchturmuhr –, als sich der vermißte Tischläufer wieder einfand.

Der Seelenhirte machte gerade zum letzten Mal die Runde durch die sich lichtende Menge seiner Gemeindekinder, rülpste diskret und sehnte sich intensiv nach seinem Schnaps. Wie fast alle Besucher hatte er zum guten Zweck das breite kulinarische Angebot wahrgenommen. In seinem Magen befanden sich jetzt so viele nicht zueinander passende Speisen, daß er nur inständig hoffen konnte, seine Physiologie würde ihm diesen Akt christlicher Nächstenliebe nicht zu übelnehmen. »Gesegnete Nachtruhe!« wünschte er dem Vorsitzenden des Kirchenvorstands, der noch eine halb aufgegessene Fleischpirogge in der Hand hielt.

Der Vorstandsvorsitzende Bremeyer schlief immer schlecht, ob nun hungrig, satt oder übersatt. Und das wollte er seinem Pastor bei dieser Gelegenheit auch mal in aller Deutlichkeit mitteilen. Er schluckte den Piroggenbrei herunter, die Kirchturmuhr schlug, und Pastor Renscheid wurde zu Wichtigerem als den Schlafstörungen seines Gesprächspartners abberufen.

2

Die meisten Stände waren leergegessen. Letzte, erkaltete Kartoffelpuffer wurden zum halben Preis verschleudert, unverkäufliche Zimtsterne für die Weihnachtsfeier im Altenheim verpackt, Salzteigreliefs mit sakralen Motiven bis zum nächsten Jahr in Kartons geschichtet und der restliche Schwedenpunsch an die ermatteten Bazarverkäuferinnen verteilt. Diakon Frensel organisierte bereits die Aufräumarbeiten und hantierte mit blauen Müllsäkken. Die noch nüchternen Konfirmanden rückten mit viel Kraftaufwand Tische zusammen, in der Küche lief der Abwasch auf Hochtouren. Da ging das Spülmittel aus.

»Gott, wenn man so denkt, was hier alles weggeworfen wird, und da unten müssen sie darben«, klagte eine der beiden Waffelbäckerinnen und schrappte Krautsalatreste in die Mülltüte.

»Ja, ja, bei uns weiß so mancher den Wert der Dinge nicht mehr richtig zu schätzen. Und das gilt nicht nur für die Gaben der Natur«, erwiderte ihre Kollegin spitz.

»Das Pril ist alle!« erinnerte die Frau des Diakons, und die Leiterin des Altentanzkreises besann sich auf ihre Reputation und bot an, für Nachschub zu sorgen. Mit klappernden Absätzen lief sie die Treppe zum Souterrain hinunter. Von oben rief Frau Renscheid noch: »Laß doch, das kann ich machen!«, aber da war sie schon in dem sparsam beleuchteten Gang und öffnete die Tür zu jenem kleinen Raum, in dem sowohl die Dekorationsgegenstände für die verschiedenen kirchlichen Feste als auch die Putz- und Pflegemittel untergebracht waren.

Notfälle verschiedenster Art – wenn etwa während der Lockerungsübungen nach der Anweisung: »Und nun gaaanz tief runter!« zwei Drittel der anwesenden Tänzerinnen nicht wieder hochkamen, oder wenn beim Square Dance der Vorsänger einem Schlaganfall erlag – hatten sie abgehärtet, und so schrie die Tanzlehrerin nicht, sondern raffte nur ihren Rock, obwohl es gar nicht möglich war, durch Blut zu waten. Aber die auf dem Betonfußboden liegende Frau war trotzdem unzweifelhaft tot. Frau Bremeyer lag mit gespreizten Beinen und ausgebreiteten Armen wie auseinandergeflossen da, die Augen mit starrem Blick zur Decke gerichtet, den Mund offen, das Gesicht bläulich verfärbt. Das Kleid war bis zur Mitte der Oberschenkel hochgerutscht und gab den Blick auf den Unterrock, Charmeuse, altrosa, frei. In den Abflußrohren klöterte das ablaufende Wasser aus der Spülküche.

Die Tanzleiterin trat beherzt einen Schritt vor, schob die Füße der Toten zusammen und zog ihr das Kleid über die Knie. Dann gewahrte sie zweierlei: Einen umgekippten Weidenkorb, der schräg hinter dem Kopf der Leiche lag und aus dem mehrere Gegenstände herausgefallen waren, und die Worte »Komm, Herr Jesus...«, Kreuzstich, rot auf weißem Grund.

3

Pastor Renscheid nahm die in sein linkes Ohr geraunte Mitteilung: »Im Keller liegt die Bremeyer«, zunächst unwirsch auf, murmelte etwas von ›verflixtem Punschgesöff‹ und wandte sich hilfesuchend an den Diakon, der im Umgang mit menschlichen Schwächen die bessere Hand hatte. Erst die Zusatzinformation: »Sie ist tot und hat ein Tischtuch um den Hals«, veranlaßte ihn, in den Keller zu eilen.

Vor vielen Jahren hatte Pastor Renscheid sich nach schwachem Protest der Familientradition gefügt und die theologische Laufbahn eingeschlagen, obwohl schon damals sein Hauptinteresse der Etymologie galt. Menschen und ihre Probleme, ob nun diesseitiger oder jenseitiger Natur, erschreckten ihn. Den Großteil seines Studiums verbrachte er in der Bibliothek oder im elterlichen Dachzimmer über Büchern, doch durch eine Verkettung unglücklicher Zufälle, zu denen auch die zwar keusche, trotzdem aber nicht folgenlose Beziehung zur Tochter des Propstes von Preetz gehörte, fand er sich plötzlich in der Rolle eines Gemeindepastors wieder. Und das Mädchen, das er in Verkennung der weiblichen Natur für ausschließlich sprachhistorisch interessiert gehalten hatte, deckte den Frühstückstisch und lächelte ihn schon am frühen Morgen hingebungsvoll an.

Im Laufe der Zeit hatte die Pastorengattin eingesehen, daß Hingebung nicht von ihr verlangt wurde. Sie lernte, sich den verweigerten Nervenkitzel auf andere Art zu verschaffen, und entwickelte eine kindliche Munterkeit, die vor allem der Alten- und Krankenarbeit der Gemeinde zugute kam. Und da im Pfarrhaus auch eine Dachkammer zur Verfügung stand, verlief das Eheleben eintönig, aber konfliktfrei.

Die Beschaulichkeit seines Daseins sah Pastor Renscheid auf absehbare Zeit bedroht, als er den schlampig gekleideten Kommissar und seine Kollegin begrüßte und in den Abstellraum führte. Oben im Gemeindesaal hatte Diakon Frensel die Leitung übernommen. Aufgereiht wie zum Gottesdienst saßen dort die acht Mitglieder des Posaunenchors, die vierzehn Damen des Liederkreises, die Standinhaberinnen Schwedenpunsch, Tzaziki mit Fladenbrot, Strohsterne und Fischbrötchen, drei Mitglieder des Frauenbibelkreises sowie etliche Bazarbesucher, die sich den Abend auch anders vorgestellt hatten. Die Konfirmanden hatte man nach Hause entlassen, um ihre moralische Gefährdung in Grenzen zu halten. Amtskollege Pastor Höpmann sprach im Vorraum dem nur mäßig erschütterten Bremeyer Trost zu, während die Pastorengattinnen und Frau Frensel Tee kochten und die Tanzkreisleiterin Tassen austeilte. Die Waffelbäckerinnen hatten ihren Streit beigelegt und hielten Totenwache neben der Leiche. Als Kommissar Kloess den Raum betrat, erhoben sich beide achtungsvoll.

»Wie ein Engel liegt sie da«, flüsterte die eine.

Kloess kannte Engel hauptsächlich aus den Zeichnungen seiner sechsjährigen Tochter, welche die Himmelsboten meist als blondgelockte Prinzessinnen mit wallenden Kleidern und gewaltigen Schwingen auf dem Rücken darstellte, und konnte keine Ähnlichkeit mit der Toten feststellen.

»Haben Sie irgendwas angefaßt?« fragte er barsch.

In Abwesenheit der Tanzlehrerin konnte dieses ohne Gebotsverletzung verneint werden.

Pastor Renscheid dachte an seinen Sanskrit-Text, der oben in der Dachkammer zusammen mit einer Flasche Bommerlunder auf ihn wartete, fragte: »Brauchen Sie mich noch hier unten?« und gab damit Kloess Gelegenheit, alle aus dem Raum zu schicken.

Seine Kollegin Doris Küchler ging neben der Leiche in die Knie und studierte das Mordwerkzeug. »Handarbeit«, stellte sie fest.

Kloess betrachtete die tote, dicke Frau. »Sieht eher aus wie'n Opferlamm«, brummte er. »Und Grabbeigaben hat sie auch. Was is' denn da in dem Korb?«

4

Am späten Abend besaß Kloess nicht nur eine Liste der Gegenstände, die aus dem Korb gerutscht sein mußten, sondern auch eine grobe Vorstellung vom Ablauf des Nachmittags und Abends im Gemeindesaal.

Um 16 Uhr – nach Aussagen des Arztes standen Frau Bremeyer zu diesem Zeitpunkt noch etwa drei Lebensstunden bevor – hatte Pastor Renscheid den Bazar eröffnet und die Besucher daran erinnert, daß Geben seliger denn Nehmen sei. Pastor Höpmann hatte ihm zur Seite gestanden, war dann aber, nachdem der Liederkreis »I looked over Jordan...« zum besten gegeben hatte, mit den Mitgliedern des Posaunenchors in den ersten Stock gezogen, um für den Weihnachtsgottesdienst zu üben. Von dort sei er erst wieder heruntergekommen, nachdem ihn seine Frau von dem, nun, Unglück in Kenntnis gesetzt habe. Auch die Damen des Liederkreises hatten nur einen kurzen Blick auf die Stände werfen und mal eben einen Kaffee trinken können, da habe der Organist sie schon zusammengerufen.

»Vor Weihnachten läuft einem die Zeit ja so weg«, erläuterte der bärtige Mann. Man sei ein ehrgeiziges Projekt angegangen, die wöchentlichen Chorstunden würden da nicht ausreichen, aber es sei eben schwer, Termine zu finden, die allen passen. Darum sei man auch so verärgert gewesen, als ausgerechnet bei *der* Stelle, also bei Gloria, Gloria in excelsis Deo, dreistimmig, ja, da habe dieses Gedudel von unten doch sehr gestört. Und jetzt noch der Ausfall von Frau Bremeyer! »Sie hatte einen sehr schönen Alt!«

»Aha«, sagte Kloess. »Also Sie alle«, und er umfaßte Sänger und Bläser mit einer weitausholenden Handbewegung, »Sie sind die ganze Zeit oben gewesen und haben, äh, musiziert. Ab wann haben Sie denn Frau Bremeyer vermißt?«

»Nun, die ganze Zeit, sagen Sie, ja, im Prinzip schon. Natürlich haben wir Pausen eingelegt. Menschliche Bedürfnisse!« Außerdem dürfe man Stimmen auch nicht überfordern. Es seien ja schließlich alles sozusagen unausgebildete, untrainierte Sängerinnen. Aber sehr motiviert! Und die liebe Frau Bremeyer sei heute ohnehin nicht dabeigewesen.

»Meine Frau hatte 'ne Solostimme«, schaltete sich Bremeyer ein. »Die mußte nicht üben!«

Der Organist senkte den Kopf, ob in Zustimmung oder nur aus Pietät, konnte Kloess nicht feststellen. Dagegen konnte er eine Fülle von Aussagen sammeln, die alle belegten, daß Frau Bremeyer ihre Altstimme laut und vernehmlich in mancherlei Angelegenheiten erhoben hatte. Der Tanzkreisleiterin hatte sie unter dem Hinweis auf die zu erwartende Krampfaderbildung von hochhackigen Pumps ab- und zu Stützstrümpfen zugeraten, den Krautsalatverkäuferinnen erzählt, wo sie den Kohl viel billiger hätten einkaufen können, einen Häkelfehler in den ausgelegten Topflappen entdeckt, die Punschkocherin dröhnend nach dem Verlauf ihrer Brustoperation befragt und den Stollen gelobt: »Für diese Gelegenheit reicht ja auch so'n einfaches Rezept!« Trotzdem konnte sich niemand mit Bestimmtheit daran erinnern, wann er Frau Bremeyer zuletzt gesehen hatte, am wenigsten ihr Mann, der sich gleich am Eingang von seiner Frau abgesetzt hatte.

Kloess entließ die Sängerinnen und Bläser sowie die Bazarbesucher und ging zum Klo. Dort traf er auf Diakon Frensel, der sich das Gesicht mit kaltem Wasser wusch. »Ich bin seit heute morgen ununterbrochen auf den Beinen«, entschuldigte sich dieser.

Kloess nickte verständnisvoll. »Scheint ja auch nicht alles so harmonisch zu sein in Ihrer Gemeinde!«

Frensel grinste ihn im Spiegel an. »Die Bremeyer, meinen Sie? Gott hab' sie selig, ehrlich, aber sie war ein Besen. Überall hat sie ihre dicke Nase reingesteckt, vor ihren Giftspritzen war niemand sicher. Der alte Bremeyer ist zwar auch ein Stänkerer, aber wenn der wirklich mal versucht hat, im Vorstand miese Sachen durchzudrükken, dann steckte mit Sicherheit seine Frau dahinter.«

»Sie meinen, es gibt viele, die, na, sagen wir, eine Wut auf sie hatten?«

»O ja«, bestätigte Frensel. »Die können Sie nicht an zwei Händen abzählen!«

»Solche Wut, daß jemand sie deshalb umbringt?«

Frensel wurde ernst. »Ich weiß nicht, Herr Kommissar«, begann er langsam, »ob Sie sich in einer Kirchengemeinde auskennen. Der Kreis der Leute, die immer kommen, die überall dabei sind, so viele sind das ja nicht, für die gehört Klatsch und Tratsch doch dazu. Gott, das sind Eifersüchteleien, Eitelkeiten. Wer das Sagen in den vielen Kreisen hat, wer den Gemeindebrief austrägt, wer das – angeblich – beste Verhältnis zu den Pastoren hat. Aber wenn sich wirklich jemand unwohl fühlt unter den Gemeindemitgliedern, wirklich zuviel gepiesackt wird von so einer wie Frau Bremeyer..., wir sind hier ja nicht auf'm Dorf, dann bleibt er eben weg oder sucht sich eine andere Gemeinde. Deshalb muß man doch niemanden umbringen!«

»Sie sprachen von miesen Sachen, die im Kirchenvorstand durchgedrückt wurden. Was hatten Sie denn da im Auge?«

Frensel zögerte. »Na ja, mies war vielleicht 'n etwas starkes Wort. Aber ärgerlich kann so eine wie die Bremeyer, wenn sie auch noch mit einem vom Vorstand verheiratet ist, vor allem für die festen Mitarbeiter einer Gemeinde werden. Wenn einem da dauernd Knüppel zwischen die Beine geworfen und Projekte abgewürgt werden. Wir können eben nicht so ohne weiteres die Gemeinde wechseln!«

»Wollen Sie mir damit sagen, ich soll den Mörder unter diesen festen Mitarbeitern suchen?« fragte Kloess.

5

Die gleiche Frage stellte Doris Küchler wenig später Herrn Bremeyer, und der äußerte auch sofort einen konkreten Verdacht. »Den Frensel, den sollten Sie sich mal vorknöpfen, junge Frau. Der hat meine Else richtig gehaßt. Eine bigotte Kirchenschwalbe hat er sie genannt, gerade letzte Woche noch!«

Doris Küchler wies darauf hin, daß diese Beschimpfung allein, obgleich natürlich unchristlich, dennoch kein Beweis dafür sei, daß der Diakon Frau Bremeyer mit einem Tischläufer erwürgt habe.

»Ja, wenn Sie wüßten, mein Kind, mit wem der sich rumtreibt! Arbeitslose! Daß ich nicht lache! Da sollen sogar Türken dabei sein. Ich bitte Sie, Türken! Da ist doch wohl jemand anders für zuständig! Doch nicht von unserer Kirchensteuer! Eine Zumutung!«

»Wieso?« fragte Doris Küchler. »Ich denke, das ist eine Aufgabe der Kirche, sich um solche zu kümmern, die nicht gerade vom Glück verfolgt werden?«

Bremeyer ließ sich nicht beirren. »Wir schließen alle in unser Gebet ein, selbstverständlich!« Aber dem Frensel sei einfach zuviel freie Hand gelassen worden. Es läge ihm fern, Kritik üben zu wollen, aber die beiden Pastoren... Renscheid, das sei mehr so der Gelehrtentyp. Sehr schöne Predigten könne er halten, wenn auch oft schwer verständlich, aber sonst hielte Renscheid sich aus allem raus.

Nein, keine Pflichtverletzungen, darauf würde der Vorstand schon achten, aber eben keine Herzlichkeit, keine Anteilnahme. »Kein Seelsorger, wenn Sie wissen, was ich meine.« Seine Frau, also die kleine Renscheid, die sei gottlob ganz anders. Seine Else habe die ja nicht so geschätzt, die hielt eben auf ihn, also den Renscheid, große Stücke. Bei den Höpmanns nun wieder genau umgekehrt. Sie kalt wie Eis und er einfach zu gut für diese Welt.

(*Z W I S C H E N D U R C H :*)

Frau Bremeyer hatte sich weder am Kaffeekochen noch am Abwaschen beteiligt. Was trieb sie in den Keller? Bevor wir dieser Frage weiter nachspüren, sollten wir diese merkwürdige wohltätige Gesellschaft für einen Moment verlassen, um uns selbst zwischendurch etwas Gutes zu gönnen: Wie wäre es jetzt mit der…

(*Z W I S C H E N D U R C H :*)

»Außerdem hatte er Gelegenheit dazu!« schloß Bremeyer bestimmt.

»Wer?« fragte Doris Küchler, die den Faden verloren hatte.

»Na, der Frensel! Der konnte doch jederzeit da unten runter!«

»Das konnten alle hier anwesenden Personen«, wandte Doris Küchler müde ein. »Und der Raum war nicht abgeschlossen. Außerdem müßte wohl erst geklärt werden, was Ihre Frau da im Keller wollte.«

Aber gerade das konnte niemand sagen. Frau Bremeyer war weder am Bazarverkauf noch am Kaffeekochen oder Abwaschen beteiligt gewesen. Niemand hatte sie um Hilfe gebeten und etwa in den Keller geschickt, um etwas zu holen. Im Gegenteil, sie hatte überall lauthals verkündet, daß heute auch sie einmal nur als Gast, ganz wie jeder andere, den Bazar genießen wolle, da sie ja schließlich sonst immer mit angepackt habe.

»Ja, sie war immer sehr rührig«, bestätigte Pastor Renscheid säuerlich.

»Vielleicht hat sie bloß 'n Platz gesucht, wo sie ihren Korb abstellen konnte«, überlegte Doris Küchler.

»Das war nich' Elses Korb«, wehrte Bremeyer bestimmt ab. »Überhaupt, was sollte sie mit dem Zeug?«

Bei dem Zeug handelte es sich um ein kleines Päckchen Strohsterne, zu fünft in Zellophan verpackt, einen Rosinenhefezopf, doppelt geflochten, eine längliche Holzschale mit den eingebrannten Worten ›Unser täglich Brot‹, ein halbes Brötchen, belegt mit Hering und Zwiebeln, eingewickelt in eine Papierserviette, ein Alpha und ein Omega, Messing, mit Loch zum An-die-Wand-Hängen, und ein Stück Mohnkuchen.

»Das kann doch bloß 'n Verrückter gekauft haben!« entfuhr es Kloess. Doris Küchler sah ihn warnend an, aber Bremeyer sagte befriedigt: »Eben! Und das war nicht meine Else!«

Für diesen Hinweis waren Kloess und Doris Küchler dankbar, wenn es sie auch fast eine Stunde kostete, durch geduldiges Befragen der erschöpften Zeugen, Nachzählen von Geld in Zigarrenkisten, Vergleichen von Listen in karierten Schulheften und Warten auf assoziative Erinnerungshilfen – »Moment mal! Das lag, glaube ich, links neben den Serviettenringen. Also, ich kann mich nicht besinnen, das verkauft zu haben, oder du?« – sicherzustellen, daß es sich wie bei dem Mordwerkzeug so auch bei den Gegenständen im Korb um Diebesgut handelte. Lediglich in bezug auf das Fischbrötchen und den Mohnkuchen konnten keine zweifelsfreien Aussagen beigebracht werden.

»Wie schrecklich, ein Dieb!« Die Waffelbäckerin lehnte erschüttert den Kopf an die Schulter ihrer Kollegin.

6

Frau Renscheid schluchzte einmal laut auf und bedeckte ihre blauen Kinderaugen mit den Händen. Das Gemurmel und Gewisper verstummte. In der plötzlichen Stille gewahrte Kloess verblüfft, daß die Vorstellung, während des Bazars sei geklaut worden, die meisten Anwesenden mehr bestürzte als die Tatsache, daß im Vorratskeller ein Gemeindemitglied den Tod gefunden hatte.

Pastor Höpmann faltete die Hände. Seine Frau blickte mit versteinertem Gesicht auf einen Punkt an der Decke. Frau Frensel drehte an ihrem Ehering. Der Organist schien in einen tiefen Schlummer gefallen zu sein. Der Diakon bemühte sich, seine Fingerspitzen exakt aufeinanderzulegen, und die Tanzlehrerin inspizierte ihre Pumps. Renscheid nahm keine Notiz von seiner leise wimmernden Frau, sondern stellte seine Armbanduhr nach.

Aufgebracht blickte Bremeyer von einem zum anderen, und seine Gesichtshaut rötete sich. »Wollen Sie etwa sagen«, fuhr er die Waffelbäckerin an, »daß meine Else ..., also, das ist ja, das ist ...«

»Üble Nachrede«, half der Diakon und erhob sich. Pastor Höpmann entfaltete seine Hände und schlug vor, daß alle, die es noch danach verlangte, zu einer kurzen Andacht zusammenkämen.

Aber Bremeyer wollte keinen geistlichen Trost. Er hielt Kloess am Jackenärmel fest. »Hören Sie, das kann nicht so stehenbleiben, das müssen Sie verhindern! Hier wird ja Rufmord an meiner Else betrieben!«

»Mein Gott«, sagte Kloess ärgerlich, »wenn es nur das wäre! Aber was soll das überhaupt? Meinen Sie etwa«, und damit wandte er sich an alle, »meinen Sie etwa, Frau Bremeyer wäre wegen dieser lächerlichen paar Sachen da umgebracht worden?«

»Furchtbar!« ächzte Pastor Höpmann. »Und das in der Weihnachtszeit! Welch eine Barbarei!«

»Mord ist zu jeder Zeit eine Barbarei«, blaffte Kloess. »Also, Frau Bremeyer ging vermutlich in den Keller, um ihre, Verzeihung, Beute zu verstecken, obwohl ich wirklich nicht verstehen kann, warum sie ausgerechnet diesen Kram geklaut hat, und ...«

»Sie machen einen Fehler«, unterbrach der Diakon ruhig, und wie auf ein Stichwort erhob sich Frau Höpmann, faßte die weinende Frau Renscheid fest unter dem Ellenbogen und führte sie hinaus. Pastor Höpmann stand auf, stellte sich hinter Renscheid und legte ihm eine Hand auf die Schulter. »Richtet nicht, auf daß ihr nicht gerichtet werdet!« mahnte er leise.

»Ihre Frau hat ein Problem«, sagte der Diakon eindringlich zu Renscheid, der mit leerem Gesicht in die Runde sah.

»Sie stiehlt! Sie ist krank! Sie klaut alles, völlig ohne Sinn und Verstand! Verstehen Sie, sie hätte Hilfe gebraucht. Sie ist eine Diebin!«

»Nicht dieses Wort!« schrillte es von der Tür her. »Sie

soll es ihm nicht sagen, nicht dieses Wort!« Frau Renscheid schlug mit den Fäusten gegen den Türrahmen. »Sie soll aufhören! Nicht dieses Wort!« Frau Höpmann packte die hysterische Frau bei den Schultern und führte sie endgültig hinaus.

»Sie haben es gewußt?« fragte Kloess.

»Wir haben es hier alle gewußt!« Frensel sprach immer noch zu Pastor Renscheid. »Bloß Sie nicht! Vermutlich hat die alte Bremeyer sie bespitzelt und dann im Keller mit den Sachen überrascht. Und die hätte den Mund bestimmt nicht gehalten!«

»Wir wollen beten«, sagte Pastor Höpmann.

Jürgen Alberts

Nachruf auf Mehmet Ö.

Bollmann spinnt. Er war völlig verrückt heute auf der Konferenz, als hätte ich ihn persönlich angegriffen. Jedenfalls geht ihm die Geschichte nahe. Hab' ihn nie so außer sich erlebt.

»Bringen Sie mir Fakten«, hat er gebrüllt, »nur wenn Sie Fakten haben, kommt der Artikel.« Und dabei haben schon öfters Artikel in der Zeitung gestanden, in denen weniger Fakten waren als in meinen zweihundert Zeilen. Und Bollmann weiß das auch. Aber er ist der Redaktionsleiter.

Ich kann Lindow nicht noch mal einschalten, das würde auffallen. Er hat getan, was möglich war.

Aber ich komme nicht weiter mit der Recherche. Hänge fest. Wie vor einer Mauer. Renne immer wieder dagegen an.

Und dabei sagt mir meine Nase, daß ich auf der richtigen Spur bin.

Türke erhängt

Wie uns die Polizei mitteilte, ist gestern nachmittag im Stadtteil Huchting ein türkischer Schüler aufgefunden worden, der sich erhängt hat. Es handelt sich um den 17jährigen Mehmet Ö. Er soll sich des Ladendiebstahls schuldig gemacht haben.

Der typische Fünfzeiler aus dem Polizeibericht. Keiner weiß, warum wir die immer abdrucken. Na gut, ein toter Türke. Hat sich aufgehängt – oder ist er gehängt worden? Niemand weiß mehr. Ich hab' das in unserer Zeitung gelesen, stutzte, war irgendwie irritiert. Es war für mich keine Meldung wie jede andere.

Hab' den Hörer aufgenommen und die Nummer des Polizeisprechers Harms gewählt. Wolkig der Mann, immer wolkig. Ja, ein besonders interessanter Fall. In einer zweihundert Jahre alten Eiche ist er gefunden worden. Mit einem Gürtel um den Hals. Wahrscheinlich Selbstmord, aber Genaueres weiß er nicht oder will er nicht sagen. Statt dessen fängt er ein Gespräch über das Wetter und das nächste Spiel von Werder an. Ich frage nach, was er sonst noch weiß. Wenigstens nennt er mir das Revier.

»Übrigens, Lindow hat den Fall. Aber morgen, spätestens übermorgen wird die Akte geschlossen. Da kommt nichts nach.«

Hauptkommissar Lindow, mit dem ich gelegentlich Skat spiele. Den darf man erst fragen, wenn man schon Antworten weiß. Also hab' ich erst mal einen Bogen um ihn gemacht.

Es gibt Fälle, die lassen einen nicht los, auch wenn es gar nichts zu recherchieren gibt, wenn alles geklärt ist. Im Fall des Mehmet Ö. ist allerdings nichts geklärt. Ich muß mich beeilen.

Der Revierleiter ist ein Arsch. Ich kenne diese Typen, die kaum, daß man einen Wunsch geäußert hat, schon anfangen zu drohen.

»Da gibt es für die Presse nichts zu holen. Kleiner Fisch. Mehr sage ich nicht.« Und so was ist dann Revierleiter. »Halten Sie sich an den Pressesprecher, wir sagen gar nichts.«

Ich versuche die freundliche, überfreundliche, katzbuckelnde Tour. Von wegen Leserinteresse, von wegen *human touch*, von wegen junger Mensch, der jetzt tot ist. Es ist nichts, rein gar nichts aus ihm herauszukriegen. Läßt mich abblitzen. Hat schlechte Erfahrungen mit der Presse gemacht. »Kein Wort mehr.«

Am Reviertresen erfahre ich von einem hakennasigen Polizisten, daß Mehmet von einem Supermarkt abgeholt wurde. Dort soll er geklaut haben. Sagt mir auch, daß es der Supermarkt in der Huchtinger Landstraße ist.

Dieser Widerstand, wenn alles zu ist, wenn gemauert wird, wenn man nicht weiterkommt, ich weiß nicht, was mich daran so reizt. Hätte doch als Journalist ein schöneres Leben mit den schnellen Geschichten, Frage-Antwort-Frage, und dann die Zeilen in die Maschine jagen und fertig. Wenn dieser Revierleiter nicht so bockig gewesen wäre, wenn er mir nur ein paar nette Ausreden erzählt hätte, ganz freundlich, ich wär' in die Redaktion gefahren und hätte die Sache vergessen.

Im Supermarkt ein Weißkittel, nachdem mir die Frauen an der Kasse gesagt haben, sie dürfen keine Auskünfte geben. Und dabei hatte ich noch gar keine Frage gestellt.

Der Weißkittel ist der Leiter dieser Filiale einer großen Warenhauskette. Kann sich kaum an den Fall erinnern. Spricht so leise, daß ich fast nichts verstehe. Ich frage immer lauter dagegen. Er tut so, als wisse er nicht, daß der Türke tot ist. Geht einfach drüber hinweg. Aber ich spüre, der weiß Bescheid. Stellt sich taub. Auch keine Reaktion, als ich ihn ins Bild setze. Als die ersten Kunden stehenbleiben und zuhören, führt er mich nach hinten.

Die Bildschirmwand. Die Monitore der Überwachungsanlage, davor zwei Herren in grauen Anzügen mit Weste. »Oho, die Presse«, jaunzt einer, »wir sagen gar nichts.«

Also selbst gesehen haben sie nichts, nein, nichts gesehen auf ihren zwanzig blauschimmernden Augen, aber eine Frau hat sie aufmerksam gemacht. Nein, sie haben nicht untersucht, ob der Türke wirklich was gestohlen hat, weil der sofort pampig geworden sei. »Die können rotzfrech werden, wissen wohl nicht, daß sie hier nur Gäste sind.«

Der ältere von den beiden spricht, der andere nickt im Takt dazu. Wahrscheinlich beides ehemalige Polizisten, die bei der Polizei keine Karriere mehr machen konnten und jetzt Ladendiebe fangen dürfen.

»Habe ich gleich die Polizei geholt. Kenne ja die Kollegen.« Der andere nickt. »Was soll ich mich mit so einem abgeben? Hat er natürlich dumm dagestanden. Aber rausrücken wollte er die Ware nicht.«

Ich kann mir nicht vorstellen, daß die beiden sich einfach von so einem Siebzehnjährigen ins Bockshorn jagen lassen. Frage nach, ob denn die Frau wirklich vertrauenswürdig sei.

Da kommt eine schöne Geschichte heraus. »Jeder, der einen Diebstahl mitteilt, bekommt ein kleines Präsent. Haben wir uns selbst ausgedacht. Seitdem sind die Hinweise stark angestiegen und die Diebstähle zurückgegangen. So was spricht sich herum.«

Und wenn der Junge unschuldig war?

»Wir haben genügend Erfahrung, um zu wissen, wer unschuldig ist und wer nicht.« In Gedanken ergänze ich, wir brauchen diesen Typen nur ins Gesicht zu sehen.

Sie sind beide überrascht, als ich behaupte, daß diese Tat in Verbindung mit dem Selbstmord, wenn es einer war, steht. Der eine, der immer nur genickt hat, statt eine Antwort zu geben, ist sogar etwas betroffen. Er sagt mir dann die Namen der beiden Polizisten, die nur fünf Minuten später eingetroffen sind und Mehmet Ö. zur Wache mitgenommen haben. Den Namen der Frau, die ihn angezeigt hatte, bekomme ich nicht heraus.

»Datenschutz«, sagt der ältere ganz stolz. Und sie wollen mir auch nicht sagen, um was für ein Präsent es sich handelt, das sie für ihren Hinweis bekommen hat.

Ich fahre in die Redaktion, muß den Artikel über die Goldene Hochzeit des Ehepaars Herbert schreiben, schließlich soll der morgen erscheinen.

> Wir trauern um unseren Mitschüler
>
> **Mehmet Özcan**
>
> Wir waren mit ihm befreundet,
> obwohl er ein Ausländer war.
> Wir haben mit ihm gelernt und gelacht,
> weil er ein Freund war.
>
> Klasse 9 b

Nicht, daß ich den Fall vergessen hatte, aber die Todesanzeige stößt mich wieder darauf, daß ich die Recherche unterbrochen habe. Dazwischen lagen ein Bericht über einen Kleintierverein, eine Kohl-und-Pinkel-Fahrt der Eisenbahner und eine Meldung über die bevorstehenden Wahlen zum Personalrat.

Ich fahre in die Schule an der Hermannsburger Straße, spreche mit der Lehrerin, die sehr aufgebracht ist. Sie hat Mehmet Ö. vier Jahre unterrichtet. Ein ruhiger Junge, gar nicht wie einige von diesen Türken-Machos, wie sie sich ausdrückt.

»Es gab manchmal Streit mit Mehmet, manchmal war er nicht gut drauf. Vielleicht war er zu sensibel, zu sehr anti, ich weiß es nicht. Schon vor Jahren hat er mal wütend den Klassenraum verlassen, weil ein Mitschüler das Wort Türkenkoffer gebrauchte. Ich wußte nicht, was er damit meinte. Alle lachten. So bezeichnete der Mitschüler eine Plastiktasche. Ich fand nichts Schlimmes dabei. Aber Mehmet ging auf die Barrikaden, hat losgebrüllt und ist dann raus. Kam an dem Tag einfach nicht wieder in die Klasse.«

Sie hat keine Ahnung, was vorgefallen sein könnte, aber sie ist fest davon überzeugt, daß der Junge umgebracht worden ist.

»Da gibt es Skins im Stadtteil, die sich schon ein paarmal mit den Türken geprügelt haben. Mehmet war der Schwächste in einer Türkengang. Eher ein Mitläufer, auf gar keinen Fall ein Schläger. Die haben sich den gegriffen und aufgehängt. Ganz bestimmt. Mit dem Ladendiebstahl hat das alles nichts zu tun.«

Ich will wissen, ob sie Namen nennen könne. Erst zögert sie, dann sagt sie, wer von ihrer Schule zu den Skins gehört. Ich mache sie darauf aufmerksam, daß das schwere Vorwürfe seien, die man beweisen müsse.

In die Klasse darf ich nicht mit rein. »Das wirbelt nur den ganzen Staub wieder auf. Der Hausmeister hat schon den leeren Stuhl abgeholt, den Stuhl, auf dem Mehmet saß.«

Ich rufe Lindow an, verabrede mich mit ihm zum Mittagessen. »Der Fall ist abgeschlossen, Klaus«, das ist seine erste Reaktion.

Der Kriminalhauptkommissar beim Mittagessen, ein Schauspiel für sich. Er ißt unaufhörlich und spricht unaufhörlich. Zwischendurch spült er sich den Mund, aber nur, um gleich wieder weiter zu reden und zu essen. Ich sage, was ich in Erfahrung gebracht habe.

»Das ist weniger als nichts, Klaus.«

Dann schaufelt er wieder Kartoffeln hinein, mit Soße vermatscht.

Ich kenne Lindow seit Jahren. Er weiß, daß es nicht gern gesehen wird, wenn Kripo-Leute direkt mit der Presse reden, aber das schert ihn wenig. Sollen die mich doch abmahnen, sagt er.

Mit einemmal hört er auf zu essen, als ich davon spreche, es gebe wohl auch Überlegungen, daß die Rechtsradikalen den Mehmet aufgehängt hätten.

»Weißt du was Genaues? Woher hast du das?«

Lindow kommt ins Fragen, und mir fehlen die Antworten.

»Das ist schon sehr unwahrscheinlich, Klaus«, sagt er, nachdem er einen langen Zug aus seinem Bierglas genommen hat, »der hätte die Gegend zusammengebrüllt, wenn die ihn aufgeknüpft hätten. Keine weiteren Spuren am Körper von Gewaltanwendung. Aber wenn du Namen hast, gib sie her. Ich geh' der Sache nach.«

Ich gebe ihm die Namen nicht, und er versteht das.

Am Nachmittag nehme ich mir frei. Das hat keinen Zweck, jetzt wieder eine Karnickel-Meldung zu schreiben. Ich will an dem Fall dranbleiben.

Das Zusammentreffen mit den Skins im Jugendfreizeitheim ist eher ungemütlich. Wollen natürlich wissen, wie ich gerade auf sie komme. Kennen den Mehmet Ö. auch. Hatten sich mit ihm sogar schon gekloppt. »Gehörte ja zu diesen Mullahsöhnen, die hier die Fresse aufreißen. Kriegense einen verplättet. Das können die gerne haben, jeden Tag.«

Sie stehen da in ihren schwarzen Monturen, Leder mit Metallgehänge, die Köpfe kahlgeschoren, ein Dicker mit kleinem Hakenkreuz auf dem Handrücken. Die Arme vor der Brust verschränkt. Bereit, zuzuschlagen. Ich frage sie nicht direkt danach, was sie mit Mehmet gemacht haben. Dazu hab' ich dann doch zuviel Schiß.

Abends ruft Lindow an, will wissen, was rausgekommen sei. Ich sage, daß die genügend Wut im Bauch hätten, so was zu tun. Aber Beweise hätte ich keine.

»Ich hab' den ganzen Tag darüber nachgedacht, was du heute mittag gesagt hast.« Lindow ist merkwürdig zurückhaltend. »Der muß natürlich einen Grund gehabt haben, dieser Türke! Ich weiß nur, von der gerichtsmedizinischen Seite ist das einwandfrei Selbstmord. Aber warum der sich umgebracht hat, keine Ahnung. Ich geh' der Sache noch mal nach, Klaus.«

Am Wochenende lerne ich Mehmets Vater kennen, hab' ihn aufgesucht, hab' mich vorgestellt. Er ist sehr zögerlich, ganz in sich gekehrt. Seit fünfzehn Jahren in der Bundesrepublik, sein Deutsch ist hart, fast nicht verstehbar. Er hat es auf der Werft gelernt, da braucht er nur ein paar Anweisungen zu verstehen. Seine Frau ist vor drei Jahren zurück mit den beiden anderen Kindern, hat es nicht mehr ausgehalten in der Fremde. Er war mit Mehmet allein, wollte warten, bis er die Schule beendet hatte.

»Wissen Sie, wie das ist, wenn Sie morgens im Bus sitzen, und da steht *Türken raus*, direkt neben dem Platz, wo ich immer sitze. Das sticht zu wie mit Messern. Ich hab' mal gezählt in unserem Viertel, wo ich wohne, nicht, da steht es zwölfmal, nicht nur *Türken raus*, auch mal *Ausländer raus*. Einmal sind wir hingegangen und haben ein paar von diesen Sachen überpinselt.«

Herr Özcan erhebt keine Anklage, er ist traurig. Ich schlucke ein paarmal, um seine Trauer zu ertragen.

»Und was so seltsam ist, zu Hause, in der Türkei, da haben wir den Nachbarn erzählt, in Deutschland kann man gut arbeiten, alles prima! Aber wir haben nicht die Wahrheit gesagt, haben unsere Schmerzen vergessen, unsere Wunden nicht gezeigt, haben angegeben, Fernseher, Waschmaschine mitgebracht, damit alle sehen, wie gut es uns geht. Und damit wir zeigen konnten, daß wir die Trennung von der Heimat gut ertragen können. Das Geld, das verdammte Geld hat uns blind gemacht.«

Als ich die Wohnung von Herrn Özcan verlasse, fahre ich sofort zu Lindow. Sonntagmorgen, ganz gleich, ob ich ihn störe oder was. Ich muß mit ihm reden.

»Da ist irgendwas faul, Klaus«, sagt er, noch im Bademantel. Er sitzt am Küchentisch, während Helga Kaffee aufgießt.

»Ich komme da nicht ran. Irgendwas ist da gelaufen, aber die Herrschaften mauern, ganz gewaltig. Ich werd' mir die einzeln vornehmen, ganz bestimmt. Das krieg' ich raus.«

Es ist seltsam, aber Lindow ist ganz sicher, daß er etwas erfahren wird. Und das, obwohl die Akte geschlossen ist. Der Fall ist eigentlich klar: Selbstmord.

In der kommenden Woche habe ich immer darauf gewartet, daß der Hauptkommissar mich anruft. Ich will mich nicht melden, will ihn nicht drängen.

Ich bin nochmals auf dem Revier gewesen, unter einem Vorwand, hab' ein paar dämliche Nachfragen zu einem Verkehrsunfall gestellt. Aber die wissen ganz genau, warum ich komme. Nach ein paar Minuten bin ich auch wieder draußen.

Der Redaktionsleiter Bollmann wütet. Ob ich noch wisse, wo mein Arbeitsplatz sei, ob ich etwas von Arbeitszeiten gehört hätte, ob ich das Geschreibsel in den letzten Tagen für journalistisch wertvoll halte. Ich kann nicht anders, weihe ihn ein.

»Gute Geschichte«, sagt er, »bleib dran, Junge. Kriegst vielleicht 'ne Feder an den Hut, aber komm auch mit ein paar Fakten zurück! Nicht nur Spekulatius.«

Und dann der Anruf, morgens gegen zwei Uhr. Ich hab' sofort das Band angeschaltet.

»Entschuldigen Sie, daß ich so spät noch anrufe, aber mir hat das keine Ruhe gelassen. Ich habe gehört, daß Sie noch mal auf dem Revier waren.«

»Ich habe Ihren Namen nicht verstanden, würden Sie den bitte wiederholen?«

»Der Name tut da nichts zur Sache.«

»Ich muß wissen, mit wem ich spreche.«

»Wir waren zu dritt, als wir den Özcan Mehmet vernommen haben.«

Ich kann mir vorstellen, wer da anruft. Der hakennasige Polizist vom Tresen der Wache 6. Kein Zweifel.

»Also, Sie waren dabei.«

»Ja, ich war dabei.«

»Und wie ist das vor sich gegangen?«

»Am Anfang war das ganz normal.«

»Was heißt da ganz normal?«

»Er hat Angaben zur Sache gemacht und dann mußte er sich ausziehen und dann...«

»Ist das normal, daß sich Ladendiebe ausziehen müssen auf dem Revier, ausziehen müssen?«

»Ja, ja, das ist völlig normal, gehört zu den Vorschriften. Wir müssen doch überprüfen, ob er das Diebesgut noch bei sich hat.«

»Aber er hatte nichts bei sich.«

»Das wissen Sie ja schon. Wahrscheinlich hat er das Diebesgut vorher verschwinden lassen. Da sind die ganz fix.«

»Und dann...«

»Ich wollte Sie nur angerufen haben.«

»Ja?«

»Wir wollten mal nachsehen, wie das aussieht.«

»Wie was aussieht?«

»Wie das aussieht, wenn einer beschnitten ist. Wir haben ihm die Unterhose runtergezogen.«

»Und dann...«

»Der Hermann hat gesagt: So, der ist beschnitten, der kleine Allahsohn. Und der Özcan Mehmet hat die Hände davorgehalten, um das abzudecken...«

»Und dann haben Sie und Ihre Kollegen ihn gezwungen...«

»Nein, nein, dann hat er sich gleich wieder angezogen.«

»Aber...«

»Vielleicht war das nicht richtig, was der Hermann da gesagt hat. Aber darum hat der sich doch nicht umgebracht, was meinen Sie?«

Ich bleibe die ganze Nacht wach, schreibe den Artikel, will meine Wut wegschreiben, nicht einfach ein Stück purer Fakten abliefern, schreibe einen Kommentar, der es in sich hat. Erst am Morgen schlafe ich eine Stunde.

Ich bin in die Redaktion, will mir Bollmann noch vor der Konferenz schnappen, aber die hat schon angefangen. Werde mit Spott empfangen. »Der Herr Grünenberg, mal wieder verspätet.«

Gut, denke ich mir, denen zeigst du es jetzt. Als ich dran bin, lasse ich das Band laufen und sage: Die Fakten. Mehr nicht.

Sie kriegen richtig rote Ohren beim Zuhören. Keiner sagt etwas. Alle warten auf Bollmann.

Nach einer ganzen Weile kommt er heraus: »Wir drukken, auch wenn es das Ende der guten Beziehung zur Polizei ist.«

Ich habe die Redaktionskonferenz verlassen, will mit Mehmets Vater sprechen, kann ihn aber nicht erreichen.

Am nächsten Morgen sehe ich die Bescherung in der Zeitung. Mein Artikel ist tatsächlich drin. Bollmann hat daneben einen Kasten gerückt, doppelt so groß: »Wie in türkischen Gefängnissen gefoltert wird.« Es ist eine alte Meldung.

Leo P. Ard

Das Geständnis oder Warum ich Damilow tötete

Sehr geehrter Herr Hauptkommissar Wulff!

Dies ist ein Geständnis, mein erstes. Eventuelle Formfehler bitte ich Sie deshalb großzügig zu übersehen.

Selbst im anschaulichen Buch ›Schriftverkehr – leichtgemacht‹, das ich in der Bibliothek der Strafanstalt studierte, gab es kein Formschreiben für Geständnisse.

Die Untersuchungshaft ist hart, insbesondere für einen unbescholtenen Bürger wie mich. Aber, ich habe auch Verständnis für Ihre Lage, zumal Sie sich mir gegenüber immer korrekt verhalten haben. Wenn Sie die nächsten 227 Zeilen gelesen haben, werden Sie mit mir übereinstimmen, daß es sich im ›Fall Damilow‹ nicht um MORD oder TOTSCHLAG handelt, nicht um VORSÄTZLICHE KÖRPERVERLETZUNG MIT TODESFOLGE, sondern um NOTWEHR in Folge fortgesetzter SEELISCHER GRAUSAMKEIT.

Gehen wir von den Fakten aus. Ich zitiere aus einem Zeitungsartikel:

»Während der LIVE-Sendung ›Wetten, daß‹ am 16. September im Sendesaal des NDR wurde der Pressechef des Schallplattenlabels ›Deutsch I‹ des Musikverlags ›EMO‹, Friedel Damilow (44), um 21.36 hinter der Bühne tot aufgefunden.

Neben der Leiche hockte der Kaufmann Siegfried Probst (36). Er hielt ein Messer in der Hand und war offensichtlich verstört. Neben dem Messer, das sich später als Tatwaffe herausstellte, wurden bei Probst eine Perücke und ein angeklebter Bart sichergestellt.«

Ich erinnere mich noch gut an Ihre langen Monologe bei den folgenden Vernehmungen und die sichtliche Verzweiflung, da Sie weder ein Motiv für die Tat finden, noch eine Beziehung zwischen mir und dem Verstorbenen nachweisen konnten. Ihr einziges Indiz war das Messer in meiner Hand. Aus Perücke und falschem Bart schlossen Sie auf eine lange vorbereitete Tat.

Ich will Sie nicht langweilen, aber um den Hintergrund verständlich zu machen, muß ich Sie bitten die nächsten Zeilen aufmerksam zu lesen. Vielleicht können Sie meine persönliche Situation dann verstehen.

Ich war viele Jahre Redakteur im Ressort ›Innenpolitik‹ einer angesehenen Hamburger Tageszeitung. Sie wissen schon: Exklusiv ist nur das, was man selbst erfindet.

Ich stolperte über die Wahrheit und wurde vor zwei Jahren arbeitslos.

Während eines Stadtbummels geriet ich an einem sonnigen Apriltag in eine Straßenumfrage. Live im Rundfunk. Thema: Getränkesteuer. Vielleicht erinnern Sie sich, die Wellen der Emotionen schlugen hoch, die Argumente gingen baden.

Ich hatte eine Meinung. Und war mir nicht zu schade sie ins Mikrophon zu sagen. Die Leute haben geklatscht. Hinterher zog mich jemand zur Seite. »Das haben Sie wunderbar gemacht, so überzeugend und selbstsicher«, meinte ein gutgelaunter Endvierziger mit Fahne. »Darf ich Sie zu einem Drink einladen, ich habe da Beziehungen.« Auf seiner Visitenkarte stand: *Friedel Damilow, Pressesprecher des Hotel- und Gaststättenverbandes.*

Eine Woche später rief er an. Ob ich umgehend in die Einkaufsstraße kommen könnte, es wäre ihm einen Hunderter wert. Es gab einen Menschenauflauf. Damilow stand etwas abseits und beäugte ein Fernsehteam, das Passanten interviewte. Es ging wieder um Pro und Contra Getränkesteuer. Ich versprach, mein Bestes zu tun.

Ich war der überzeugendste Redner im ausgestrahlten Beitrag, immerhin eine Minute. Ich war noch mal im Rundfunk, zweimal in der Zeitung und einmal sogar in einer öffentlichen Podiumsdiskussion. Insgesamt hat mir die Kampagne rund 1000 DM eingebracht.

»Was halten Sie von Zement?« fragte mich Damilow nach einer Siegesfeier. Ich mußte gestehen, daß ich zu Zement keine ausgeprägte Meinung hatte. Damilow überzeugte mich, daß eine positive Einstellung zu Zement erstens sinnvoll und zweitens auch lukrativ sei. Sein bester Freund war nämlich Pressesprecher der Zementindustrie und machte mit dem Slogan: »Wie gut, daß Zement nicht brennt!« eine Kampagne. Er benötigte einen überzeugenden Pro-Kandidaten.

Ich las mich in die Materie ein und war am nächsten Tag ein brillanter Fürsprecher an einem Info-Tisch.

Ich merkte, daß eine Meinung Gold sein kann, wenn man sie nur am richtigen Ort mit den richtigen Argumenten gegenüber den richtigen Leuten vertritt.

Damilow hatte viele Freunde.

Der Vogelschutzbund rief an, der Verband der Schmierfett-Industrie und der Züchter des arabischen Pferdes e. V. Ich sprach über das Reinheitsgebot des Bieres und die jungfräuliche Empfängnis der Mutter Gottes, prangerte Retortengeburten und unverbleites Benzin an, legte mich gegen einen fernsehfreien Dienstag, für eine Heinrich-Lübke-Gedenkstätte ins Zeug und bestand öffentlich den Pepsi-Test.

Ich wurde Profi, gründete eine Agentur und nannte mich ›*Product Promoter & Medienberater*‹.

Es war nicht immer einfach. Ein Beispiel: Ich war gerade erfolgreich für die Arbeitgebervereinigung gegen die

35-Stunden-Woche zu Felde gezogen, da engagierte mich die Gewerkschaft für die Kampagne der Verkürzung der Wochenarbeitszeit.

Ich mußte mir nicht nur eine andere Meinung zulegen, sondern auch ein anderes Outfit. In diesem Job ist man alles in einem: Schauspieler, Regisseur, Buchhalter, Rechercheur und Maskenbildner. Mal zog ich als Yuppie los, mal als Schlappi. Mal mit Krawatte, mal mit Halstuch. Hier einen Drei-Tage-Bart, da glattrasiert mit Pomade im Haar, je nach Produkt und Auftrag.

Zuerst arbeitete ich nur in Hamburg, dann auch in Nordrhein-Westfalen. Viermal war ich in der Fragestunde bei Carmen Thomas. Sie hat mich nicht wiedererkannt. Dann weitete ich meinen Wirkungskreis auf die Bundeshauptstadt aus und attackierte die Bonner Parteien, abwechselnd natürlich. Kürzlich verhandelte ich sogar mit den Fundis bei den Grünen. Die wollten den Realos etwas unterschieben, trauten sich aber nicht, einen aus ihrer Mitte zu opfern.

Sie werden mich fragen wollen, ob ich Gewissenskonflikte gehabt hätte. Warum sollte ich?

In einem Land, in dem man für Steuerhinterziehung mit einem Parteivorsitz belohnt wird, der Werbeetat eines Brühwürfels so hoch ist, wie die Hilfsleistungen fürs hungernde Afrika, wo man mit 180 Sachen nach Hause düst, um die erschütternde Sendung übers Ozonloch nicht zu verpassen.

Mein Gewerbe boomte. Immer öfter mußten Mehrpersonenstücke inszeniert werden. Ich stellte ein paar arbeitslose Lehrer ein, die sind bekannt für ihre missionarische Art. Meine Leute arbeiten für Grundgehalt und Erfolgshonorar. Dafür verlange ich Einfühlungsvermögen und Einsatzbereitschaft. Meine Angestellten müssen sich manchmal innerhalb von Stunden in eine Problematik einarbeiten, überzeugende Argumente und griffige Parolen entwickeln. Einem großen Mineralölkonzern war das für drei meiner Mitarbeiter eine Woche Schulung auf den Seychellen wert. Die Leute sind jetzt Profis, denen macht keine Benzinpreiserhöhung mehr zu schaffen.

Zur Not müssen sich meine Leute auch um 5.00 Uhr aus dem Bett wälzen und vor einen Betrieb radeln. Umfrage Stahl- und Kohlekrise. Die dürfen nicht zu fein sein, sich mal einen Blaumann anzuziehen und Frühschicht zu mimen.

Mein Gewerbe ist hart und manchmal auch gewalttätig.

Erinnern Sie sich an die Tritte gegen den Frankfurter Oberbürgermeister Wallmann, damals auf einer Gewerkschaftsveranstaltung?

Sie werden nicht glauben, wer die Rechnung bezahlte. Aber das fällt unter berufsbedingte Schweigepflicht. Meine damalige Beinarbeit war mein letzter Fehltritt. Es gibt schließlich auch so etwas wie Berufsethos. Damals beschloß ich, nur noch gewaltfrei zu agieren.

Das war die erste innere Korrektur meiner Berufsauffassung mit ungeahnten Konsequenzen. Der nächste Einschnitt kam mit der Europawahl.

Ich konnte mich nicht entscheiden, wem ich meine Stimme geben sollte. Ich hatte die Kandidaten aller Parteien beschimpft, alle Wahlreden auseinandergepflückt. Wenn mich jemand bezahlt hätte, wäre die Sache einfacher gewesen!

Eines Nachmittags – ich erinnere mich noch genau: es war der 5. Juli – wollte ich Getränke kaufen. Vor dem Weinregal brach mir der Schweiß aus. Ich bin für deutsche Weine in die Bütt gegangen, konnte ich da zum spanischen Rioja greifen?

An der Fleischtheke zitterten meine Hände. Ich habe die industrielle Geflügelhaltung angeprangert, aber auch in einer Umfrage Hähnchen zu meiner Lieblingsspeise deklariert. Frustriert und mit leerer Einkaufstasche verließ ich den Laden.

Ich zog mich etwas aus der ›Vor Ort‹-Arbeit zurück, beschränkte mich auf Buchhaltung und Auftragsannahme. Auf meine Mitarbeiter konnte ich mich verlassen.

Die Depressionen konnte ich dennoch nicht überwinden. Im Gegenteil! Oft fing es schon am Morgen an. Sollte ich als erster aufstehen, damit meine Frau sich noch in die Federn kuscheln konnte, oder sollte ich ihr im Bad den Vortritt lassen.

Sollte ich zuerst das Kind oder den Hund grüßen? Kaffee oder Tee? Quark oder Joghurt?

In meinem Inneren tobten die Widersprüche. Sie zerrissen meine Persönlichkeit, trieben mich zur Verzweiflung.

Ich ging kaum noch hinaus. Mantel oder Jacke? Bus oder Auto?

Ich zermarterte mir den Kopf. Vor jeder Willensbekundung fing mein Kreislauf an zu flattern, der Blutdruck stieg, ein Adrenalinstoß nahm mir die Sinne. Mein Körper wurde eine Hülle, damit die Innereien nicht die Straße versauen, mein Kopf eine Kruste, damit der Regen nicht mein Hirn unter Wasser setzt. Wer bin ich? Was will ich?

Ich begann den Tag zu verfluchen, als ich zum ersten Mal Damilow über den Weg gelaufen bin.

Ich hatte ihn im übrigen seit über einem Jahr nicht gesehen. Am Tag vor der LIVE-Sendung kam er ins Büro. Er hatte den Job gewechselt, war Promotion-Direktor beim Plattenkonzern EMO und hatte einen Spezialauftrag für mich.

Der ausgemusterte Schlagersänger Rainer König sollte am nächsten Tag seinen Wechsel zur EMO bekanntgeben. Die Vertragsunterzeichnung war für den Vormittag vorgesehen. Der Auftrag lautete: Während der Live-Sendung, in der er drei Lieder singen wollte, sollte das Comeback des Herzensbrechers durchgesetzt werden.

Eine leichte Aufgabe, die meine Firma nicht zum ersten

Mal erfolgreich gemeistert hatte: Applaus forcieren, Bravo-Schreie, Zugabe-Rufe und so weiter.

Ich setzte meinen besten Mann darauf an.

Am nächsten Tag wurde alles ganz anders. Mein bester Mann erlitt einen Arbeitsunfall, als er die Sicherheit einer neuen Trittleiter demonstrierte. Zwei meiner Mitarbeiter waren in Süddeutschland unterwegs, zwei im Urlaub.

Mir blieb nichts anderes übrig, als einzuspringen. Nachmittags hatte uns eine Solinger Firma zur Haushaltswaren-Show in die Hamburg Messe bestellt. Sie ahnen, was ich zu tun hatte? Klingen ausprobieren, Tests machen, Scheren loben, Vertreter spielen.

Irgendein Messer muß ich dann in der Tasche vergessen haben, als ich mit dem Taxi nach Messeschluß zum Sendesaal fuhr. Ich kam gerade richtig zum Eröffnungslied. Ich klatschte mit, der Saal kam in Schwung. Nach dem Lied schickte ich drei Frauen mit Blumen auf die Bühne, der Mann war gerührt. Auftrag erfüllt.

Sofort danach zerrte mich Damilow zur Seite. Wütend fragte er mich, ob ich seine Nachricht nicht erhalten hätte. Er habe den Auftrag storniert, weil König maßlose Geldforderungen präsentiert und den Vertrag nicht unterschrieben habe. Der neue Auftrag lautete, den Sänger so fertigzumachen, daß er auf Brustwarzen angekrochen kommt und um einen Vertrag bittet. Damilow forderte mich auf, diesen Auftrag umgehend auszuführen. Ich wandte ein, daß dies jetzt kaum möglich sei. Ich könne doch nicht so einfach die Fronten wechseln. Schließlich fügte ich mich, nahm meinen Notfall-Koffer mit Ersatzkleidung, Haartoupets, falschen Bärten und faulen Eiern. Beim nächsten Song gab König sein Bestes, ich auch. Direkt aus der ersten Reihe fiel ich ihm beim Refrain lautstark ins Wort: »Ach Gott was 'nen Schmarrn« und »Schmeißt den abgetakelten Opi raus!«

König kam ins Schwimmen und blickte mich unsicher an. Ich zog Fratzen und biß in eine Zitrone. Er konnte den

Ton nicht halten. Ich brauchte zum Schluß das Pfeifen gar nicht anheizen, das kam von alleine. König verzog sich mit knallrotem Kopf nach hinten.

Ich glaube, es war eine meiner besten Leistungen.

Nach zehn Minuten winkte Damilow, zog mich ins Backstage und präsentierte den unterschriebenen Vertrag. »Wunderbar gemacht!« sagte er. Was sich danach abspielte, vermag ich nur noch ungefähr wiederzugeben. Damilow bestand darauf, den schlechten Ruf seines neu verpflichteten Stars nun wieder ins Positive zu wandeln. Ich solle unverzüglich mit der Arbeit beginnen. Er habe mich zu dem gemacht, was ich heute sei. Ich sei ihm zu Dank verpflichtet und so weiter.

In diesem Moment muß aus mir hervorgebrochen sein, was an Zerrissenheit und Aggressivität bisher weitgehend unterdrückt war. Ich kann mich auch nicht mehr im einzelnen erinnern, wie ich das Messer aus der Tasche gezogen und auf ihn eingestochen habe.

Aber ich habe die Tat weder geplant noch bei vollem Bewußtsein ausgeführt.

24. 9. 89 gezeichnet: Siegfried Probst

Dieses Geständnis wurde der ZEIT durch den Journalisten Jürgen Pomorin zugespielt.

Interessant ist eine handschriftliche Notiz des Hauptkommissar Wulff. Sie lautet:

Weiterleitung an den Staatsanwalt. Ich empfehle Einstellung des Verfahrens, statt dessen Aufnahme von Probst in den Polizeidienst, Abteilung Presse.

Heribert Bauer

Zum Abschied rote Rosen

Für einen Augenblick war Claudia Grünhoff wie gelähmt. Was ihr der Privatdetektiv soeben eröffnet hatte, raubte ihr fast den Verstand.

»Sie irren sich auch nicht, Herr Bronski?« Ihre Stimme begann zu zittern.

»Leider nicht, Frau Grünhoff«, antwortete der Detektiv und zuckte bedauernd mit den Schultern.

Das Gesicht der Frau wirkte plötzlich fahl und grau. Wie eine Schlafwandlerin erreichte sie wenige Minuten später die Tiefgarage und setzte sich hinter das Steuer ihres Wagens. Hinter ihrer Stirn jagten sich die Gedanken.

Rolf – wie konnte er ihr das nur antun? Seit nahezu zwei Jahren waren sie unzertrennlich gewesen, und immer, wenn Günther, ihr Mann, auf Geschäftsreise war, gab es nur sie und Rolf auf der Welt.

Und dennoch hatte Rolf sie fast die ganze Zeit über betrogen. Die Fotos, die ihr der Detektiv vorgelegt hatte, bewiesen es eindeutig. Was seit Wochen nur düstere Ahnung gewesen war, hatte sich jetzt zur Gewißheit verdichtet.

In Claudia Grünhoff vollzog sich eine Wandlung.

Sie fühlte deutlich, daß sich ihre Liebe zu Rolf immer mehr in abgrundtiefen Haß verwandelte, und als sie den

Wagen in die Garage ihres Hauses manövriert hatte, begann in ihr ein Plan heranzureifen. Ein absolut todsicherer Plan...

Überall in dem Lokal hingen Rauchschwaden. Aus den Stereoboxen dröhnte ein Titel aus der neuesten Hitparade. Rolf und Claudia hatten sich in einer Nische niedergelassen.

Claudia Grünhoff bemühte sich krampfhaft, sich nichts anmerken zu lassen, als Rolf ihr in die Augen sah und wie zufällig ihre Hand berührte.

»Schön, daß du da bist, Claudia«, flüsterte er.

»Ich mußte dich einfach sehen.« Sie warf ihm einen zärtlichen Blick zu. »Du kommst doch heute mit zu mir?«

»Aber natürlich. Ist denn dein... ich meine, ist Günther verreist?«

»Schon seit gestern. Er wird für die nächsten drei Tage in Kopenhagen sein.«

Bald verließ das Paar das Lokal. Doch bevor es in den Wagen stieg, eilte Rolf in das Blumengeschäft, das auf der anderen Straßenseite lag, und kam mit einem riesigen Strauß roter Rosen zurück.

»Für dich«, sagte er und hauchte Claudia einen Kuß auf die Wange.

Mühelos bewältigte der Wagen die serpentinenartigen Wege, die auf den Hügel hinaufführten. Dort lag einsam und versteckt das Jagdhaus der Grünhoffs.

Der Nachmittag war sonnig. Der Wind, der über den Hügel strich, bewegte die Bäume und Sträucher sachte hin und her.

Kaum hatte das Paar das Jagdhaus betreten, griff Rolf Pohlmann in seine Jackentasche.

»Die Wagenschlüssel!« sagte er und begann auch in der anderen Tasche zu kramen. »Ich habe vergessen, die Schlüssel abzuziehen. Entschuldige mich für einen Moment, Claudia. Ich bin gleich wieder da. Vielleicht kannst du inzwischen unsere Lieblingsplatte auflegen.«

Während er hinauseilte, machte sich Claudia Grünhoff an der Stereoanlage zu schaffen. Es dauerte tatsächlich nicht lange und Rolf kam zurück.

»Würdest du bitte die Champagnergläser füllen?« Claudia warf dem Geliebten einen vielsagenden Blick zu.

»Gerne.« Der schlanke, braungebrannte Mann mit dem dunklen Haar ging zum Wandschrank, um die Gläser herauszuholen.

Noch während er der Frau den Rücken zuwandte, glitt deren rechte Hand blitzschnell in die Handtasche. Sekunden später spiegelte sich das Sonnenlicht, das durch das Fenster hereinflutete, im Metall eines Revolvers.

Rolf Pohlmann, der gerade nach der Champagnerflasche griff, bemerkte den haßerfüllten Blick Claudias nicht.

»Champagner – eine gute Idee«, sagte er und schickte sich an, die Flasche zu öffnen.

Da hob Claudia Grünhoff die Hand mit der Waffe. Ihr Zeigefinger krümmte sich. Einmal. Zweimal. Dreimal. Grell stachen die Mündungsflammen aus dem Lauf.

Rolf Pohlmann schaffte es nicht mehr, sich umzudrehen. Die Flasche entglitt ihm und rollte über den flauschigen Teppich. Seine Hände griffen hilflos in die Luft, dann sank er in sich zusammen.

Das Gesicht der Frau glich einer Maske. Sie legte die Waffe in die Handtasche zurück und wandte sich zur Tür.

Doch schon nach dem ersten Schritt blieb sie wie angewurzelt stehen. In der Türfüllung tauchte wie aus dem Nichts ein Mann auf. Er trug einen Jagdanzug.

»Günther – du?« kam es leise von ihren Lippen. »Ich denke, du bist...«

Günther Grünhoff schüttelte den Kopf. Ein Lächeln umspielte dabei seine Lippen.

»Nein, Claudia, ich bin nicht in Kopenhagen. Nachdem

ich festgestellt hatte, daß mein Revolver fehlte, habe ich es vorgezogen, unser Jagdhaus etwas im Auge zu behalten. Es hat sich gelohnt, wie ich sehe.«

»Was soll das heißen?« Claudias Gesicht war kreidebleich geworden.

Günther zuckte mit den Schultern. »Du wirst in Zukunft wieder mit mir vorlieb nehmen müssen, Claudia, denn ich hoffe nicht, daß du einen lebenslangen Gefängnisaufenthalt vorziehen wirst. Deine Fingerabdrücke befinden sich ohne Zweifel auf der Waffe, und ich werde dafür sorgen, daß sie darauf bleiben.« Er trat mit raschen Schritten auf sie zu und nahm ihr die Tasche weg.

»Du – du würdest mich anzeigen?« Claudias Lippen bebten, ihre Hände verkrampften sich.

»Wenn ich damit verhindern könnte, dich noch einmal an einen anderen Mann zu verlieren – ja.«

»Seit... seit wann wußtest du denn von... Rolf?«

»Schon seit einigen Wochen. Anfangs hoffte ich noch, die Affäre würde im Sande verlaufen.«

»Warum hast du nicht mit mir geredet, Günther?«

Der Mann vollführte eine bedauernde Geste. »Hättest du auf mich gehört, Claudia?«

Sie senkte den Kopf, denn sie wußte, daß er recht hatte. Trotzdem würde sie nie zu ihm zurückkehren. Was aber konnte sie in ihrer Lage tun? Gab es überhaupt einen Ausweg? Sie saß wie die Maus in der Falle, und wie es aussah, blieb ihr nur die Wahl, entweder den Rest ihres Lebens im Gefängnis zu verbringen, oder aber sich ein Leben lang von Günther erpressen zu lassen.

Im Augenblick jedoch fühlte sie sich nicht in der Lage, eine solch schwerwiegende Entscheidung zu treffen. Sie mußte zunächst einmal Zeit gewinnen. Vielleicht würde ihr noch eine andere Lösung einfallen.

»Man wird die Leiche hier finden«, sagte sie plötzlich.

Günther schüttelte den Kopf. »Das muß nicht sein, wenn du es nicht willst. Ich kann deinen Liebhaber nach

Einbruch der Dunkelheit verschwinden lassen. Bis dahin wird sich niemand in unser Jagdhaus verirren.«

Claudia nickte. »Was – was hast du jetzt vor, Günther? Ich kann hier nicht länger bleiben.«

»Das sollst du auch nicht. Ich schlage vor, daß wir zunächst nach Hause fahren und dort bei einem Glas Wein über alles in Ruhe reden.«

»Gut«, meinte Claudia. »Tun wir das. Wir können meinen Wagen nehmen.«

Günther Grünhoffs Gesicht wirkte erleichtert.

»Du bist so vernünftig, wie ich angenommen habe, Claudia«, sagte er. »Und du wirst sehen, daß alles zwischen uns wieder gut wird.«

Nachdem er eine Decke über dem Toten ausgebreitet hatte, verschloß er alle Türen und Fensterläden und folgte seiner Frau hinaus zum Auto. Dort schloß er die Handtasche mit der Mordwaffe im Kofferraum ein und setzte sich dann hinter das Steuer.

Claudia nahm wortlos neben ihm Platz. Daß auf den Rücksitzen noch immer der Rosenstrauß lag, den ihr Rolf Pohlmann geschenkt hatte, registrierte sie nicht. Sie war zu sehr mit sich und ihren Gedanken beschäftigt.

Langsam rollte der Wagen an, um sich über die Serpentinen seinen Weg hinunter ins Tal zu suchen.

Doch schon bei der ersten Kurve trat Günther Grünhoff vergeblich auf das Bremspedal. Er schaffte es gerade noch, das Auto herumzureißen. Die Reifen quietschten, und das Fahrzeug begann zu schlingern.

»Die Bremsen!« rief er voller Entsetzen. »Die Bremsen versagen!«

Urplötzlich kam ihm Rolf Pohlmann in den Sinn, der sich kurz, bevor die Todesschüsse gefallen waren, unter der Motorhaube des Wagens zu schaffen gemacht hatte. Er selber hatte das aus dem Schatten der Bäume heraus beobachtet, der Sache jedoch keine Bedeutung beigemessen.

»Sollte Pohlmann vielleicht...?«

Auf diese Frage gab es keine Antwort mehr, denn der Wagen schoß bereits auf die nächste Kurve zu.

Claudia stieß einen markerschütternden Schrei aus, dann dauerte alles nur noch Sekunden.

Die Polizeibeamten, die einige Stunden später das Wrack mit den beiden Toten am Fuße des Steilhanges untersuchten, schüttelten mitleidig die Köpfe. Einer von ihnen griff nach dem prachtvollen Rosenstrauß, der aus dem Wagen geschleudert worden war und etliche Meter von ihm entfernt im Geröll lag.

»Vielleicht hatte einer von ihnen Geburtstag«, sagte er und legte die Blumen auf den schwelenden Trümmerhaufen.

Heribert Bauer, *Jahrgang 1944, lebt in Frankfurt am Main und arbeitet in der Rechtsabteilung eines Energieversorgungsunternehmens. Unter den Pseudonymen Harry Porter und Frank Moorfield veröffentlichte er zahlreiche Kriminal- und Seeabenteuer-Romane als Hefte und Taschenbücher. Ein Taschenbuchkrimi (Kommissar X) wurde ins Portugiesische übersetzt und in Brasilien nachgedruckt. Unter dem richtigen Namen sind Kurzromane und Kriminalgeschichten in Illustrierten, Fernsehzeitschriften, Computermagazinen und Anthologien erschienen. H. B. ist Mitglied der Autorengruppe Kriminalliteratur DAS SYNDIKAT e.V.*

Pieke Biermann

Das Gesetz des Auges

Das Gewitter war überfällig wie eine Blutung, und die Stadt verbog sich unter einer Art prämenstruellem Syndrom. Hochspannung unter der Bauchdecke bei äußerlicher Katatonie. Straßen und Häuser gierten nach dem großen reinigenden Erguß und der kühlen Klarheit danach. Von den Lebewesen ganz zu schweigen. Seit Wochen. Niemand lachte mehr über den Spruch der letzten Saison: »Haben Sie heute schon Ozon gelocht?« Die meisten der hier Lebenden schienen ins Loch gefallen zu sein und zum ersten Mal in ihrem Leben eine Ahnung davon zu verspüren, daß die Sonne ein gewalttätiger Planet sein kann.

Die alte Frau ist weit über siebzig und so, wie sie dasitzt, breiter als hoch. Genaugenommen hängt sie, unbewegt, teilnahmslos, auf einem Mauervorsprung vor dem Schaufenster eines türkischen Kleinhandels in Bausparverträgen, Versicherungen und Heimatreisen. Die rechte Schulter an den Rahmen gelehnt, die Hände im Schoß verhakt, den Kopf abwärts geneigt. Die Augen halb aufgerissen. Oder halb zugezwängt. Von zu schweren Lidern. Ihr Blick verliert sich an der Stelle zwischen ihren schwarzen Schnürschuhen, an der ein bräunlicher Hund auf dem Pflaster liegt. Sein verfetteter Rumpf spannt die Haut mit dem kurzen Fell wie eine Wurstpelle. Er ist ebenso reglos wie die Frau, nur die übergroßen Augen in seinem spitzen Gesicht sind belebt. Von nervöser Aufmerksamkeit. Fixiert auf ihren starren Blick.

Es ist etwa sechs Uhr abends an einem Samstag im Juli. Die Schöneberger Hauptstraße ist kurz davor, unter der fensterlosen Dunstglocke aus Hitze, dampfendem Asphalt und anderem Großstadtgestank zu ersticken. Wer kann, meidet noch die geringfügigste Bewegung, liegt zu Hause oder an irgendeinem Wasser im Schatten. Die Busse, die sich in gleichförmigen Intervallen die Hauptstraße entlangschleppen, sind fast leer und, außer ein paar Fahrrädern, fast die einzigen Verkehrsmittel.

In einem der alten Mietshäuser auf der gegenüberliegenden Straßenseite, über der aufgerissenen Tür eines italienischen Spielsalons, klemmt ein feister Männerhintern im offenen Fenster. Im Zimmer dahinter flimmert es bunt. Ab und zu steigt eine Woge dumpf-jaulender Männerchöre hoch, dann ebbt sie wieder ab zu einem gleichermaßen dumpfen, maulfaulen Geraune. Und ab und zu setzt der Mann eine Bierdose an und schüttet sich den Inhalt in den Hals, ohne den Blick von der Sportschau zu wenden.

Von Wind kein Hauch. Die Sonne brennt auf die Straßenseite mit der alten Frau, aber noch liegt das Schaufenster mit den Bauspar-Reklamen und dem handgemalten Schild ›Biletleri Otobüs‹ im Schatten. Ein Lieferwagen parkt genau vor der Sonne in der Gosse. Jemand hat ›Partners of Crime‹ auf die Plane gekritzelt, in Bronxlyn-Lettern. Die alte Frau ist in Sütterlin alphabetisiert worden.

Der Wursthund schießt hoch, sobald die beiden jungen Frauen die Vespa nebenan auf dem Bürgersteig parken, direkt vor dem Automaten-Waschsalon. Heulend und schwanzwedelnd und auf dürren Beinen rast er auf sie zu. Sie beachten ihn nicht. Sie ziehen sich die Helme vom Kopf und schnallen zwei Reisetaschen vom Gepäckträger. Der fette kleine Hund scheut kein Risiko. Er springt wie aufgezogen an den Frauen hoch und leckt an Füßen und Beinen herum. »Scheißtöle! Paß bloß uff, dette keen Infarkt krist«, zischt die eine und läßt ihm die Tasche fast auf den Kopf krachen.

Dann sieht sie die alte Frau, registriert etwas derangierte, aber adrette Kleidung, schweißnasse, aber ordentliche Dauerwellenkringel, und weiß Bescheid. Typische alte Zicke, wahrscheinlich Blockwartsche vor fünfzig Jahren, hat immer was zu meckern, vor allem über Frauen, die mit bunten Haarsträhnen auf der Treppe knutschen.

»Wenn Se Ihrn Köter schon keen Benehm beibringen können, bevor Se'n uff die Menschheit loslassen, denn jehn Se wenigstens ma eene Treppe höher und lassen die Töle in Form bringen!«

Die andere junge Frau sieht sie an, dann auf ein Schild im ersten Stock des Hauses. SPORTSTUDIO APOLLO. Sie grinst. »Schlimmer wie'n Kerl, so'n Köter. Bestimmt dem Alten selig aus'n Jesicht jeschnitten.«

»Aber die Scheiße von dem macht die Alte nich weg.«

Sie verschwinden im WashCenter, ohne der alten Frau noch einen weiteren Blick zu widmen. Sie sehen auch nicht, wie der fette kleine Hund sich keuchend wieder zu ihren Füßen legt und in Resignation verfällt.

»Poh, hier stinkt's!« Die Frau mit der weißblonden Pudelschur am Kopf und dem grüngelben T-Shirt wischt sich Schweiß von der Stirn.

»Meinste die da?« Die andere, aschblonde Strähnen und Nato-Overall, deutet auf zwei junge Männer, die weit voneinander entfernt auf den Holzbänken an der Fensterfront zur Hauptstraße sitzen.

»Nee«, sagt die Grüngelbe, »im Augenblick nervt mich die schemische Keule hier drin.«

»Kannste sagen! Scheißpatriarchat. Da kriste echt det Kotzen.«

Der eine junge Mann ist höchstens Anfang zwanzig und offensichtlich Student. Er liest ein Skript mit einem gelben Filzstift. Er ist schmal und sehr hübsch, und er scheint das auch zu wissen. Die lässige Selbstverständlichkeit, mit der sein Körper in der Jeans und dem knappen Hemdchen steckt, die elegante Haltung, die Turnstiefel mit den nur halb kreuzweise zugebundenen Schnürsenkeln und die weichen braunen Locken mit den blonden Strähnen über dem hellbraunen Gesicht sagen das. Sein Blick allerdings, den er bei dem Wortwechsel auf die beiden Frauen richtet, ohne den Kopf auch nur millimeterweise zu bewegen, sagt etwas anderes. Aus ihm spricht ein grundsätzliches Mißtrauen. Angst, womöglich, aber gut kaschierte. Er checkt Situationen auf eventuelle Bedrohung ab. Jetzt wandert er, ohne aufzufallen: Von den beiden Frauen zu dem einen Mann, zwischen den dreien hin und her, zwischen Detail und Totale. Danach, mit einer demonstrativen Kopfdrehung, zu einer der neunzehn Waschmaschinen an der Seitenwand rechts von ihm. Und dann versinkt der schwarze Junge ebenso demonstrativ wieder in seinem Skript, neigt den Kopf nach unten, unterstreicht Zeilen, blättert. Aber die Ohren bleiben auf Alarm. Wie Katzenohren. Nur daß diese hier sich nicht drehen.

Die beiden jungen Frauen würdigen ihn keines Blickes, sondern lassen ihre Taschen fallen und werfen die Helme auf die Heißmangel gleich neben der Eingangstür. An der Wand ist eine Pinnwand mit Suchmeldungen – Wohnungen, Jobs, entlaufene Hausgenossen. Das wöchentliche Infoblatt des Notrufs verschwindet fast hinter den handgemalten Zetteln. WARNUNG AN ALLE FRAUEN! TÄTERBESCHREIBUNGEN WERDEN LANGSAM ÜBERFLÜSSIG, STÄNDIG WIRD UNS VON VERGEWALTIGUNGEN/BELÄSTIGUNGEN RUND UM DEN NOLLENDORF/WINTERFELOTPLATZ BERICHTET. FRAUEN, ERWARTET VON NIEMANDEM HILFE! VERLASST EUCH AUF EUCH SELBST! SCHLIESST EUCH ZUSAMMEN, LASST EUCH NICHT EIN-

SCHÜCHTERN! SEID MISSTRAUISCH! Die Grüngelbe wühlt beim Lesen in der Hose nach dem Portemonnaie.

»Haste jelesen? Immer noch dieselbe Meldung. Und die Bullen pennen weiter!«

»Wieso pennen? Die sind doch selber nicht besser. Oder glaubste, bei die herrscht Mangel an Wichsern, eh!« Natograu reißt die Tasche vom Boden auf die Heißmangel.

Der andere Mann ist etwa dreißig und Prototyp des lebenslänglichen Pubertanden. Er gibt sich unübersehbar Mühe, ganz entspannt im Hier und Da in seiner schweren schwarzen Motorradjacke zu sein, als wäre sie eine wohltemperierte Loggia und nicht eine von stinkendem Waschpulver- und Maschinendunst beschlagene Ledermauer mitten in einem luftdichten Sommer. Auch das nonchalante Einfachsodasitzen ist nicht seine Stärke. Er wippt chronisch mit einem Fuß und rutscht immer wieder mit dem Hintern auf der Bank herum, als müßte er irgend etwas in seiner knallengen Jeans Befindliches durch Geraderücken glaubhaft machen. Am Reißverschluß prangt eine Sicherheitsnadel. Über dem extraweißen, teigigen Gesicht mit den normvollendenden Dreitagestoppeln kleben nasse dünne Kringel in Mausbraun. Die Augen sind sehr hell, stehen weit auseinander und haben sich, seit die beiden Frauen im Waschsalon sind, nur noch einmal von ihnen gelöst. Ein kurzer Blick, um den anderen Mann zu taxieren. Alle weiteren Blicke liegen auf den beiden Frauen, lauernd auf jede Gelegenheit, bei der der extraweiße Prototyp auf sich aufmerksam machen könnte. Blickfang werden. Zu den Angesehenen gehören. Die beiden haben ihn beiläufig gemustert. »Augen wie'n Wellensittich«, faßt Natograu das Ergebnis zusammen.

»Und jenau so'n Hals«, bestätigt Grüngelb.

»Seit wann ham Wellensittiche 'n Hals?«

»Eben.«

Die Grüngelbe funkelt den Extraweißen kampflustig an, wirft einen prüfenden Blick auf den anderen Mann und dreht sich zum Münzautomaten, um Poletten für die Waschmaschinen, die Schleudern und die Trockner zu ziehen. Als sie sich wieder umdrehen will, klebt der Prototyp an ihrer Schulter.

»Eh, was habt ihr eben gesagt?« Eindeutig westdeutsch.

Im selben Augenblick steht Natogrün neben ihm, Grüngelb vollendet die Drehung seitwärts, so daß sie an seiner anderen Flanke zu stehen kommt, Prototyps Augen hetzen vorfreudig erregt zwischen beiden hin und her, als hätte er ein hochkarätiges Tischtennismatch vor sich, er schnalzt, läßt kurz seine obere Zahnreihe in die Unterlippe sinken, macht langsam den Mund auf, um die Anmache des Jahrtausends zu kreieren –. Aber dazu kommt er nicht mehr.

»Du, paß mal uff, Typ. Mit sonne Augen würde icke mir 'ne Sonnenbrille transplantieren lassen.« Natograu läßt ihren Blick von oben nach unten und wieder zurück gleiten.

»Was is'n los mit euch, eh. Ihr habt doch über mich geredet. Und da wollt ich mal kucken –«

»Hier wird nicht jekuckt!«

»Ach, laß doch den Augenwichser. Der kapiert det nicht.« Natograu drückt Grüngelb einen Helm in die Hand. Sie gehen vorn um den großen Tisch zum Wäschefalten und die Schleudertrommeln herum zu den Waschmaschinen. Prototyp nimmt den hinteren Bogen. Der schwarze Junge hat kaum sichtbar den Kopf gehoben und behält die Szene im Auge.

Die beiden Frauen tauschen einen Blick, lassen gleichzeitig Taschen und Helme fallen und gehen drohend einen Schritt auf Prototyp zu.

»Machste jetzt die Biege oder willste deine Glotzen 'ne Nummer dunkler?« Natograus Stimme ist bereits eine Nummer dunkler. Prototyp sieht überrascht aus, weicht einen Millimeter zurück und probiert zu argumentieren, was er noch weniger beherrscht als das Spiel mit Blicken.

»Is das neuerdings so hier in Berlin? Darf man Frauen nicht mal mehr ankucken?«

»Ja, Saftarsch. So isset. Und jetzt verpiß dich.«

»Aber wieso denn nicht? Ihr kuckt doch auch gern was Schönes an. Ist doch menschlich, eh.«

»Weil frau die Schnauze voll hat von euerm Gegaffe. Ihr seht sowieso bloß immer det eene.« Grüngelb ist in ihrem Element. Natograu rollt die Ärmel des Overalls noch etwas höher, betrachtet mit Wohlgefallen jeden Bizeps einzeln, stellt die Beine noch etwas breiter auseinander, wippt herausfordernd mit dem rechten Fuß und rüstet sich für ihr Element. »Jeh doch nicht drauf ein. Wir brauchen doch sonne Paderborner Pappfresse nich den Bildungsurlaub besorgen.«

»Bielefeld!« bietet Prototyp dagegen, guter Hoffnung, endlich den Stoff zum Anknüpfen gefunden zu haben.

»Und«, Grüngelb zerrt schmutzige Wäsche aus der Tasche, »weil der männliche Blick an und für sich eine Beleidijung is!« Sie stopft die Sachen in eine Waschmaschine, wirft dabei ein Auge auf den schwarzen Studenten, der in drei Metern Abstand sein Skript zu studieren scheint, knallt die Tür zu und steckt eine Polette in den Schlitz.

»Und weil er die Frau reduziert uff'n Objekt! Uff'n Sexobjekt nemmich. Und davon ham wir die Schnauze voll, und zwar jestrichen!« Sie reißt die zweite Tasche an sich. Natograu steht immer noch in Kampfstellung vor Prototyp.

»Vastehste!« Grüngelb ist nicht zu bremsen. »Und du bist ooch bloß so'n Provinz-Wojör. Von wegen, inne Metropole fahren und Weiber kieken. Ham wir grad noch drauf jewartet!« Sie knallt die zweite Maschinentür zu und wirft die Polette ein.

Der Student studiert.

»Also, spinn ich? Alle Menschen werden prüder oder was willste damit sagen?« Prototyp dämmert allmählich, daß seine vorsorglich gewählte Defensive hier keinen Eindruck macht, und erwägt offensivere Maßnahmen. Er steckt die Hände in die Jackentaschen, zieht die Schultern hoch, pumpt sich auf und versucht einen Blick von oben herab. »Oder habt ihr gerade 'n Angriffskurs bei den militanten Panthertanten absolviert?«

Bevor ihm noch mehr dämmern kann, hat Natograu ihn angesprungen, beide Hände im Kragen seiner Lederjacke verkrallt und das rechte Knie hochgerissen. »Bei Pißnelken wie dir is Angriff die beste Verteidijung!«

Prototyp heult auf und krümmt sich. »Aber ich hab' doch noch gar nix... Mann –«

»Und det wollen wir ooch jaanich erst abwarten!« Grüngelb legt ihm von hinten den Arm um den Hals und drückt zu, bevor er wegtauchen kann. Dann läßt sie los und haut ihm die Handkanten in die Nieren. Er heult wieder auf und schlägt blind um sich. Worte fallen ihm nur noch unzusammenhängend aus dem aufgerissenen Mund, bis ihm Natograu das Knie unters Kinn rammt.

»Weil ihr Scheißkerle nix wirklich seht von Frauen. Nix. Nix. Und nochma nix!« Grüngelb reißt rhythmisch an seinen Haaren. Jedes ›nix‹ ein Reißen und ein Kinnhaken.

»Ihr könnt bloß gaffen. Und euch einbilden, dafür sind wir da. Damit ihr wat zum Anmachen habt. Damit ihr euch einen druff wichsen könnt. Aber sehen tut ihr nix. Nix. Nix.«

Sie treten und schlagen noch auf ihn ein, als er zu Boden gesackt ist. Er blutet aus mehreren Platzwunden am Kopf und im Gesicht. Sie stehen über ihm und starren ihn an. Sie sehen nicht, daß der Student seine Wäsche naß aus der Maschine genommen und in eine Tasche gestopft hat. Auch nicht die blutroten Abdrücke, die seine Schuhe auf dem Terrazzoboden hinterlassen haben, als er den Waschsalon verließ. Lautlos. Geschmeidig.

Sie sehen die Sicherheitsnadel am Reißverschluß des Prototyps. »Kiek dir det an!« triumphiert Natogrün.

»Ooch noch'n Potenzprotz. Möchte wissen, ob der schon beim Notruf inne schwarze Liste steht oder ob det 'n Neuer is.« Grüngelb wischt sich zufrieden die Stirn.

»Und dabei sind's bloß die Hüften«, grinst Natograu.

»Wat?« Grüngelb ist abgelenkt. Eine der Taschen klemmt unter Prototyps Oberschenkeln.

»Na, daß der 'ne Sicherheitsnadel am Hosenstall braucht.«

Dann sehen sie zu, daß sie die Tasche unter ihm wegkriegen, ohne sie durch die Blutlachen zu schleifen, die überall am Boden sind, und die Stätte ihres Triumphes nicht ohne ihre schmutzige Wäsche verlassen.

Der feiste Hintern hängt nicht mehr aus dem Fenster auf der anderen Straßenseite. Der ganze Mann steht mit einer neuen Bierdose in der Hand im Rahmen und beobachtet die Szene gegenüber. Eine dicke alte Frau liegt reglos auf dem Bürgersteig, ein dicker kleiner Hund fegt aufgeregt um sie herum, japst, springt einen schwarzen Jungen an, der eine große tropfende Tasche trägt und die Hauptstraße hinaufeilt, stehenbleibt, einen Blick auf die Frau, dann einen hinter sich auf den Waschsalon wirft, sich hinunterbeugt, dem Hund wie zur Beruhigung den Kopf tätschelt, sich hastig aufrichtet und weiterläuft, sobald ein grün-weißer VW-Bus mit Blaulicht vom Kaiser-Wilhelm-Platz her in Sicht kommt.

Dem Mann am Fenster läuft Schweiß von der Stirn über die Augen und tropft ihm auf die Brust. Er knallt die Dose auf und grunzt etwas. Dann holt er sich ein Kissen und macht es sich für ein Live-Schauspiel gemütlich.

Der Bulli bremst mit kreischenden Reifen vor dem Schaufenster des Bauspar-Händlers. Eine Frau und ein Mann in Uniform springen heraus, der Hund augenblicklich auf sie zu, schwanzwedelnd. Die Polizistin geht zu der alten Frau am Boden. Der Polizist läßt seinen Blick über Straße und Häuser schweifen, auf der Suche nach möglichen Augenzeugen. Fünf Meter vor ihm startet eine Vespa auf dem Bürgersteig und rollt davon. Durch die stinkende heiße Wolke sind zwei Frauen zu erkennen, die hintere hält zwei Taschen mit einer Hand auf dem Schoß fest und mit der anderen zwei Helme neben sich.

»Halt!« brüllt er. Aber sie sind schon so weit weg, daß er das Kennzeichen nicht erkennen kann. »Helme gehören auch bei Hitze auf'n Kopp!«

»Die is tot.« Die Polizistin hockt am Boden bei der alten Frau. »Und du kriegst auch einen Infarkt, wenn du so weiterhibbelst.«

Der kleine dicke Hund legt sich gehorsam auf den Boden, so platt es ihm möglich ist, und keucht.

»Ick ruf' den NAW«, sagt der Polizist. »Frag du mal den Mann da oben im Fenster.«

Sie steht auf. »'schuldigung. Haben Sie gesehen, was hier los war?«

»Wat soll hier los sein? Tote Hose. Bei die Hitze. Ick hatte Sportschau an.«

»Sonst nix gesehn?«

»'n Neger is eben aus de Waschbude geschossen. Kieken Se da ma lieber rin. Wer hat Sie denn geholt? Der muß doch wat gesehn ha'm.«

»Der Busfahrer, über Funk. Danke für den Tip. Wir kommen gleich mal hoch.«

»Nee, nee. Denn komm ick lieber runter.« Der feiste Mann verschwindet aus dem Rahmen. Die Polizistin im WashCenter. Sie kommt im selben Augenblick wieder aus der Tür, als ein Rettungswagen und ein Notarztwagen auf den Bürgersteig poltern. Der Polizist springt von dem Mäuerchen hinter der alten Frau hoch. »Und?«

Fünf Männer, zwei in Feuerwehruniform, drei in Weiß, springen aus dem Wagen.

»NAW in' Waschsalon«, sagt die Polizistin. »Da liegt einer am Boden und blutet aus allen Rohren.«

Fred Breinersdorfer

Drei elegante Herren

Feierabend. Und dann kommen diese drei eleganten Herren. Einer wie der andere solide angezogen, so wie man's hier sonst nicht sieht.

Ich sitze also da, mache die Abrechnung, habe den Rock hochgeschlagen, bin verschwitzt, müde und ausgepumpt, die Füße geschwollen, und dann klappt leise die Hintertür, und sie treten ein. Der Wirt ist beim Scheißen, und seinen Hund hat er in der Tierklinik mit einem Knöchelbruch. Ich also allein mit diesen drei eleganten Herren, die durch die Hintertür eingetreten sind und sich lächelnd umsehen. Das war eine feine Sorte von Lächeln, das sie auf ihren Gesichtern gehabt haben. Man ist oft empfindlich, wenn bessere Leute über einen lächeln. Aber meistens wird dann noch etwas dazu gesagt, was einen in Wut bringt. Dieses einheitliche Lächeln auf den Gesichtern der drei Männer war fast freundlich, möcht' sagen, irgendwie einladend. Nicht der Ausdruck einer Überheblichkeit über die Bedienerin, die sie sitzen sehen mit ihren Abrechnungszetteln und der Brille auf der Nase, der Brille, die man tragen kann, wenn's Feierabend ist, weil's da keiner mehr sieht außer dem Wirt. Aber der zählt nicht.

Ich glotze die drei Herren an und sag', daß es Feierabend ist. Sperrstunde. Fünf Uhr am Morgen. Unsereiner hat auch sein Recht auf ein paar Stunden Ruhe. Am

Abend geht's weiter. Immer dieselbe Mühle. Und sie sehen sich an und lachen, fröhlich, aufgeräumt. Einer fragt, ob's denn für nette Nachtschwärmer nichts zu trinken gibt. Der Körper verlangt sein Recht, müssen Sie wissen.

Ich schüttle den Kopf, denke, daß das nicht mein Bier ist, weil sich der Wirt drum kümmern muß, wenn er vom Scheißen kommt. Meine Kolonnen gehe ich noch mal durch mit dem Kuli und denk', daß mich die drei am Arsch lecken können. Einer hat in die Jukebox was eingeschmissen. Gleich ein großes Geldstück. Es kommt so ein Blues raus. Musik, die vorne aus den Lila-Lautsprechern heraustrieft. Einer von den drei eleganten Herren steht vor der Jukebox und wiegt sich in den Hüften. Die Musik dröhnt mächtig, und es ist doch Sperrstunde, Feierabend. Mein Gott, weiß ich denn, wo ich diese drei Männer hintun soll? Wenn ich sie anscheiß', mach' ich noch einen Fehler, weil sie specials vom Wirt sind. Gerade als einer 'ne Flasche Gin aus dem Regal hinten vom Tresen fingert, will ich mein Maul aufmachen. Aber da kommt der Wirt vom Scheißen, reibt sich die Hände wie nach einem guten Umsatz. Er glotzt auf die drei eleganten Herren. Ich kann sein Gesicht sehen, und ich erkenne, wie es in ihm schafft. Für mich ist es heute nacht over, denke ich, out, baby, fuck yourself. Mein Überschuß heut macht hundertneunundzwanzigdreißig. Diese Gedanken kommen mir in den Kopf, weil ich die Knopfaugen im Gesicht des Wirtes blinken sehe.

Signal lautet money.

Er hat sich eine Meinung gebildet. Die drei eleganten Herren stehen da und grinsen verbindlich. Natürlich darf der eine Typ die Ginflasche behalten und daraus den anderen einschenken. Sie schnappen sich flink die Gläser vom Abspültisch hinter dem Tresen, drehen sich um, zack, zack ist die helle Brühe eingeschenkt. Eine Bewegung aus der Hüfte, und die vier heben die Gläser, sehen sich an, und dann weg mit dem Zeug. Mein Wirt schenkt nach. Ob denn die schöne Frau auch noch einen Schluck mittrinkt, fragt endlich einer von den drei eleganten Herren. Und als ich nein sage und aufstehe, da meint der Wirt, daß der Service nicht inbegriffen ist und daß ich mir noch was verdienen kann, bei den Überstunden hier, sozusagen aus dem Handgelenk. Ich denke an die hundertneunundzwanzigdreißig und nehme die Ginflasche in die Hand. Ich schenk' aus. Gluck, blubber, gluck. Und ich erwarte, daß einer von den drei eleganten Herren kommt, sich mit einem schiefen Blick neben mich stellt und mir die Pfoten um die Hüfte oder die Schulter legt. Spätestens nach ein paar Minuten fragt man, was ich heute abend noch so mache, das gehört sich so. Ich warte. Eine Flasche Gin macht bei uns netto zweihundertzwanzig. Das ist kein Nepp. In den Nepps legste mehr hin, viel mehr. Dazu kommen noch dreißig für die Bedienung. Dafür läßte schon mal so einen Typ die Pfoten ausruhen auf den Hüften oder den Schultern. Aber von denen kommt keiner mit den Pfoten.

Währenddessen quatschen sie über dieses und jenes. Bis endlich einer der eleganten Herren auspackt und dem Wirt zeigt, was er zu verkaufen hat. Sie haben das in den Anzugtaschen. Und sie ziehen die Sachen heraus und legen sie auf den Tresen. Erst Papiere mit Stempel und Unterschrift, dann lauter grüne Steine. Smaragde. An einer grünen glitzernden Kette liegen sie auf dem dunklen Holz unseres abgescheuerten Tresens. Klicker, klakker und Stück für Stück. Mir laufen die Augen über. Und unserem Wirt erst! Seine Knopfaugen in dem weißen Gesicht glänzen, und seine Nasenflügel gehen flink auf und ab, zittrig wie bei einem Frettchen, das eine Witterung aufgenommen hat. Das wären Smaragde, sagt der eine von den eleganten Herren und trinkt einen Schluck vom Gin. Ich schenke nach. Der Wirt schnalzt mit der Zunge und schneuzt sich. Ich weiß, daß er übern Tresen noch zwölf Porsche-Sonnenbrillen und Rolex aus Hongkong verkauft und gar nicht so schlecht an den Deals verdient. Pro Brille einen Zehner und pro Rolex, mixed Stahl und Gold, sogar über einen Fünfziger.

Inzwischen trinke ich mit. Habe schon vier Gläser drunten, und eine neue Flasche ist angebrochen. Ich weiß nicht, wie solche Kerle so viel vertragen können. Und keiner quatscht was von Liebe oder vom Bett oder so'm Scheiß. Sie respektieren mich als Frau sozusagen, und sie saufen, saufen, saufen. Und ich schenke ein. Als die zweite Flasche runterläuft, sehe ich nur noch Zahlen vor dem Auge, vierzig Mark. Man kann so sagen, daß es sich gelohnt hat. Daß die Männer über die Smaragde quatschen, die immer noch vor ihnen auf unserem Tresen funkeln, versteh' ich nicht.

Endlich macht einer der drei eleganten Herren eine große Bewegung mit den Händen und kehrt alles zusammen in einen kleinen Ledersack. Der Ledersack und die Papiere wandern in die Krallen des Wirts, und es wird bezahlt, was man getrunken hat. Ich krieg' noch ein Trinkgeld, und ich bin froh, daß keiner von den drei eleganten Herren mit mir pennen will.

Der Wirt sagt gerade zu einer, daß das Leben schön ist. Der alte Zigeuner muß es ja wissen. Aber es ist sein Getue und Gequatsche, was die Leute in unseren Bunker hier zieht. Sonst wüßte ich nicht warum; das Bier und die lauwarmen Schnäpse? Klaro, das nicht. Die Mädels kommen zwischen zwei Nummern rein, um sich aufzuwärmen. Na ja, und die anderen? Die paar verklemmten Freier, die sich Mut ansaufen, und die Beschützer der Damen, die kommen wegen der Mädels. So isses bei uns. Und ich bring' den Schnaps und das Bier mit der blassen Blume obendrauf und die Buletten mit Ketchup oder Feuersenf, wahlweise. Warme Küche gibt's bei uns nicht. Die Buletten hol' ich am Abend vom Metzger.

Ich sag' grad, daß ich fünf Klare und fünf Bier brauch'. Der Wirt zapft und schüttet schon ganz automatisch. Ich lehne am Tresen, zieh' an meiner Kippe, die in einem Ascher kohlt. Ich hör', wie der Wirt zu der sagt, daß eine Geldanlage sicher sein muß und daß doch die Mädels hier die einzigartige Chance haben, daß sie sich was zurücklegen können, solange der Umsatz es trägt und die Haut noch straff ist. Das ist genau der Punkt bei jeder von denen. Wie das Geld reinkommt, so fliegt's wieder raus. Futsch. Und jede schwört sich, wenn sie morgens wieder mit'm Schädel wie ein Bernhardiner aufwacht, daß mal was zurückgelegt werden muß. Deswegen sind die Geschäfte besonders gut, wenn eine gerade gekommen ist und noch aus den Augen sieht oder wenn eine das heulende Elend hat, so zwischen zwo und vier. Dann wandern die grünen Klunker auf den Tresen und ein Papier mit Stempel und Unterschrift hinterher. Ich kenn' das in den letzten Tagen schon.

Die hier liest laut vor. Echtheitszertifikat und daß ein Institut bescheinigt, was der kleine grüne Stein für Karat hat und was so einer wert ist und daß da ein Professor unterschrieben hat. Ich denk' mir, daß bei den Mädels, wo nix schriftlich läuft, gerade das Schriftliche ganz hoch angesehen ist. Dann der zweite Akt. Der Wirt schlägt eine Wirtschaftsillustrierte mit glänzendem Papier auf, jetzt ist es allerdings schon abgegriffen. Und die Kleine liest vor, daß bei den Smaragden eine sagenhafte Wertsteigerung erwartet wird. Wieder hört man die Namen von Professoren. Und die müssen's wissen, denk' ich mir auch. Der Wirt hat endlich das Bier rübergebracht und auch den Schnaps. Ich schwirr' ab, behalt' das Ganze aber im Auge, seh' deshalb, wie die Kleine aus den Jeans ein paar eng zusammengelegte Scheine pult, die auf den Tresen wandern und von dort in die Tasche des Wirts.

Das läuft wie geschmiert. Der macht sicher Tausende am Tag. Unklar ist, warum er den Zockern nichts anbietet vom grünen Stoff. Die Jungs sind doch immer scharf auf feste Werte. Und für 'nen schnellen Deal hat jeder mal 'ne Mark. Ob's Ware ist, die nicht so koscher ist, das stinkt keinen an. Hauptsache, der Preis ist okay. Also warum denn so'n Getue? Ich versteh's nicht, halt' mich aber dran, wenn er sagt, nichts für die Luden.

Ein paar Tage später sind sie ihm trotzdem gekommen. Zwei. Eigentlich keine, die ich immer bei uns seh'. Nur so gelegentlich sind die dagewesen. Aber der Wirt hat drei Steine einem Mädel von denen angedreht. Und jetzt wollen die auch ins Geschäft kommen. Mir liegt schon gar nicht der leise Ton, den die zwei anschlagen. Das hört sich nur so an, als wär's ein freundliches Gespräch. Aber die Zeiten bei uns sind nicht so nach freundlichem Gespräch. Das weiß jeder. Dem Wirt sein Gesicht grinst breit, und er kriegt solche Speichelfäden ans Maul, weil es ihm trocken wird vor Muffe, das Maul. Der eine von den zwei ist so eine tätowierte Sau, der einen silbernen Schlagring hat und immer Tarzan und Akim liest und meint, daß er Tarzan oder Akim ist. Der hat übrigens auch den letzten Dreck an Weibern laufen, den allerletzten. Ich bedien' die nicht gern. Alle nicht. Aber jetzt hängen die so rum und wollen auch Steine mit Papieren kaufen, als Geldanlage.

Ich beobachte den Wirt und muß mich wieder wundern, warum der so'n Gescheiß macht. Ich tät' sie denen verkloppen, wenn's sein muß, alle grünen Klunker mit allen Professorenunterschriften, wenn nur der Preis stimmt. Und es glaubt doch keiner, daß so zwei halbe Handtücher kommen können und einen Putz machen mit dem Wirt, der auch noch ganz andere kennt, die vielleicht zu ihm halten. So'n richtigen Zoff kann sich doch keiner von den zwei leisten. Doch mein Wirt steht mit einer Fresse aus Angst hinter dem Tresen und behauptet, daß ihm die Steine ausgegangen sind und daß er sicher welche besorgt. Morgen oder übermorgen.

Morgen oder übermorgen, wiederholt der Tätowierte und lacht. Es läuft einem kalt runter, wie der so lacht. Erst dann kommt's mir, daß keiner von den anderen Jungs im Lokal ist. Der Wirt stellt zwei Schnapsgläser vor die Kerle. So 'ne Art Friedensangebot. Aber die lachen nur, und der eine langt über den Tresen und holt sich den Wirt am Ohr wie einen Rotzbengel und zieht ihn rüber. Dem Wirt sein Ohr ist feuerrot, und er grinst trotzdem noch. Die Schnapsgläser bleiben leer. Der eine läßt den Wirt los und sagt mit einer Betonung: Morgen! Da weiß jeder, wo er dran ist. Dem Wirt sein Ohrläppchen ist eingerissen, es läuft ein Tropfen Blut auf den Kragen und wird aufgesaugt wie von einem Löschblatt.

Wieder Feierabend, wieder kommen diese drei eleganten Herren. Jeder anders angezogen als letzte Woche, aber alle sind wie aus dem Ei gepellt. Ich bin schon fertig mit den Kolonnen. Und ich schieb' natürlich gleich die Brille in die Tasche, wie ich die Hintertür leise klappen höre. Sie verneigen sich leicht und einheitlich, sie lächeln mir zu. Man kennt mich. Klaro. Wo der Wirt ist, fragen sie. Der hat aber nur hinter dem Tresen gekniet und Tonic in den Kühlschrank geschichtet für morgen. Er kommt mit rotem Gesicht hoch, und man sieht ihm an, daß er sich freut, ehrlich freut. Ja, so 'ne Überraschung! Er schnappt sich die Ginflasche, kommt rum um den Tresen, und die drei eleganten Herren lächeln. Gluckerdigluck. Sie trinken alle vier, sind ein Herz und eine Seele. Nach mir fragt keiner. Ich brauch' sie auch nicht mehr zu servieren. Keiner will sich bei mir anlehnen. Sie quatschen über das Geschäft und die Steine. Die Herren haben eine Ausgabe von einer feinen Zeitung dabei, die vorne keine Bilder drauf hat. Sie lesen aus Kolonnen von Zahlen vor, und man hört, daß der Smaragd schon wieder gestiegen ist. »Zahlemann und Söhne«, sagt der eine von den Herren schließlich. Der Wirt holt eine schmale Ledertasche aus seinem Büro und zählt dreißig von den großen braunen Scheinen mit der Ritterburg drauf dem einen in die Hand. Man sieht ihnen an, daß sie zufrieden sind. Alle vier. Mich sehen sie nicht, und ich tu, als wär' ich noch bei der Abrechnung. Bloß meine Brille habe ich nicht aufgesetzt, weil's nicht nötig ist.

Endlich kommt die Rede auf eine neue Lieferung. Auch mir ist das ›Morgen‹ von vorhin noch gut im Ohr. Da sagt einer der Herren, der bis jetzt fast immer geschwiegen hat, das Wort ›Vorauskasse‹. Man schweigt, die drei Herren lächeln vornehm und still. Der Wirt schildert seine Situation, einkommensmäßig mein' ich, daß er seinen Schnitt macht, sagt er, ja, okay, aber daß es so ist, daß er gleich noch mal dreißig Riesen laden kann, so auch wieder nicht. Ob's nicht noch mal geht wie neulich, man sieht doch, daß man in ihn ein Vertrauen setzen kann. Hat er nicht pünktlich alles abgerechnet und gezahlt? »Ja, ja«, antwortet der Schweigsame, aber die wirtschaftliche Situation sei halt so, und wo der Smaragd jetzt wieder an den Rohstoffbörsen steigt, da hätte man sich selbst engagiert, nein, leider nichts ohne Vorauskasse. So geht's hin und her, bis dann der Wirt eine andere Ledertasche holt, die ich bei ihm noch nie gesehen habe, und fünfundzwanzig aufs Holz zählt. Fünfundzwanzig Vorauskasse, damit waren sie einig. Die restlichen fünf auf Kredit. Und ich seh' den Wirt schon, wie er morgen strahlt, wenn er den Jungs die Klunker verkaufen kann. Und sie geben ihm die grünen Steinchen und die Papiere. Alles kommt zwischen die Schnapsgläser auf den Tresen. Der Wirt macht einen Spaß und fragt, ob das alles denn überhaupt echt ist. Wer ihn kennt, der kann so einen Unterton hören. Die drei eleganten Herren sind amüsiert. Dann klopfen sie dem Wirt auf die Schulter. Na so was, mein Guter. Er macht Geld und stellt Fragen. So was. Haben denn nicht die Institute und Professoren alles genau geprüft und unterschrieben?

Natürlich.

Also, alles paletti.

Endlich darf ich mit dazu. Großzügigerweise. Und so was stinkt einem dann ganz außerordentlich. Trotzdem komm' ich, weil ich sehen will, wie einer fünfundzwanzig von diesen braunen Scheinen wegsteckt wie ich einen Groschen als Trinkgeld. Schwupp schlupfen die Scheinchen in eine Krokobörse. Die Börse verschwindet in der Brusttasche eines sehr guten Anzuges. Dann saufen sie noch ein bißchen, labern über Geldanlagen und die Sicherheit von Sachwerten und den Sozialismus, der alles versaut. Einer von denen langt mir so nebenher an die Brust. Da wird nichts mehr draus. Dann empfehlen sich die Herren, verneigen sich wieder so schön gleichförmig. Ich stell' mir immer vor, daß Japaner so sind. Endlich sind sie draußen. Ich hab' schon daran gedacht, ob einer von denen das nächste Mal vielleicht mit mir pennen will, und was man da verlangen könnte. Mein Wirt hat wieder ein Ledersäckchen mit den Klunkern und seine Echtheitszertifikate. Seine Hände sind dieses Mal nicht so krallig, wie er alles abräumt. Mir kann's egal sein.

Dann, wie wir zusammen rausgehen in den Novembernebel und den Nieselregen, der einem den Husten in die Bronchien setzt, gerade wie der Wirt den Schlüssel in die Tür steckt, um abzuschließen, da kommen die Bullen aus den Löchern. Es sind plötzlich unheimlich viele Bullen da. Einer fuchtelt mit einem Papier herum. Das Papier hat auch Stempel und Unterschrift. Dann filzen sie uns beide. Ich muß zu einer Polizistin, die aussieht wie eine Marathonläuferin und einen Bart hat. Später kommen wir wieder zurück zu unserem Lokal in der Begleitung der Polizei. Da haben sie schon gefunden, was sie suchen: der mit dem Durchsuchungsbefehl zeigt auf die Klunker und die Zertifikate und fragt, wem das denn gehören würde? Warum? Weil die Steine falsch sind, kaum was wert, Smaragde zwar, aber ganz einfache Qualität. Ein Nasenwasser wert.

Man kann die Raserei von meinem Wirt verstehen, die er jetzt um sechs am Morgen veranstaltet, wie er rumbrüllt und tobt. Sie sagen ihm, daß da noch Hehlerei dazukommt, weil zu allem die Klunker geklaut waren. Alles in allem, meint der mit dem Durchsuchungsbefehl, gibt's bei den Vorstrafen von meinem Wirt zwei oder zweieinhalb Jahre, und da ist noch Bewährung auf Strafen, die ausstehen, die noch keine fünf Jahre alt sind. Ich mein' zwar, das ist nicht die Welt für einen wie meinen Wirt, der muß doch einen breiten Buckel haben und mal die fünfundfünfzig Mille wegstecken können und die Jährchen auf dem Arsch runterreißen; mit Verlusten muß gerechnet werden. Aber der ist aus dem Häuschen.

Und wie der von den drei eleganten Herren anfängt, die nach Feierabend durch die Hintertür gekommen sind und mit ihm Gin getrunken haben, da müssen die Bullen alle lachen, weil seine Beschreibung so komisch klingt und weil er keinen Namen kennt. Da wär nichts Realistisches dran, sagt der eine Polyp und wischt sich die Augen aus vor Lachen, und er meint, daß er als erfahrener Mann sich was anderes einfallen lassen soll. Dann kommt unser Wirt auf den Dreh, daß er die zwei Luden vom Abend beschimpft; daß sie ihn bei den Bullen reingehängt haben, die Säue, bloß weil sie nicht ins Geschäft gekommen sind, brüllt er außer sich. Auch darüber lachen sich die Bullen dumm und dusselig.

Sie führen ihn ab. Sie sagen zu ihm, denk dir 'ne bessere Geschichte aus.

Als sie mich fragen, habe ich mir vorher schon überlegt, daß es ja wirklich einen geben muß, der meinen Chef reingehängt hat. Ob's eine von den Weibern war oder einer von den Jungs? Ich weiß es nicht. Oder die drei eleganten Herren? Nie, die jedenfalls haben das Bare mitgenommen, fünfundfünfzig. Alle Achtung. Dafür muß 'ne alte Frau lange stricken. Und denke ich: wenn einer von der Schmiere von Anfang an die Pfoten in der Sache hat?

Vorsicht ist die Mutter der Porzellankiste, sagt meine Mutter. Als sie mich fragen, was ich wahrgenommen habe, antworte ich, daß es mir leid tut, enorm leid, wenn Sie wissen, was ich meine, aber daß ich auf der Toilette war und daß ich nichts gesehen habe.

Wie ich mit meiner Aussage vor dem Gericht fertig war, hab' ich hinüber zu meinem früheren Wirt geschaut und gesehen, daß er schon aufgegeben hat. Ich denk' mir, Junge, das ist nicht die Todesstrafe, wenn einer ein paar Jahre weg muß. Aber ich weiß, daß so was schlimm ist für einen, der, wie man so sagt, in den besten Jahren ist.

Ich nick' ihm zu. Aber er grüßt nicht zurück. Warum auch. Ich geh' raus, weil das Gericht mich als Zeugin entlassen hat. Ich hab' ein Zeugengeld zu beanspruchen, das ich mir hol'. Wie ich dann raustrete auf die Straße, da seh' ich hinten vor dem Ausgang, wo sie die Gefangenen in den Handschellen rausführen, vier Kerle stehen. Und die vier interessieren mich. Ich komm' näher und starr' sie an, da ist der Bulle mit dem Durchsuchungsbefehl, und da sind alle drei Herren, die uns zweimal besucht haben. Nur, daß sie nicht so elegant wirken, weil sie so Freizeitklamotten anhaben und nicht diese schönen Anzüge und diese italienischen Schuhe mit der schmalen Linie. Sie stehen da, haben die Hände in den Taschen, stehen da, rauchen und lachen. Ich nix wie hin und gefragt, warum sie nicht da oben sind, auszusagen wie jeder andere anständige Mensch auch? Und wo überhaupt die fünfundfünfzigtausend Märker geblieben sind, die sie eingeschoben haben?

Da sind sie plötzlich erschrocken und starren mich an. Nur der eine, der an mir rumgefingert hat, glotzt weg. Er fängt auch als erster mit dem Lachen an. Der Schweigsame sagt, daß ich mich irre, und nennt mich gute Frau. Ich krieg' den Rappel, weil ich so seine Stimme ganz genau erkannt habe, muß ich schreien, daß sie Schweinekerle sind und daß es eine Granatensauerei ist, was da abläuft. Die Passanten bleiben stehen. Ich spucke die Kerle an, aber ich bin so schlau, daß ich fortrenn', bevor sie sich entschließen können, mich zu packen.

Ich um die Ecke und wieder hinauf in den Gerichtssaal, damit ich endlich meine Aussage mach' und sag', wie's war und warum ich vorher nichts gesagt habe. Nicht, weil ich das nicht vertragen kann, wie sie mit so einem umgehen, und daß es viel schneller jedem so passieren kann, viel schneller, als man denkt.

Wie ich reinkomm' und mich melden will, da plädiert der Staatsanwalt, und den kann man nicht unterbrechen. Ich hör' zu. Und wie ich die Richter oben anseh', schwarz wie Krähen und mit ihren kalten Augen, da fällt mir ein, wie der Vorsitzer gesagt hat, daß man bestraft wird wegen einer Falschaussage, auch wenn man was wegläßt.

Da denk' ich, mein Gott, jetzt bin ich aus der Sache bisher ungeschoren rausgekommen, und ich hab' einen guten Job in 'ner Kneipe, der mir heute fast zweihundert in der Nacht bringt. Ich hab' mein Auskommen und kann auch nach Gran Canaria oder nach Ibiza, wenn ich will. Und ich muß nicht Nacht für Nacht die Beine dafür breit machen wie die Mädels bei uns. Wenn ich jetzt sag', wie's war, glaubt's dann einer? Sag, glaubt's einer? Im Grund kann man doch froh sein, daß unsere Polizei heute so moderne Methoden hat, denk' ich, und daß es doch immer den Richtigen trifft. Bin ich denn angeklagt worden? Ich hätt', mal so gesagt, genauso verdächtig sein können. Mich hat keiner angeklagt. So isses doch. Es trifft immer die Richtigen, sag' ich mir.

Und der Staatsanwalt fordert zweieinhalb Jahre Freiheitsstrafe, ohne Bewährung, als ich geh'.

Uwe Erichsen

Sport ist Mord

Kessner sah Ferdis grünen BMW schon von weitem, als er auf den Parkplatz an der Waldschenke zufuhr. Ferdi hüpfte neben seinem Wagen herum und machte ein paar Kniebeugen, die seinem makellosen neuen hellroten Trainingsanzug nichts anhaben konnten.

Alles an Ferdi war makellos. Auch das Lächeln im breiten Gesicht. Wahrscheinlich hatte er ein Buch über Trimmen und Joggen gelesen, bevor er in die neuen Laufschuhe schlüpfte. Kessner stieg aus und nickte Ferdi zu, der um den staubverkrusteten Taunus herumkam.

»Mensch, Georg, ich bin dir ja so dankbar«, sagte Ferdi. »Daß du das für mich tun willst! Ich weiß nicht, wann ich zuletzt gelaufen bin. Ist bestimmt zehn Jahre her ...«

»Ja, ja«, sagte Kessner. Das Gelabere kannte er. Arbeit und Streß, Termine und Parties. Nicht einmal die Mitgliedschaft im Tennisclub konnte Ferdi motivieren, seinen schweren Körper zu bewegen. Wahrscheinlich fürchtete er, sich zu blamieren. Eine Sorge, die hier im Wald unbegründet war, da waren sie ganz allein, er und Ferdi.

Kessner stellte seine Digitaluhr auf Null und drückte den Knopf für die Stoppuhr. Die Zahlen liefen.

»Komm«, sagte er. »Zuerst langsam locker anwärmen.«

Nebeneinander trabten sie über den breiten Weg, der in den Wald führte. Ferdi hielt sich neben ihm, bemüht, federnd zu laufen und gleichmäßig zu atmen. Einatmen durch die Nase, ausatmen durch den Mund.

»Ich weiß nicht, wie lange ich durchhalte«, sagte Ferdi.

»Wenn du nicht mehr kannst, machst du einfach Schluß.«

»Ich will dir die Tour nicht verderben.«

»Mach dir meinetwegen keine Gedanken«, gab Kessner mürrisch zurück. Er hatte schlechte Laune und er wußte, warum. Bis zuletzt hatte er gehofft, daß Ferdi passen würde.

Er bemühte sich, den langsamen Schritt beizubehalten. Als der Weg schmaler wurde, ließ er Ferdi vor.

»Du bestimmst das Tempo«, sagte Kessner. Ferdi atmete schon schwerer. Kessner sah auf die Uhr. Drei Minuten. Wenn er allein lief, erreichte er die Abzweigung am Jägerpfad nach sechs Minuten. Dort verließ er immer den breiten Hauptweg und lief über schmale Waldwege. Er hatte eine Runde abgesteckt, die einer Strecke von knapp fünf Kilometern entsprach. Die Distanz lag ihm. Er lief sie zweimal in der Woche. Die Bestzeit von 19 Minuten erreichte er nur selten, doch darauf kam es ihm nicht an. Es kam darauf an, in Bewegung zu bleiben. Meistens brauchte er 23 bis 24 Minuten, manchmal schleppte er sich auch 26 lange Minuten über die Runde. Das lag an seinem unregelmäßigen Leben. Abends saufen, tagsüber rumhängen, dann wieder richtig Gas geben, Geld machen. Das knabberte ganz schön an der Kondition. Oft hatte er sich vorgenommen, die Runde größer zu ziehen. Auf acht Kilometer, später auf zehn. Tiefer in den Wald einzudringen. Allein, nur gegen die Uhr zu laufen. Doch dazu hatte er sich nie aufraffen können.

Ferdi sah sich um. Der Weg gabelte sich. »Links«, sagte Kessner.

Rechtsrum war er noch nie gelaufen. Er wußte nicht, wohin der Weg führte. Der Wald war grenzenlos. Wenn er mit dem Wagen von Krefeld kam, über die Autobahn, fuhr er lange an der dichten, schwarzgrünen Kulisse entlang. Ein hoher Zaun rahmte den Wald ein, Schutz für das Wild, das früher auf die Autobahn gelaufen war und schreckliche Unfälle verursacht hatte.

Der Weg wurde wieder breiter. Die tiefen Spurrillen der Holzfahrzeuge waren trocken. Er lief neben Ferdi.

Ferdi atmete schwer. Verbissen bewegte er die Ellbogen. Laut schlugen seine Sohlen auf den harten Boden. Flapp, flapp, flapp.

Kessner grinste, als Ferdi zu schnaufen begann.

»Es wird besser gehen, wenn du regelmäßig läufst«, sagte Kessner, womit er klarmachen wollte, daß er selbst keine Luftprobleme hatte. Für seine 42 und bei dem Leben, das er führte, war er ganz gut in Form. Er konnte es sich leisten, ein paar Nächte durchzumachen. Das imponierte den Weibern. Dafür quälte er sich zweimal in der Woche durch den verdammten Wald. Um den Weibern zu imponieren. Wenn ihre Ehemänner schon schlaff in den Sesseln hingen, konnte er noch was losmachen.

Ferdi keuchte mit offenem Mund.

Ob er auch so schnaufte und röchelte, wenn er auf Christa lag?

Komisch, Christa hatte ihm nie erzählt, wie Ferdi war. Christa sprach nicht gern über ihren Mann. Dabei hätte er es gern gewußt. Ob Ferdi keuchte oder schwitzte, ob er schrie oder biß.

Wollte er es wirklich wissen? Wollte er sich wirklich über Ferdi unterhalten, wenn er ihre großen Brüste oder ihren Hintern bearbeitete?

Verdammt, er war scharf auf Ferdis Frau, und er vögelte mit ihr, sooft sie sich loseisen konnte, aber welcher Teufel hatte ihn bloß geritten, als er sich bequatschen ließ, mit Ferdi zu joggen!

Er war selbst schuld, er selbst. Warum mußte er immer mit seiner Joggerei angeben. Prahlen wie ein Jüngling: Laufen macht frei! Und: Bei keiner anderen Sportart kannst du so schnell Fortschritte erzielen wie beim Joggen. Idiotisch, einfach idiotisch.

Natürlich steckte Christa dahinter. Christa wollte, daß sie Freunde wären, ihr Mann und ihr Liebhaber: Das wär' doch toll! Wenn ihr beide zusammen lauft! Ferdi arbeitet viel zuviel. Er braucht einfach jemanden, der ihn mitzieht. Probier es doch, Ferdi!

Ferdi blieb plötzlich stehen. Sein Gesicht glühte, der Mund war verzerrt, und der Atem ging pfeifend.

»Lauf ruhig weiter!« japste Ferdi. »Ich komme nach.«

»Du weißt doch nicht, wo es langgeht!«

»Mein Orientierungssinn ist weltberühmt«, schnaufte Ferdi. »Hau schon ab!« Kessner zögerte. Ferdis Gesicht gefiel ihm nicht. Wenn Ferdi hier tot umfiel, das hätte ihm gerade noch gefehlt. Er und Christas Mann. Im Sommer hatte es in dieser Gegend tatsächlich einen erwischt. 38 Jahre, angeblich ein erfahrener Sportler. War einfach umgekippt.

»Ich bin in Ordnung«, erklärte Ferdi. »Lauf nur, ich komme schon zurecht!«

»Ich warte am Wagen auf dich«, sagte Kessner.

»Ferdi ist ja so stolz«, sagte Christa. Sie biß ihm ins Ohr.

Er richtete sich auf. »Warum mußt du ausgerechnet jetzt von ihm anfangen?«

Sie kicherte und strich mit den Fingern über sein Glied. Gerade wollte es noch einmal steif werden. Jetzt war es natürlich aus. »Mach kein Gesicht.« Sie preßte sich an ihn. »Wieviel Zeit haben wir noch?«

Er schielte zur Uhr. Elf. Um eins hatte er einen Termin. »Noch eine Stunde«, sagte er.

»Ferdi ist wirklich stolz auf sich. Wie ein Kind. Er hat's sich erst nicht zugetraut. Jetzt hat er aber keine Schwierigkeiten mehr mit eurer Strecke. Oder?«

»Er schafft sie«, gab er widerwillig zu.

Er hatte Ferdi nie für ehrgeizig gehalten. Wahrscheinlich war er es auch nicht. Er lief einfach wie eine Maschine, riß die Strecke runter.

Einige Male hatte Kessner schon Mühe gehabt dranzubleiben. Vor ein paar Tagen hatte Ferdi vorgeschlagen, eine Schleife dranzuhängen oder versuchsweise auch mal eine andere Strecke zu laufen, die länger war, aber Kessner hatte diesen Vorschlag schroff zurückgewiesen.

»Wenn du mehr laufen willst, bitte. Ich trabe nicht wie ein Idiot endlos durch den Wald.«

»Wo kommt man denn hin, wenn man an der Gabelung nach rechts läuft?« hatte Ferdi gefragt.

»Keine Ahnung. Die Wege dort sind nicht gekennzeichnet. Man kann sich leicht verirren. Und wenn du schwitzt und dann nicht mehr weiterlaufen kannst, weil du erschöpft bist, und nur noch gehst, dann ist das auch nicht ungefährlich.«

Ihm genügte die gewohnte Runde. Nun, vielleicht würde er einmal an der Gabelung rechts abbiegen, einmal nur, damit Ferdi endlich genug bekäme, Ferdi, der Jogger!

Christa rollte sich auf ihn. »Was ist mit dir?« flüsterte sie. Ihr weicher Schenkel streichelte ihn zwischen seinen Beinen. Ihre Brüste baumelten über seinem Mund. Er zog ihren Oberkörper herab, wollte mit der Zunge an die großen, hellbraunen Spitzen, aber sie begann schon, ihren feuchten Mund an seinem Körper hinabwandern zu lassen.

Dann wanderte ihr Kopf wieder aufwärts, und ihre Hand half, als er in sie eindrang. Ganz langsam bewegte sie die Hüften.

»Bleib so liegen«, sagte sie atemlos.

»Wie ist er?« fragte Kessner. Er wollte es plötzlich wissen.

Sie ließ die Hüften kreisen. Ganz langsam.

»Warum?«

Sie beugte sich herab. Ihre Stimme klang undeutlich, als sie sagte: »Er ist wie ein Tier.«

Er umklammerte ihre Pobacken. »Und? Wie ist es?«

»Gut. Sehr gut.«

»Und mit mir?«

»Mit dir ist es anders. Du bist so ... so dankbar.«

Ihre Haare wehten über sein Gesicht, als sie ihren Körper hin und her warf.

Sie vögelt mich, stellte er fest. Komisch, daß es ihm vorher nie aufgefallen war. Wie ein Tier. Tatsächlich.

Ferdi lief mit stampfenden Schritten vor ihm her. Sein breiter Hintern spannte und entspannte sich rhythmisch. Ferdi trug heute einen neuen dunkelblauen, fast schwarzen Trainingsanzug und eine Wollmütze. Weiß wehte der Atem aus seinem Mund. Es war kalt, lausig kalt.

Kessner fror leicht. Er wurde einfach nicht warm. Und er schnaubte bereits.

An der Gabelung bogen sie rechts ab. Kessner hatte sich von Ferdi bequatschen lassen: Einmal eine längere Strecke probieren, die Kondition haben wir doch!

»Du weißt ja nicht, wie lang die Strecke ist«, hatte Kessner zu bedenken gegeben, noch auf dem Parkplatz bei der Waldschenke. Die Waldschenke war im Winter geschlossen.

»Ich war am Sonntag mit dem Fahrrad hier. Ich hab' 'nen Kilometerzähler dran. Ich bin den Hauptweg gefahren und dann an der Gabelung rechts. Nach zwei Kilometern kommt eine Kreuzung, dort biegt ein schmaler Weg links ab. Der führt auf unsere Strecke zurück. Zwei Kilometer mehr, macht sieben Kilometer.«

Sieben Kilometer. Na ja.

Er versuchte, an Christa zu denken, während er seinen Körper durch den Wald schleppte. Er war nicht in Form, verdammt noch mal. Am Sonntag war Ferdi mit dem Fahrrad im Wald, vor zwei Tagen also. Komisch, daß Christa nichts davon gesagt hatte.

Sie hatte gestern morgen angerufen. Sie käme noch auf einen Sprung vorbei. Er hatte ihren Mantel noch nicht am

Haken, da stand sie schon halb nackt da. Ihre Bluse war offen, eine Brust hing heraus, und sie schob einen Schenkel zwischen seine Beine, während eine Hand an seiner Hose fummelte.

Er hatte versucht, sich zurückzuhalten, aber unter ihren saugenden Lippen und ihren geschickten Fingern war er zu schnell explodiert.

»Es war trotzdem schön«, sagte sie heiser in sein Ohr.

Er hielt ihren Hintern fest. Er nahm die Hände nicht weg, weil er ihr nicht zeigen wollte, wie satt er eigentlich war.

»Lauft ihr morgen wieder?« fragte sie.

»Sicher«, antwortete er. »Er läßt es sich doch nicht nehmen.«

»Ferdi ist in Form, wie?«

»Als ob er heimlich trainiert«, sagte er.

Christa lachte.

»Trainiert er heimlich?«

»Das kann ich mir nicht vorstellen.«

»Du müßtest es doch wissen.«

»Er hat sich in der letzten Zeit einen Haufen Zeug gekauft. Trainings- und Jogginganzüge, Laufschuhe, T-Shirts, da hab' ich die Übersicht verloren. Ich bin nämlich keine ideale Hausfrau, weißt du?« Sie lächelte verschwörerisch. »Und ich bin auch nicht immer zu Hause.«

Und dabei hatte sie ihm zwischen die Beine gegriffen. Der Griff hatte geschmerzt, und es schmerzte jetzt wieder, bei jedem Schritt.

Ferdi bog den Kopf zurück. »Zu schnell?«

»Nein, nein!« gab Kessner zurück. Er mußte sich anstrengen, den Abstand nicht größer werden zu lassen. Anfänger, dachte er verächtlich. Nachher hechelst du mit hängender Zunge hinterher, weil du am Anfang zu stark aufgedreht hast. Trotzdem, ich muß mithalten.

Ferdi sprang über eine Pfütze. Kessner sah das dunkle Wasser in der Mitte des schmalen Wegs zu spät. Er platschte voll hinein. Sein rechter Fuß rutschte zur Seite weg. Er spürte einen reißenden Schmerz in der großen Beinsehne, und er mußte kürzere Schritte machen.

Scheiße, dachte er. Auf dem dunklen, schmalen Weg war der Waldboden kaum zu erkennen. Es dämmerte schon. Sonst lief er immer morgens. Aber Ferdi hatte ihn angerufen und gesagt, daß er an diesem Morgen keine Zeit hätte und ob sie nicht ausnahmsweise am Nachmittag laufen könnten. Scheiße, Scheiße. Ferdi bestimmte, wann sie liefen und wohin sie liefen. An der Gabelung waren sie zum erstenmal nach rechts gelaufen.

Ferdi war zwischen den dichtstehenden Bäumen kaum noch auszumachen. Kessner hob das Handgelenk mit der Digitaluhr an die Augen, die vom scharfen, kalten Wind schon tränten. Die Zahlen waren nicht zu erkennen. Verdammt, wo blieb die Abzweigung, von der Ferdi gefaselt hatte? Wahrscheinlich fand Ferdi sie selbst nicht wieder.

Der Schmerz in der Sehne ließ nach, und Kessner wurde wieder schneller. Ferdi lief am rechten Rand, und Kessner konnte sich neben ihn schieben. Ferdis plumper Körper bewegte sich erstaunlich locker. Die Fortschritte, die er in diesem einen Vierteljahr gemacht hatte, waren schon atemberaubend.

»Du legst ja ein ganz schönes Tempo vor«, sagte Kessner.

Ferdi sah ihn von der Seite her an. Sein breites Gesicht war gerötet, die Augen hinter der Brille blickten jedoch klar und scharf.

»Zu schnell für dich?«

»Für mich nicht«, stieß Kessner hervor.

»Ich nehme an, wir haben etwa die Hälfte?«

»Ich sehe nicht auf die Uhr. Ich laufe einfach.« Ferdis Stimme klang keine Spur angestrengt.

»Ich glaube, du trainierst heimlich«, sagte Kessner.

»Genau wie du«, sagte Ferdi. Und nach einer Pause: »Du und Christa ...«

Kessner blieb die Luft weg. Wie nach einem Tiefschlag. Ferdi fiel einen halben Schritt zurück. Sein Lauf hatte nichts Leichtfüßiges mehr an sich. Sein Atem ging rasselnd, und seine Füße schlugen laut auf den Waldboden.

Flatsch, flatsch, flatsch.

»Du brauchst mir nichts vorzumachen«, keuchte Ferdi. »Ich weiß es schon lange.«

Alles Blut fiel aus Kessners Kopf und hinterließ nur Leere. Und Angst. Ferdis Schritte trieben ihn vorwärts.

Flatsch, flatsch, flatsch.

Sie waren vorsichtig gewesen.

Aber Ferdi wußte wohl, wie seine Frau war. Sie ließ eine Menge mit sich machen, vor allen Leuten. Sogar, wenn Ferdi dabei war. So war es auch damals gewesen, bei Otto Dünnwald auf dem Frühlingsfest.

Es war irgendwie fällig gewesen. Kessner hatte Christa immer mal angemacht, und obwohl er wußte, daß sie nicht zimperlich war, hatte ihn doch überrascht, wie sie schließlich auf dem Frühlingsfest drauf eingestiegen war.

Ein paar Tage später war sie zu ihm gekommen. Sie wußte, daß er meistens lange schlief und erst am Mittag loszog, um Versicherungen und Bausparverträge zu verhökern. Sie stand einfach in der Tür, sah ihn neugierig und hungrig an und sagte, daß sie öfter mal zum Einkaufen hier in diese Gegend komme, was er ihr nicht glaubte.

Er kam gerade aus dem Bad und trug noch den Bademantel.

»Ich habe noch nicht gefrühstückt«, sagte er. »Vorm Laufen esse ich nicht.«

»Ach, du mit deinem Joggen . . .«

»Zwei Bedingungen«, sagte sie kehlig.

Er sah sie stumm an.

»Wir dürfen uns nicht verlieben«, sagte sie.

Nein, er würde sich nicht verlieben, das hatte er hinter sich.

»Und Ferdi darf nichts merken, hörst du?«

Er zog sie an sich, und sie ließ ihren Mantel fallen, und als er mit den Knöpfen ihrer Bluse nicht zurechtkam, half sie ihm.

Sie war so ungeduldig. Und so verdammt geil. Sie sank auf den Küchenboden und zog ihn auf sich.

Flatsch, flatsch, flatsch.

Er hat es doch gemerkt.

Kessner japste. Er atmete nicht richtig. Bald würden sich Seitenstiche einstellen. Er sollte umkehren, zurücklaufen. Oder war es näher, wenn er weiterlief? Verdammt, wo war die Abzweigung?

Er fror. Da durfte er nicht stehenbleiben. Bei der Kälte verkrampften die Muskeln unheimlich schnell.

Der Weg war schmal. Ferdi stampfte hinter ihm. Kessner hörte Ferdis stoßweise Atemzüge. Als ob er weinte. Die Flasche. Rannte heulend hinter ihm her. Typisch Ferdi.

Kessner versuchte zuzulegen, dabei hatte er das Empfinden, nicht vom Fleck zu kommen.

Wenn er uns erwischt, muß es das erste Mal gewesen sein, verstehst du, hatte sie ihn beschworen. Sie hatte eine Menge zu verlieren. Ein Haus mit Swimming-pool und Sauna, Jetreisen nach Sri Lanka und in die Karibik. Das Mercedes-Coupé.

»Wir müssen zurück!« sagte Kessner laut. Ferdis große Füße klatschten auf den Boden und trieben Kessner an. Flatsch, flatsch, flatsch.

Der erste Seitenstich fuhr durch seinen Körper wie eine Klinge. Er kam aus dem Tritt, fing sich wieder. Ferdi berührte ihn fast. Mit seinem massigen Körper konnte er ihn einfach niederwalzen.

Niederwalzen. Vielleicht wollt' er das. Ihn niederwalzen, am Boden zerstören. Ihn töten. Kessners Knie wurden weich.

Ich weiß nicht, was er täte, aber ich weiß, daß er es nicht verkraften würde, hatte Christa gesagt. Da saß sie wieder auf ihm und ließ die Hüften kreisen.

Sie hatten sich zu oft gesehen. Sie waren im Lauf der Zeit etwas leichtsinnig geworden.

»Hör mal, Ferdi«, sagte Kessner mit pfeifendem Atem, »es ist irgendwie passiert, das mußt du verstehen...«

»Sie ist eine tolle Frau, was?« schnaufte Ferdi.

»Na ja...«

»Ist sie eine tolle Frau?«

»Hör doch, Ferdi, wir sollten jetzt nicht reden. Wir können über alles sprechen, wenn wir bei den Wagen sind...«

Ferdi schob sich an Kessners Seite und drängte ihn nach links. Eine Abzweigung. Zwischen dem dichten Gestrüpp war die Öffnung kaum zu erkennen. Ferdi lief wieder hinter ihm. Die Baumstämme mit den kahlen Kronen knarrten im Wind.

»Kommen wir hier zum Parkplatz zurück?«

»Sicher«, antwortete Ferdi hinter ihm.

Flatsch, flatsch, flatsch.

Die Seitenstiche und auch sein Herz machten ihm zu schaffen. Und die große Beinsehne. Und der Schienbeinmuskel schien sich am Knochen zu reiben. Kessner belauerte seinen Körper. Er hatte das Gefühl, daß sein Körper ihn im Stich lassen würde. Gleich.

Kessner wollte stehenbleiben. Aufgeben. Er stolperte. Ferdi keuchte direkt in seinen Nacken hinein. »Ich weiß, daß du nicht der erste bist, mit dem Christa es getrieben hat, aber du bist der erste, den ich dabei erwische.«

Ein Zweig schlug Kessner übers Gesicht. Der Hieb, der Schmerz schleuderten ihn zu Boden.

Ferdi war über ihm. Er zerrte ihn auf die Beine.

»Los weiter!« drängte Ferdi. Er stieß Kessner an. »Du mußt dich bewegen! Gleich kommt ein breiter Weg.«

Kessner taumelte vor Ferdi her. »Was hast du vor?« keuchte er. »Mensch, Ferdi, es ist einfach passiert! Es hat nichts zu bedeuten, nichts... Besonders nicht für Christa.«

»Ich weiß. Sie würde mich nicht verlassen.«

Er ist wie ein Tier, hatte sie gesagt.

»Ferdi, um Gottes willen«, wimmerte Kessner, »laß uns vernünftig sein!«

»Ich bin vernünftig.«

»Was hast du vor?«

»Ich will es rausschwitzen. Sonst nichts.«

»Du hast heimlich trainiert!« schrie Kessner.

»Heimlich?« Ferdi lachte. Es klang unheimlich. »Du spinnst. Seit acht Wochen laufe ich jeden Tag. Christa weiß es. Hat sie es dir nicht gesagt?«

Er hatte sie gefragt, aber sie hatte es ihm nicht gesagt. Sie war ein Luder. Sie suchte die Luststeigerung. Sie wollte genießen. Sie wollte, daß die beiden Männer einander zerfleischten. Oder zu Tode hetzten. Und er hatte geholfen, Ferdi in Form zu bringen.

Sie war pervers.

Jäh trat sein Fuß ins Leere. Er stürzte in einen Graben. Das Wasser war eiskalt. Er schnappte nach Luft. Wenn Ferdi ihn hier nicht rausholte, würde er verrecken. Das Wasser war nicht tief, aber er konnte sich nicht auf den Beinen halten. Er hatte keine Kraft mehr, und der Boden war schlammig.

Er spürte Ferdis Hände, die ihn aus dem Wasser zogen.

»Du mußt in Bewegung bleiben«, sagte Ferdi. »Sonst hast du keine Chance.«

Vor Kessners Augen wurde es schwarz. Mit jedem Atemzug drangen spitze Nadeln in seine Lungen. Sein Laufanzug hing wie Blei an ihm. Und er fror, fror jämmerlich. Er lief weiter. Er lief unter einem Zwang, den er nicht definieren konnte. Und hinter ihm wieder Ferdi. Flatsch, flatsch, flatsch.

»Siehst du den Weg?« hörte er Ferdi fragen.

Er kniff die Lider zusammen. Er sah ein Stück blaßgrauen Himmel über der breiten Schneise, die auf einmal keinen Anfang und kein Ende mehr zu haben schien. Die gerade ausgerichteten Baumreihen trafen sich wohl erst im Unendlichen. »Ich kann nicht mehr«, sagte er tonlos. Seine Zähne schlugen aufeinander. »Ferdi!« schrie er. »Wo bist du? Laß mich hier nicht allein!«

Ferdis Stimme kam von irgendwoher.

»Ich hole Hilfe! Aber lauf weiter! Du mußt in Bewegung bleiben!«

Zweige knackten, aber Kessner konnte Ferdi nicht sehen.

Ferdi Fröhlingsdorf kam aus dem Wald. Locker lief er zur Telefonkabine an der Zufahrt zur Waldschenke. In seiner Hosentasche stecken zwei Zehnpfennigstücke. Er wählte die Notrufnummer.

Zehn Minuten später rauschte ein Streifenwagen mit zwei Polizisten an. Der Notarztwagen folgte etwas später. Ferdi beschrieb den Polizisten die Stelle, wo er den erschöpften Kameraden zurückgelassen hatte.

Der eine Polizist wußte offenbar, welche Stelle Ferdi meinte.

»Das ist ja nicht weit«, sagte er. »Wenn er nicht in die falsche Richtung weitergelaufen ist, werden wir ihn bald finden.« Er ließ seine Handlampe aufleuchten und probierte das Megaphon aus. Forsch drang er in den Wald ein, gefolgt von den beiden Sanitätern mit der Trage.

Der Polizist, der zurückgeblieben war, sah ihn aus schmalen Augen an.

Ferdi sagte: »Ich bin eigentlich noch Anfänger, aber er... Er ist ein erfahrener Jogger. Wir machen heute die zehn Kilometer, hat er gesagt, und im Frühjahr Halbmarathon... Ich konnte ja nicht ahnen, daß er plötzlich schlappmacht. Er wußte auch nicht mehr, wo wir waren.

Ich mußte rumlaufen und suchen. Da konnte ich ihn nicht tragen...«

»Ihnen hat niemand einen Vorwurf gemacht«, sagte der Polizist. »Sollen wir jemandem Bescheid sagen? Ihrer Frau vielleicht?«

»Nein, danke«, sagte Ferdi. Er hatte Christa gesagt, daß er heute später nach Hause kommen würde.

Die Tür zu ihrem Schlafzimmer stand halb offen. Sie lag quer über dem breiten Doppelbett. Sie hatte sich nicht zugedeckt. Das Nachthemd war in die Höhe gerutscht, weil sie ein Bein angewinkelt hatte. Der blaßrote Stoff bauschte sich im Schoß; es sah aus, als hätte jemand seine Hand dort liegen.

»Mein Gott!« sagte sie. »Du siehst ja aus...«

Er nahm die Brille ab, die in der Wärme des Zimmers beschlug, wischte sie sorgfältig trocken und setzte sie wieder auf.

Langsam ging er auf das Bett zu.

»Er wollte heute unbedingt die große Runde machen«, sagte er. Schwer ließ er sich neben Christa fallen und schob seine Hand unter das Hemd. Ihre Haut schien zu glühen. »Er hat schlappgemacht. Ich mußte die Polizei anrufen.«

Ihre Augen wurden schmal. Er schob das Nachthemd höher, bis ihr Schamhügel im hellen Licht lag.

»Ich habe ihn besiegt«, sagte er.

Er sah, wie ihre Nasenflügel flatterten. Langsam zog sie das Hemd höher, über die Brüste, über den Kopf.

Sein Körper war muskulös, nicht mehr schwammig, als er auf ihr lag, um sie zu besiegen. Auf seine Weise.

Als der Orgasmus kam, sah er Kessner wieder vor sich. Kessner auf der Trage, bis zum Hals zugedeckt.

Er stöhnte, und Christa schrie, aber sie sah nicht, was er sah. Er sah, wie der junge Arzt langsam die Decke über Kessners Gesicht zog.

Uwe Friesel

Für Elise

Guido Blankenhorn, Polizeirat a. D., saß an der Schreibmaschine. Das Fenster stand offen. Unten im Hof tschilpten die Spatzen.

Seit er im Alter von vierzig Jahren ›im wechselseitigen Einverständnis‹ aus dem Amt geschieden und Frührentner geworden war, hatte er mit dem 10-Finger-System begonnen und sich eine gebrauchte elektrische *Facit* zugelegt. Denn es hatte sich herausgestellt, daß seine Kenntnisse gefragt waren: als Gutachter vor Gericht wie auch als Spezialist für deutsche Unterwelt in englischen und amerikanischen Zeitungen.

Blankenhorn schrieb seine Kommentare unter Pseudonym und verfolgte mit Schadenfreude, wie sie auf die hanseatische Fachwelt zurückwirkten. Irritierend, wie gut der Korrespondent von Daily Worker und Washington Post Bescheid wußte. Besonders über die Verhältnisse in der Freien und Hansestadt. Hier konnte es sogar unangenehm werden. Denn jener Urs Wiefele, der da als Schweizer verkleidet in den Eingeweiden der hansestädtischen Unter- und Oberwelt las und sie fachgerecht deutete, teilte allzu detailliert mit, was die Hamburger Innenbehörde bei ihrer Aufpasserarbeit alles übersah.

Blankenhorn ahnte ihre Wut. Irgendwann würden sie es ihm heimzahlen, die Ex-Kollegen. Wenn er nicht darauf gefaßt war.

Trotzdem: das Schreiben war eine friedfertige Tätigkeit, fand er.

In diesem Augenblick gab es einen dumpfen Knall. Gleich darauf ein Klingeln. Sodann klirrte es unten im Hof und die Spatzen stoben davon, während zwei Wörterbücher, ein Fotoalbum und eine Porzellankatze, die zu weit aus dem Regal geragt hatte, neben der Schreibmaschine zu Boden gingen. Es kam ihm so vor, als habe die schwere schwedische Maschine unter seinen Fingern einen Hüpfer getan. Sie stand schief auf ihrem Filz. Der Wagen war an der Seite angeschlagen – aha, daher das Klingeln! –, der Stuhl, auf dem er saß oder vielmehr hing, war zwei Handbreit verschoben. Vorsichtig setzte Blankenhorn die Füße auf den Boden. Tänzelte zur Tür. Das Haus war zwar solide gebaut und hatte beide Weltkriege überlebt, aber wußte man, wie lange die Konstruktion hielt, wenn neuerdings die Explosionen *innen* stattfanden?

Jetzt aber die Treppe runter, in Turnschuhen und Morgenmantel und mit Riesensätzen, und im zweiten Stock geläutet. Der Mieter unter ihm machte sofort auf und fragte belegt: »Wa-wa-was war denn?«

»Das wollte ich von Ihnen wissen, Herr Phillippi. Darf ich eintreten?«

»Aber ja doch, bitte. Sie verstehen ja was davon.«

Blankenhorn war nun zwar kein Explosionsexperte. Aber die Leute haben festgefügte Vorurteile.

»Kochen Sie mit Gas?«

»Ich koche nie. Meine Haushälterin kocht.«

»Herr Phillippi: mit Gas oder elektrisch?«

»E-e-elektrisch.«

»Und woher kommt der Rauch?«

»Welcher Rauch?«

»Na, riechen Sie denn nichts??«

»Doch, ja. Jetzt, wo Sie's sagen. Oh! Das Kinderzimmer.«

Und während Herr Phillippi ein kleines blau-weiß kariertes Taschentuch aus der Hose zog, um einen aufkommenden Schnupfen- und Tränenreiz zu bekämpfen, deutete er heftig auf die Tür zur Linken, unter der es gelb hervorquoll. Es war das Zimmer genau unter Blankenhorns Schreibtisch.

Blankenhorn riß die Tür auf. Wollte zum Fenster stürzen, hielt aber sogleich inne, das Klirren der auf dem Hof aufschlagenden Scheiben noch im Ohr. Phillippi indes stürzte an ihm vorbei und öffnete tatsächlich die leeren Rahmen. Zum Glück konnte er sich dabei nichts tun, denn die Fenster waren mitsamt dem Kitt fein säuberlich im Quadrat nach außen gedrückt worden.

Nun merkte es auch Phillippi. »Gerade neu«, murmelte er, die leeren Flügel wieder schließend.

Das Zimmer ein Chaos. Ein komplettes Bücherbord war von der einen Seite auf die andere geschleudert worden und hatte ein dort aufgestelltes Aquarium zertrümmert. Daher der zwiespältige Eindruck von feuchten Füßen und staubigen Lippen. Phillippi hustete. Der Qualm lichtete sich. Unten im Hof wurden Stimmen laut: Im zweiten Stock! Ruf mal einer die Feuerwehr!

Blankenhorn, Kopf im Nacken, mit tränenden Augen die Decke absuchend, entdeckte zwei kartoffelgroße Löcher über der Stelle, wo das Bord gestanden hatte. Das Klavier stand noch am alten Platz, aber die Seitenwand war angekokelt. Auf derselben Höhe hatte auch die Tapete einen Brandfleck. Sah aus wie ein negativer Komet.

»Da muß es explodiert sein«, sagte er vor sich hin, »da im Bücherbord.«

»Was?« fragte Phillippi.

»Das wissen Sie sicher besser als ich«, sagte Blankenhorn, »dies ist schließlich Ihre Wohnung, nicht meine.«

»Wieso explodiert? Wieso meine Wohnung – ich meine, wieso explodiert etwas in meiner Wohnung?« fragte Phillippi. Er stand da und starrte durch letzte

Rauchschwaden zu Blankenhorn herüber, die Arme beschwörend erhoben, so daß man die ledernen Ellbogenherzen auf seiner Strickjacke erkennen konnte.

Erstaunlicherweise funktionierte das elektrische Licht.

»Wir werden das alles gleich ganz genau wissen, Herr Phillippi, die Polizei und die Feuerwehr sind sicher schon im Anmarsch«, sagte Blankenhorn beruhigend. Dann sah er die drei gelben Stäbe am Boden: drei mit gelber Plastikfolie umwickelte, wie verlängerte Klorollen wirkende Stäbe. Phillippi bückte sich, um sie aufzuheben, doch Blankenhorn stieß ihn zur Seite. »Nicht anfassen! Das sind Sprengkapseln!« schrie er. »Sehen Sie das denn nicht?« Und als Phillippi nur tonlos die Lippen bewegte, setzte er hinzu: »Wo sind eigentlich Ihre Kinder?«

Phillippi war jetzt sehr fahl im Gesicht. »Ich rufe meine Mutter an«, flüsterte er.

Über die Trümmer des Bücherbords und feuchte Sitzkissen hinweg stieg er an Blankenhorn vorbei in den Flur und ins gegenüberliegende Wohnzimmer. Man hörte ihn wählen. Zugleich hörte man sich nähernde Martinshörner. Blankenhorn wollte die Ankunft der Behörden lieber nicht abwarten. Herr Phillippi würde schon noch mit ihm reden, wenn sie wieder weg wären. Daß er die Sprengkapseln offensichtlich nicht als Sprengkapseln erkannt hatte, machte die Sache interessant: denn das hieß ja, er hatte nicht die leiseste Ahnung, und jemand Drittes war am Werk gewesen. Genau unter seinem Arbeitsplatz. Guido Blankenhorn stellte sich vor, wie es wohl ausgesehen hätte, wären alle vier Stäbe hochgegangen und nicht nur einer. Ob er dann wohl mitsamt seiner Schreibmaschine ein Stockwerk tiefer gesackt wäre? Auch schoß ihm durch den Kopf, daß, wer immer die Ladung gezündet hatte, kurz vor seinem Eintreffen aus Phillippis Wohnung verschwunden sein mußte. Doch das konnte nicht sein. Dazu war er selber zu schnell nach unten gestürzt. Er hatte niemanden bemerkt. Und es gab nur ein Treppenhaus. Also Fernzündung. Oder Zeitzünder? Drauf kam es an.

Oder gebärdete sich Phillippi vielleicht nur deshalb so wirr, weil die Wirkung nicht war wie erhofft? Unsinn. Welchen Grund sollte er haben, sich in seiner eigenen Wohnung in die Luft zu sprengen? Nein, Phillippi mit seiner Wolljacke und den Ärmelschonern war alles andere als ein Kamikaze-Typ. Obwohl – man hat schon Pferde kotzen sehen –

Blankenhorn rückte den Drehstuhl vor seiner Schreibmaschine in die gewohnte Position, so daß Schreibtisch und Lexikonregal ringsum in Reichweite waren. Er konnte sich wieder in jede Richtung drehen, ohne sich die Knie zu stoßen: eine Anordnung, wie er sie in fünfzehn langen Dienstjahren bei der Kripo immer erträumt, aber nie zustande gebracht hatte. Wunderbar. Wenn sie ihn jetzt so sehen könnten –

Wütend sprang er auf. Lief in die Küche. Ständig diese Rückblenden! Die Sache war gelaufen, basta! Schließlich definiert sich der Mensch noch durch andres als durch seinen Stellenwert innerhalb einer Beamtenhierarchie!

Tatü – tata. Das Fenster gegenüber reflektierte das Blaulicht von der Straße. Mindestens fünf waren es, und schon nahte der sechste. Die brauchten immer ihre zwanzig, dreißig Sekunden, ehe sie begriffen, da waren längst welche von ihnen. Er ging ins Wohnzimmer hinüber und sah auf die Straße. Der Bürgersteig auf der anderen Seite dicht bepackt mit Leuten. Polizeibeamte, die den Verkehr umleiteten, weil sie selber im Wege standen. Schritte im Treppenhaus. Hoffentlich kommen sie nicht noch bis zu mir herauf.

Blankenhorn hatte keine Lust, den Kronzeugen zu spielen, er zog es vor, einen Spaziergang zu machen, und turnte an keuchenden Feuerwehrleuten, an Helmen, Feuerpatschen und Feuerlöschern vorbei ins Freie. Unbehelligt trat er hinaus. Wandte sich nach links und ging davon. So konnte jeder davongehen, sogar jetzt noch. Auch der Täter.

Gleich am nächsten Morgen klingelte es wie erwartet, und Phillippi stand vor der Tür. Es sei furchtbar. Sein Ansehen als Vater, sein Ruf als Bürger seien so gut wie ruiniert. Blankenhorn legte dem vor Aufregung zitternden Mann einen freundschaftlichen Arm um die Schultern und bugsierte ihn ins Arbeitszimmer. Flüchtig kam ihm zu Bewußtsein, daß Phillippi nicht älter war als er selbst. Es war keine Frage des Alters, sondern der Haltung. Oder war ein kaufmännischer Angestellter wirklich dermaßen abhängig von seinem Ansehen bei den Kollegen, den Mitbewohnern, beim Milchmann gegenüber?

Phillippi nahm ächzend Platz, als könne er die Last nun bald nicht mehr tragen. Blankenhorn bot ihm eine Zigarette an. Er war froh, daß Phillippi ablehnte, denn er selber war Nichtraucher, seit er diese Magenkrämpfe gehabt hatte. Aber einen Tee würde er doch sicher mögen? Phillippi schüttelte düster den Kopf. Er sah alt aus. Nein, auch keinen Tee.

Nun denn. Was war denn nun?

Sein Sohn, dieser Halbstarke, dieser völlig mißratene Bengel von fünfzehn Jahren, hatte in der Tat – es war ganz unglaublich – die Sprengstoffstangen besorgt, wo nicht gar hergestellt. Eigenhändig.

»Hätte ich ihm gar nicht zugetraut«, sagte Blankenhorn. Doch Phillippi, darauf versessen, loszuwerden, was er wußte, war schon bei den technischen Details: »Also Schwarzpulver, wissen Sie, dieses graue Zeugs aus Holzkohle und Schwefel und so weiter, und dann alles in ein Stück Bleirohr gestopft, na, Sie kennen das ja, Sie wissen das ja viel besser.«

Blankenhorn nickte. Er hatte zwar keine Ahnung, weder von der chemischen Zusammensetzung von Schwarzpulver, noch vom Zweck des Bleirohrs, aber das war ja auch völlig belanglos. Auf Motive und Absichten kam es an. Er wollte Phillippi nicht unterbrechen.

Phillippi erzählte nun, wie sein offenbar verrückt gewordener Sohn mit seinem Freund, einem zweiten jugendlichen Verrückten, in der Scheune des Nachbarn – denn die Bombenbastelei geschah auf dem Lande, bei der Großmutter – mit Hilfe der Zutaten, die sie in den Apotheken der umliegenden Orte zusammengekauft hatten, das Pulver mixte. Heimlich. An jenen friedlichen Wochenenden, wenn er mit den Kindern die Omi besuchen fuhr. »Da kommt noch Aceton oder Nitroglyzerin hinzu, wissen Sie, und dann wird das Ganze zu einem Teig verknetet –«

»Kann man dabei nicht in die Luft fliegen?«

»An so was haben die Bengels doch gar nicht gedacht, die blöden Kerle! Die haben den Kram in die Rohre gestopft und dann Korken drauf und dann alles umwickelt, mit gelbem Lenkerband.«

»Lenkerband?«

»So eine Art Isolierband. Nimmt man für Fahrradlenker, bei Rennrädern.«

»Ach ja, richtig. Gelb. Sahen wirklich sehr echt aus, die Stäbe gestern auf Ihrem Fußboden. Ich dachte, das sei echtes Dynamit.«

Ob ihm denn die Wirkung nicht auch so schon gereicht hätte, fragte Phillippi. Er wirkte übermüdet. Natürlich habe er ins Polizeipräsidium müssen. Noch am selben Abend. Sogar der Staatsschutz sei dagewesen. Man habe sie ausgequetscht wie zwei Orangen, ihn und seinen Sohn. In getrennten Vernehmungen, versteht sich.

Versteht sich.

»Ich denke, Ihr Sohn war in den Ferien?«

»Ja, bei seiner Großmutter auf dem Lande. Schon eine Stunde nach der Explosion kamen sie auf den Hof, drei Zivile aus Hamburg und der Ortspolizist. Sind auch gleich fündig geworden: noch acht Rohre desselben Kalibers. Und dann haben sie noch eine Sprengkammer entdeckt, die mein sauberer Sohn und sein Freund unter einem Heuschober ausgebuddelt hatten. Eine Sprengkammer! Stellen Sie sich das vor!«

Blankenhorn stellte es sich vor. Wie gegen einen kodachromfarbenen Heidehimmel der Heuschober lodernd abhob und dann trocken in sich zusammenfiel.

»Dreißig Meter feinpoliges Zündkabel hatten sie auch schon besorgt. Und eine Kombination aus sechs Monozellen, na, Sie wissen schon, diese Trockenbatterien für Stablaternen oder Radios. Mann, Mann, Mann.«

An dieser Stelle seines Berichts versank Phillippi in tiefes Nachdenken, ja es schien, als habe er die Gegenwart Blankenhorns und die Tatsache, daß er in dessen Arbeitszimmer saß, völlig vergessen. »Hat denn die Polizei nichts weiter gefunden, bei Ihnen unten?« fragte Blankenhorn in die wachsende Stille.

»Bei mir? Wie kommen Sie darauf?«

»Na, zum Beispiel einen Zündmechanismus, wie bei der Scheune.«

»Nein. Neinneinnein. Nichts dergleichen.«

»Wie ist es dann zu der Explosion gekommen?«

»Es war Selbstzündung.«

»Wie bitte?«

»Ja. Hat der Sprengmeister von der Feuerwehr gesagt. Und ein Experte vom Staatsschutz hat's bestätigt.«

Blankenhorn mochte es nicht glauben. Trotz der technischen Belehrung, bei einem geeigneten Zünder, etwa aus Glühlampen-Fäden, sei der Widerstand so gering, daß schon eine elektrostatische Aufladung des Fußbodenbelags genüge, den Funken überspringen zu lassen. Daß es sich so zugetragen hatte, mochte ja angehen. Aber dieser Zufall war von Phillippi junior mit Sicherheit weder so geplant noch vorausgesehen worden. Nein, an *dieser* Explosion war der Junge unschuldig. Nur: welche andere hatte er geplant? Man legt nicht ohne jeden Grund vier Sprengstoffstangen ins Bücherbord.

Am nächsten Morgen, der Junge war wieder zur Schule, klingelte Blankenhorn bei Phillippi. Der war immer noch nicht beieinander und öffnete ihm im Schlafanzug. Er schlürfte zurück zum Küchentisch, als sei er inzwischen sein eigener Großvater.

»Na, noch nicht von dem Schock erholt?« fragte Blankenhorn teilnehmend.

Phillippi schüttelte den Kopf. Er deutete auf einen Stuhl.

»Sagen Sie, Herr Phillippi: Wer spielt eigentlich bei Ihnen Klavier?«

»Um Gottes willen, stört es Sie?« Phillippi rechnete nur noch mit Katastrophen.

»Es ist vielleicht nicht jedesmal der reine Ohrenschmaus –«, sagte Blankenhorn dunkel.

»Der Junge übt zu wenig! Er macht so gut wie keine Fortschritte. Was mich das kostet!« sagte Phillippi. Dann, nach einem Blick auf das halbe Brötchen in seiner Hand: »Möchten Sie vielleicht die andere Hälfte? Und einen Kaffee?«

»Nichts dagegen«, sagte Blankenhorn.

»Warten Sie, ich gebe Ihnen einen Teller.«

»Nicht nötig«, sagte Blankenhorn, nach dem Messer des Jungen greifend, das vor ihm auf dem Tisch lag. Aber das ließ Phillippi nicht zu. Er sprang auf, räumte hastig das gebrauchte Geschirr seines Sohnes in den Abwasch und deckte noch einmal frisch auf. »Keinen Handschlag tut er hier, keinen einzigen Handschlag!« Blankenhorn machte sich erst jetzt klar, daß Phillippi mit den beiden Kindern, dem Pyrotechniker und seiner kleinen Schwester, seit er sich erinnerte, allein hier lebte. Die Mutter, wußte er von seinem Etagennachbarn, war eines Tages mit einem Freund durchgebrannt, ohne Vorwarnung, aus heiterm Himmel.

Schwer atmend ließ sich Phillippi wieder auf seinem Stuhl nieder.

»Wissen Sie: seit einiger Zeit kann ich sagen, was ich will, der Junge reagiert überhaupt nicht. Er hört gar nicht zu.«

»Spielt er denn gern Klavier?« fragte Blankenhorn kauend.

»Gern? Wahrscheinlich nicht. Jedenfalls hat er nie Lust. Aber schließlich hat er seit seinem achten Lebensjahr Unterricht. Da kann ich ihn nicht einfach aufhören lassen. Wo er sowieso nur noch Unsinn im Kopf hat.« Phillippi starrte vor sich hin.

Blankenhorn aß sein Brötchen.

»Müssen Sie nicht zur Arbeit, Herr Phillippi?«

»Ich hab' mich krank schreiben lassen.«

»Aber Sie sind doch gar nicht krank!«

»Doch! Ich fühle mich ausgesprochen elend.«

»Ich geb' Ihnen nachher mal die Telefonnummer meiner Ärztin. Das ist eine sehr vernünftige Frau. Versteht auch was von Psychologie.«

»Ich brauch' doch keinen Seelendoktor! Bloß weil mich diese Bombe so mitnimmt? Das würde ja wohl jedem so gehen!«

»Da haben Sie recht, ja.«

Blankenhorn trank seinen Kaffee aus und stand auf. »Könnten wir noch mal das Zimmer Ihres Sohnes ansehen?«

»Da ist noch nichts aufgeräumt.«

»Um so besser. Lassen Sie mich vorangehen.«

»Was wollen Sie denn noch sehen? Es ist doch alles geklärt.«

Aber Blankenhorn war schon durch die Tür. Der schwarze Fleck an der Tapete neben dem Piano markierte genau, wo der Stab hochgegangen war. Seine Wucht hatte ausgereicht, das Bücherbord auseinanderzureißen und die Teile durch den Raum wirbeln zu lassen. Die versengte Seitenwand des Pianos war inzwischen abgeschliffen. »Ich lasse es ausbessern«, sagte Phillippi.

Blankenhorn ließ sich auf dem Klavierhocker nieder, der mit Plastikfolie bedeckt war. Er schlug ein paar Töne an.

»Müßte es nicht gestimmt werden?«

»Wieso? Es ist erst vor zwei Wochen jemand hier gewesen.«

Phillippi klang etwas gereizt.

»Und Ihr Sohn: ist er vorher oder nachher zur Großmutter gefahren?« fragte Blankenhorn.

Phillippi sah ihn verständnislos an.

»Vor zwei Wochen, Herr Phillippi, oder später?«

»Vor acht Tagen. Davor waren ja gar keine Ferien. Diesmal gab es doch nur sechs Tage Osterferien.«

»Spielt Ihre Tochter auch Klavier?«

»Dazu ist sie noch zu klein. Sie spielt Blockflöte.«

»Ach, das ist Ihre Tochter? Ich muß sagen, sie ist wesentlich musikalischer als Ihr Sohn.«

»Finden Sie?«

»Das müßten Sie doch längst gemerkt haben, Phillippi. Wenn einer nach sieben Jahren Unterricht immer noch die ›Elise‹ tingelt oder Wiener Lieder in der schlichtesten Ausführung, oder wenn Weihnachten nicht ein einziges Weihnachtslied mit der Blockflötenstimme übereinstimmt – das heißt, ich will nicht ungerecht sein, manchmal klingt es ja ganz geläufig.«

Phillippi senkte den Blick. Er schluckte. »Das ist dann wohl, wenn ich spiele«, sagte er leise.

»Aha! Interessant! Dann sind Sie es also, der ab und zu was Barockes hinlegt? Oder auch eine Etüde von Chopin oder dergleichen?«

»Stört es Sie sehr, Herr Blankenhorn?«

»Nö, Sie machen das ganz passabel. Ihr Sohn dagegen scheint ja wohl über die mittleren drei Oktaven in diesem Leben nicht mehr hinauszukommen.«

»Weil er nicht übt! Wenn er doch nur begreifen würde, wie wichtig das ist, später.«

»Nehmen Sie's mir nicht übel, Phillippi: aber ich kenne Leute, die sind auch ohne Klavierspiel was geworden im Leben«, sagte Blankenhorn leichthin. Er stand auf und öffnete den Gehäusedeckel. »Hoffentlich ist der Rahmen nicht verzogen.«

»Halten Sie das für möglich?«

Blankenhorn bat um eine Taschenlampe. Eilfertig flitzte Phillippi in den Flur, um sie zu holen. Nein, er hat nichts zu tun mit diesem merkwürdigen Anschlag. Der zumindest ihn, Blankenhorn, das Leben hätte kosten können –

Phillippi kam mit einer flachen Militärlampe zurück und knipste sie an. Sie brannte nicht. Er machte sie auf. Sie war leer.

Unterdes hatte Blankenhorn schon den Arm im Klavier und tastete die Seitenwand ab. Nichts. Er klappte die Vorderabdeckung herunter. Man sah das Hammerwerk, säuberlich in drei Abteilungen unterteilt, den Stimmstock und die Spannwirbel. Noch einmal schob er den Arm ins Gehäuse.

Und nun überzog ein Grinsen sein angespanntes Gesicht, »ah!« sagte er, als habe ihn jemand unter der Achsel gekrault, und als seine Hand wieder zum Vorschein kam, hielt sie zwischen Daumen und kleinem Finger eine flache Taschenlampenbatterie. An Plus- und Minuspol baumelten die abgerissenen Enden von hauchfeinen Glühlampenfäden.

»Sehen Sie, Phillippi, es gibt doch einen Zünder! Man muß nur an der richtigen Stelle suchen. Jetzt brauchen wir noch den Auslöser. Spielen Sie mal diesen Ton«: – und er stellte den Kopf schräg, um auf dem Buchstaben ›i‹ einen kieksenden Laut hervorzuquälen.

Aber Phillippi war unfähig, den Ton zu spielen. Die Linke hielt er ans Herz gepreßt, mit der Rechten stützte er sich auf der Sitzfläche des Klavierhockers ab. Blankenhorn schlug nun einen Ton nach dem anderen an, bis er ziemlich weit rechts auf eine schwarze Taste stieß, die in seltsam scheppernder Manier etwa den Laut erzeugte, den er gerade mit seinem Kehlkopf herzustellen versucht hatte. »Was ist das?« fragte er streng.

»Ein viergestrichenes ›dis‹ oder ›es‹«, stöhnte Phillippi.

»Kommt dieser Ton in ›Elise‹ vor oder in den Wiener Liedern?«

»Nein, nicht.«

»Also wird er, wenn überhaupt, nur von Ihnen angeschlagen. Wenn Sie spielen. Aber hören Sie denn nicht, wie falsch er klingt?«

»Ja, sicher. Jetzt, wo Sie's sagen –«

»Jetzt, wo ich's sage! Und Sie wollen musikalisch sein? Sie sind ja genauso taub wie Ihr Sohn! Dieser eine Ton hat mich schon tagelang genervt!«

Er fuhr mit den Fingerkuppen die Hämmer entlang. Einen hielt er fest. »Das ist er! Hier steckt die Reißzwecke! Sehen Sie her, Phillippi: wenn diese Reißzwecke beim Aufprall des Hammers die beiden ›dis‹-Seiten miteinander verbindet, ist der Stromkreis geschlossen, und das Klavier fliegt in die Luft. Vorausgesetzt natürlich, die vier Sprengkörper sind richtig geschaltet. Aber da hat Ihr Sprößling ja Übung. Gar nicht schlecht ausgedacht! Der Junge ist begabt. Er hätte nur noch die Ladung im Klavier unterbringen müssen.«

Phillippi rang nach Luft. Es dauerte eine Weile, bis er wieder sprechen konnte. »Um Himmels willen, erzählen Sie das nicht der Polizei. Bitte! Und vor allem, schreiben Sie nichts davon in der Zeitung!«

»Daß Ihr Sohn Sie umbringen wollte? Ich bitte Sie, wen interessiert das schon in Amerika oder England! Na, und BILD werde ich es kaum mitteilen.«

Phillippi keuchte. »Wenn es nämlich öffentlich würde – ich wüßte nicht, was ich täte.«

»Schaffen Sie das Klavier ab!« schlug Blankenhorn vor,

zur Tür gehend. »Und noch was: nehmen Sie keinen Maler. Renovieren Sie das Zimmer gemeinsam mit Ihrem Sohn. So etwas verbindet.«

Wie fixiert man doch ist! dachte er, während er zu seiner Wohnung hinaufstieg und wieder vor seiner Maschine Platz nahm. Da hab' ich doch tatsächlich die ganze Zeit geargwöhnt, dieses Attentat hätte mir gegolten. Um mir einen Denkzettel zu verpassen. Lächerlich. Ich sehe schon weiße Mäuse.

Er wollte gerade ein frisches Blatt einspannen, da ließen dumpfe Schläge den Fußboden erbeben. Wie elektrisiert sprang er auf.

Aber es war nichts Ernstes. Im Stockwerk unter ihm zerschlug nur jemand ein massives Möbel, schien es.

Horst Herrmann

Essig und Öl

Die Brüder Wolters wohnten Goethestraße 8 und 10. Da Peter der ältere war, spotteten die zwei, lag sein Grundstück an der ansteigenden Straße etwas erhöht und konnte auf das von Hans herunterschauen. Keiner von den beiden hielt diesen Umstand für wesentlich. Sie lachten, wenn sie sich besuchten, Peter treibe es wieder mal in die Niederung oder Hans ins Mittelgebirge.

Selbst wenn es tagelang geregnet hatte und kleine Bäche die Chance sahen, sich einen Schlammpfad von Peter zu Hans zu bahnen, machten die zwei Blödsinn, legten Kanäle an und bauten Dämme, wie sie es als Kinder getan hatten. Sie kümmerten sich nicht um das Gezeter, das die Frau von Hans machte. Die fürchtete um die Sauberkeit ihres Anwesens.

Bei solchen Gelegenheiten schauten sich die Brüder an und wußten, was sie dachten. Hans hatte voll ins Leere gegriffen, als er Susanne geheiratet hatte.

Vor dieser Dürren hatte Peter ihn schon früh gewarnt. Doch Hans hatte gemeint, in Privatdinge ließe er sich nicht dreinreden und ältere Brüder warnten sowieso gerne, wo es nicht um ihre eigenen Sachen gehe.

Hans hatte inzwischen sechs Jahre Zeit bekommen, das schnelle Gefühl zu bereuen, das er einmal Liebe genannt hatte. Trost brachte ihm der Beruf. Er war im Ölgeschäft tätig.

Das war der Grund, weshalb die Häuser der Wolters noch immer mit Öl beheizt wurden, während die Nachbarn schon auf Erdgas umgestiegen waren. Dieses erforderte keine Tankwagen und keine Tankfahrer, die auf dem Grundstück herumstiefelten und Blumen zertraten.

Mit Öl zu heizen, war nur noch sentimental. Meinte Susanne. Früher oder später würde sie ihrem Mann auch diesen Unsinn austreiben.

Was Hans genau trieb, blieb ihr unklar. Immer wieder war er in Geschäften auswärts, oft im Nahen Osten. Dann kamen Postkarten mit merkwürdig verschlungenen Schriftzeichen in die Goethestraße. Zwei bis drei Monate, nachdem sie aufgegeben worden waren. Luftpost leistete sich der Geschäftsmann für Privates nicht mehr.

Als Susanne ihn einmal gefragt hatte, was er da unten mache, war er ausgewichen und hatte etwas von Jobs gefaselt, die viel Gefühl und Geld brauchten, um so einträglich zu werden wie die seinen. Blöder Beruf, dachte sie, Öl ist doch von allein schmierig. Wozu noch Schmiergeld? Sie lachte über ihre Dummheit. Mochte Hans doch bleiben. Sie vermißte den Ölprinzen nicht. Den Schmierölprinzen.

Überlegte sie recht, so haßte sie ihren Mann nicht. Haß verriet Interesse. Sie aber kümmerte sich nicht um Hans. Er kam in ihrem Leben nicht mehr vor.

Ganz stimmte das nicht. Schließlich tauchte er alle paar Monate wieder auf, reichte ein Geschenk über den Tisch, redete den gleichen Schwachsinn wie beim letztenmal und tat nicht viel gegen den Eindruck, als wollte er morgen wieder weg in die Wüste.

Nur Peter schien diesen Drang bremsen zu können. Mit seinem Bruder verstand sich der Ölprinz gut. Susanne fand den Schwager unmöglich. Peter hatte harte Hände wie Hans. Die beiden hatten Finger, die Wurstfinger hätten heißen können, wären sie nicht nur fleischig, sondern auch geschmeidig gewesen. Aber Schwielen und Wursthaut, das paßte nicht zusammen, dachte Susanne.

Die Ehe ist tot, sagte sie sich, Kinder sind nicht, das schenkt Zeit zum Nachdenken. Kein Wunder, wenn man nichts voneinander hält und der Mann monatelang Scheichs schmiert.

Susanne vertrieb sich die Langeweile im Garten. Der war, was bei der intensiven Pflege nicht ausbleiben konnte, ein Prachtstück. Er verhielt sich, wie Susannes Fachzeitschriften ihn geplant hatten: Da waren Ratschläge von Experten ernstgenommen worden, da blühte ein verbessertes Farbempfinden auf, da wucherte nicht – wie bei Peter – Blau neben Grellrot, da rankten die Rosen nicht einfach rauf und runter, da standen keine Fichtenreihen herum, da wußte jede Pflanze, was sie zu leisten hatte, da zeigte sich nicht die Phantasielosigkeit derer, die nur Platz füllten, aber kein Verständnis für die Harmonie der Natur aufbrachten.

Hyazinthen und Tulpen taten sich zielstrebig auf, dann blühten Reseden mit Verbenen, schließlich Chrysanthemen mit Astern um die Wette. Es gab lauschige Ecken inmitten von Rhododendren, stille Plätzchen unter Platanen, aber auch Vogelhäuschen und -tränken, vier Springbrunnen und eine Pergola. Auch der Gemüsegarten mit seinen Salat-, Rettich- und Möhrenreihen wie mit der Unterabteilung Küchenkräuter zeigte biologisches Gleichgewicht. Susanne war eine Künstlerin.

Vögel und Schmetterlinge, Bienen und Hummeln fühlen sich gewiß ebenso wohl in diesem künstlichen Paradies wie die Besitzerin, dachte Hans. Nur er selbst kam sich, wenn er schon mal da war, im Prüf- und Schaugarten seiner Frau störend vor. Wie ein Maulwurf, dem der tödliche Spatenhieb drohte.

Ordnung war das Wort, das Susanne schätzte, wenn sie auf ihr Reich zu sprechen kam. Durch das vielfarbige Grün zogen sich ihre Bahnen: Sauber geharkte Wege, nicht die Andeutung eines Unkrauts, kein Moos, keine Flechte, schon gar kein Abfall, der Nachlässigkeit verraten hätte, kein übersehenes Zweiglein, keine verwelkte Blüte.

Denn auch die Entsorgung, gerade sie, war geregelt. Versteckt, hinter Liguster und nur auf Umwegen zu erreichen lag der Kompostbehälter. Er nahm alles auf, was das Bild störte und was Susanne ihrem Garten nicht antun wollte.

Susanne mochte den Behälter nicht. Doch er war unvermeidlich. Ersteres verband ihn mit ihrem Mann, letzteres nicht. Der Gedanke an die Vermeidbarkeit ihres Mannes ließ sie nicht mehr los. Mit ihm konnte sie sich anfreunden. Wo ein Gedanke ist, findet sich ein Plan.

In den nächsten Wochen grübelte sie. Es gab feststehende Tatsachen und flüchtige Gedankenverbindungen. Es war zum Beispiel sicher, daß aus der Ehe nichts mehr werden würde. Nicht, als hätte sie sich nach einem anderen gesehnt. Einmal geliebt worden zu sein, reichte ihr fürs Leben.

Hans mußte getötet werden, wollte sie nicht Gefahr laufen, aus dem angeheirateten Haus geworfen zu werden. Garten oder Straße, Tod oder Scheidung, so nahe lagen die Alternativen beieinander.

Die näheren Umstände ordnete sie unter die Variablen ihrer Planung ein. Hans war zu ermorden, aber auch fortzuschaffen. Lange fand sie keine Lösung. Doch als sie wieder im Garten saß, tippte sie sich an die Stirn: Eben dieser Garten bot eine zweifache Möglichkeit. Er schuf die Voraussetzungen für das Verbrechen wie für die Verwertung des Verstorbenen.

Susanne ging ans Werk. Hans kam erst nächste Woche zurück, und so blieben Zeit und Ruhe. Sie dachte nicht an die Hilfe von giftig blühendem Kraut, nicht an Eisenhut (Aconitum), Fingerhut (Digitalis), Hahnenfuß (Ranunculus) oder Goldregen (Cytisus). Zwar boten die Jahreszeiten Auswahl, doch unsichere. Wie hätte sie Hans dazu kriegen können, ein Kompott aus Tollkirschen (Belladonna) aufzuessen oder einen Sud von Pfaffenhütchen (Euonymus) zu trinken? Doch auch, wenn Giftmorde statistisch kaum von Bedeutung waren, wie sie gelesen hatte, mußte es ein solcher sein. Mit Beil oder Messer wollte sie nicht gegen Hans vorgehen.

Es erwies sich als förderlich, daß Wolters zwei Vorlieben hatte. Er aß fürs Leben gern Salat, und er mochte nicht nur Öl. Auch Essig.

Was den Salat betraf, so war sie breiter Zustimmung sicher. Zwar fanden sich immer Leute, die keinem Kaninchen Konkurrenz machen wollten und Salate strikt ablehnten. Doch nahm es die Mehrzahl der Nachbarn als Zeichen von Zuneigung, daß Susanne ganze Bataillone Kopfsalat anbaute, um ihrem Wüsten-Hans keinen Nachschub schuldig bleiben zu müssen.

Daß Wolters auch Essig liebte, war dagegen ungewöhnlich. Nicht, was die Zubereitung von frischen Salaten betraf, obgleich andere Zitrone oder Sahne vorzogen. Essig an Salaten war üblich. Und eine Frau wie Susanne beschränkte sich nicht auf gewöhnlichen Essig. Sie setzte eigene Aromen an, was ihr Anerkennung einbrachte.

Aber Hans hatte sich eines Tages auch an seine Großmutter erinnert und seiner Frau vorgeschwärmt, aus Mineralwasser, etwas Zucker und einem Spritzer Essig-Essenz lasse sich ein durstlöschendes Getränk bereiten. Susanne hatte sich kopfschüttelnd darangemacht, diese Flause durch übertriebene Dosierungen auszutreiben. Hans war beharrlich geblieben. Wo andere Wein oder Bier oder Limo tranken, schüttete Hans seine Essigwässer in sich hinein. So was bekäme er bei seinen Scheichs ebensowenig wie Kopfsalat.

Gut, meinte Susanne. Der Mann soll seinen Essig und seinen Salat haben. Sie holte das Keramikgefäß mit dem Zapfhahn wieder raus und setzte in der Essig-Mutter eine neue Kreation an. Darüber sprach sie sogar mit der Schwägerin, und die mit Peter. Je unverfänglicher über dies wichtige Detail des Mordplans geredet wurde, desto sicherer war der Plan.

Der Kräutergarten bot Rosmarin und Salbei, Essenz fand sich auch, und die Köchin fügte noch eine dauerhafte Dosis Diäthylnitrophenylthiophosphat hinzu. Da Susanne für ihren Garten alle möglichen Vertilgungsmittel benötigte, die dem unerwünschten Getier den Garaus machen mußten, war dem Apotheker nicht aufgefallen, daß die gute Kundin sich diese Woche ein stärkeres Mittel mit Namen E 605 hatte einpacken lassen.

Hans kam, aß sich durch den Salat, der mit marktüblichen Dressings angerichtet worden war, beklagte die Gedankenlosigkeit seiner Frau, die keine eigene Tunke vorbereitet hatte, und war glücklich, als dann doch noch eine hausgemachte Köstlichkeit versprochen wurde.

Diese mußte allerdings noch etwas ziehen. Daher durfte sie erst am Mittwoch, dem Tag des Abfluges, genossen werden. Als Höhepunkt einer gastronomischen Woche. Hans freute sich.

In der Zwischenzeit hatte Susanne einen leicht übergewichtigen Studenten, den sie im Kino als Double für Hans ausgeguckt hatte, dazu überredet, sich für Mittwoch freizuhalten. Er sollte mit dem Paß und dem Ticket ihres Mannes die Abendmaschine nach Frankfurt und dann die nach Riad benutzen, dort zwei Tage bleiben und unter eigenem Namen und mit eigenem Ticket zurückfliegen.

Der Student war erstaunt gewesen. Susanne hatte ihm aber gesagt, er solle nicht immer nachfragen, andere überführten Autos in den Nahen Osten und er mache eben was anderes. Zweitausend Mark seien schließlich ein hübsches Taschengeld für einen Ausflug in die Sonne. Also Ja oder Nein. Es gebe Interessenten genug für den Job. Das Double überdachte seine Einwände und fand sie unangebracht. Na also, warum nicht gleich, immer diese Anstellerei.

Nun lief alles nach Plan. Am Mittwoch wachte ein gutgelaunter Hans auf, rasierte sich sorgfältig, frühstückte Eier und Schinken, verbrachte den Vormittag mit lockeren Sprüchen bei Peter, freute sich schon um elf auf den liebevoll angemachten Salat, nahm sich gegen eins gleich eine Riesenportion, schlang sie förmlich in sich hinein, nannte den fremdartigen Geschmack der Soße etwas exotisch, ja nahöstlich, verdrehte die Augen, sank furchtbar stöhnend in sich zusammen und war hinüber.

Susanne griff sich Paß und Ticket, fuhr zum Treffpunkt und wies den Studenten an, alles wie besprochen auszuführen und sich nie mehr blicken zu lassen. Dann kam sie zurück, sah Schwägerin und Schwager in deren Garten sitzen, wartete den späten Abend ab, legte Hans auf eine Schubkarre und fuhr los.

Sie gönnte sich viel Zeit, fuhr die Gartenwege sorgsam aus, drehte die Karre um die Ligusterhecken herum, nahm die in der vergangenen Woche locker aufgeschichteten Zweige weg, stemmte ihren Mann hoch, dachte, das ist noch das schwerste von allem heute, und setzte ihn in die vorbereitete Grube.

Ein sicheres Versteck. Der Behälter war von drei Seiten auf einem frostfreien Fundament gemauert, eine Seite war mit Brettern abgedeckt. Susanne hatte ihn schon vor Jahren nach Anweisung ausführen lassen. Er hatte nicht zu viele Öffnungen, damit das Kompostmaterial nicht austrocknete. Doch blieben Luftschlitze, damit die Abfälle gären und zerfallen konnten. Auch hatte die Anlage einen Deckel, der vor Verdunstung und vor einem Zuviel an Niederschlägen schützte. Unten fand sich gewachsener Boden, damit Regenwürmer eindringen und sich vorarbeiten konnten.

Da saß Hans nun. Da der Komposter nur einen Meter auf einen Meter maß, blieb dem toten Gast, der schrecklich verzerrt aussah, nichts anderes übrig, als in hockender Stellung zu bleiben. Susanne schaute sich nochmals die Fratze an, die einmal das Gesicht ihres Mannes gewesen war. Dann verteilte sie ungelöschten Kalk auf den Körper, ließ keine Stelle aus, vor allem nicht die Augen, die eine Extraration bekamen, verstreute eine Lage Blutmehl, schickte Gartenerde nach, nahm die Zweige wieder auf und füllte alle Lücken mit Grasmulch und Küchenabfällen auf.

Zum guten Schluß stellte sie die Schubkarre ins Gerätehaus zurück, holte die restliche Salatsoße aus der Küche, ging zum Kompostgrab und goß, als nehme sie eine Weihehandlung vor, das Gebräu über das Ganze.

Am nächsten Morgen erwachte sie erholt. Geträumt hatte sie nicht. Den Schwagersleuten berichtete sie nachmittags von der Abreise ihres Mannes. Hans sei gut an seinem Bestimmungsort angekommen und ruhe sich von den Strapazen des gestrigen Tages aus.

In den folgenden Wochen ereignete sich nichts. Susanne werkte im Garten, der mehr und mehr sein Grün ablegte, sammelte das erste Laub und warf es auf den Kompost. Dieser hatte sich bereits um Zentimeter gesetzt und wartete auf Nachlagen.

Die konnte er bekommen. Was ein Gartenherbst anfallen läßt, legte Susanne ihrem Mann auf das Grab. Mittlerweile hatte sie den Eindruck, als gehöre Hans bereits zu dem großen Organismus ihres Gartens. In solchen Augenblicken dachte sie, es falle gar nicht auf, daß sich ein Fremdkörper in den Garten geschlichen habe. Hans war wohl noch ein Körper, aber schon kein fremder mehr. Er störte nicht. Langsam wurde er zu einer organischen Einheit mit den übrigen Resten, die still auf dem Kompost lagerten und ihren völligen Verfall vorbereiteten.

Doch durfte sie sich nicht nur diesen friedlichen Gedanken hingeben. Sie mußte wachsam bleiben. Sie erzählte nebenan von den Postkarten, die aus den Ölländern eingetroffen seien, bestellte liebe Grüße aus dem Sonnenschein und kündigte die Rückkehr ihres Mannes an.

Als sich die bis Anfang November verzögerte, wurde Peter unruhig. Und als Mitte des Monats noch immer nichts von Hans zu sehen war, drängte er Susanne, nach ihrem Mann forschen zu lassen. Diese gab sich reserviert, vertröstete den Schwager, und ließ sich dann doch herab, um keinen weiteren Verdacht aufkommen zu lassen. Von der Polizei erfuhr sie, ein Mr. Wolters sei an jenem Mittwoch über Frankfurt nach Riad geflogen und dort auch eingetroffen. Die Passagierliste weise den Flug wie die Ankunft eindeutig nach. In Riad selbst verliere sich freilich jede Spur. Die Saudis hätten bereits in der Stadt nachgefragt, nichts erfahren und die Sache auf sich beruhen lassen. Offenbar verschwinde immer mal wieder einer in der Wüste.

Die amtliche Auskunft beruhigte Frau Wolters ganz und gar.

Ihren Schwager nicht. Doch sah Peter kein Mittel, sich weitere Informationen zu beschaffen. Den Plan, selbst in Riad nachzuschauen, verwarf er. Seine Sprachkenntnisse waren ebenso schlecht wie seine Ortskenntnisse.

Ähnliches erfuhr er von Privatdetekteien. Also Norddeutschland und so, das ginge noch, selbst Bayern und Württemberg, in Ausnahmefällen die Schweiz und Österreich, doch schon Italien sei kritisch, von Übersee ganz zu schweigen. Peter wußte nicht, was er anfangen sollte. Einerseits sagten ihm alle, sein Bruder sei vermißt oder tot und damit habe er sich abzufinden. Andererseits fand er, seine Schwägerin tröste sich zu schnell über den Verlust ihres Mannes hinweg. Zwar hatte sie noch nicht von der Todeserklärung gesprochen und auch nicht den geringsten Hinweis auf die Fälligkeit der Lebensversicherungen riskiert. Etwas stimmte dennoch nicht. Peter beschloß, die Augen offenzuhalten.

Susanne zeigte sich seinen Verdächtigungen gewachsen. Sie kündigte an, sie lasse noch vor Wintereinbruch einen Fischteich anlegen. Peter fühlte sich brüskiert. Er sah Bagger anfahren und den gepflegten Rasen zerstören. Dann rückte eine Arbeitskolonne an und mauerte in ein paar Tagen eine riesige Schale zusammen. Schließlich füllten die Leute diese mit Wasser.

Was soll das, sagte Peter. Sonst läßt sie kein Stäubchen auf ihrem dummen Gras liegen, und jetzt diese Mulde. Bei zwölf Grad. Da ist was faul.

Er versuchte es mit der Kripo. Dort hörten sie zerstreut zu, schauten ihn dann lange an und behandelten ihn schließlich als einen leichteren Fall von Verrücktheit. Fischteiche anzulegen, sei jedermann und jederfrau erlaubt, wann immer es einem oder einer einfiele, zu welcher Jahreszeit auch immer. Bei jeder Außentemperatur. Ob sie denn die Zementmulde abtragen sollten?

Die Innentemperatur des Wolters erschien den Beamten bedenklich hoch. Sie schlossen, und das war noch eine wohlwollende Diagnose, auf eine Art Fieber.

Zwei Wochen später hob Susanne seelenruhig eine Grube aus und bepflanzte sie mit einem Container-Baum. Peter stand mit geballten Fäusten hinter der Gardine. Nun war klar, was drüben vorging. Diese schwarze Witwe scheute sich nicht, in ihrem Garten ein Grab nach dem andern zu schaufeln. Sicher hatte sie ihren Mann in der Tiefkühltruhe konserviert und nur auf die Gelegenheit gewartet, die Leiche umzubetten.

Peter nahm sich vor, noch in der Nacht nachzusehen. Was die Polizei versäumte, mußte er schaffen.

Gegen elf ging er los. Frau und Kinder sahen ihn gehen. Papa als Totengräber, und dies mitten in der Nacht. Sie hofften, niemand sonst werde das wahnwitzige Unternehmen bemerken. Die Goethestraße hätte ihren Irren gehabt.

Wolters zögerte nicht, kletterte über den Zaun, schlich

zum Baum, setzte die Schaufel an, dachte kurz an das unmögliche Unternehmen, dann wieder an seinen armen Bruder, der da unten verscharrt lag, setzte die Schaufel erneut an – und stand im Lichtkegel einer Taschenlampe.

Susanne lachte lautlos. Dann sagte sie, weg hier, aber schnell, oder ich rufe die Polizei. Daß du dich nicht schämst.

Peter fühlte wieder diese ohnmächtige Wut. Susanne nahm ihn nicht ernst. Sie wußte mehr und hatte ihn nicht zu fürchten. Er schlich sich heim. Immer schön die Pfade der Schwägerin lang. So weit war es mit ihm gekommen.

Zu Hause keine Ruhe. Er schaute durch die Gardinen, sah nicht viel, ging vor das Haus, sah nicht viel mehr, guckte auf die Bäume drüben, deren laublose Äste wie mahnende Finger wirkten, schüttelte den Zauber ab und überlegte sich einen realistischeren Plan. Mochten ihn alle für verrückt halten: Inzwischen stand für ihn fest, daß sie ihren Mann ermordet hatte. Die Umstände der Tat brauchte er nicht zu klären. Was Vorrang hatte, war die Frage nach dem Verbleib der Leiche.

Wolters dachte die Krimis durch, an die er sich erinnern konnte. Der Ermordete konnte nicht weggeschafft sein. Er mußte sich noch im Haus oder auf dem Grundstück befinden. Das Haus? Schied aus. Niemand konnte eine Leiche, außer in der Truhe, über Monate aufbewahren. Oder hatte Susanne auch im Keller gegraben?

Der Garten? Eine Frau, die nur den eigenen Garten liebt, mußte auch einen Toten im Garten unterbringen. Nein, das war nicht logisch. Leichen verhielten sich unordentlich und paßten nicht ins Paradies. Und doch biß Peter sich an der Theorie fest. Warum, wußte er nicht. Er sagte: Instinkt. Kommissar Instinkt.

Wie aber brachte er Polizisten je dazu, im Garten nachzusehen? Das war so unmöglich wie im Fall des Fischteichs. Der ganze Garten hätte umgegraben werden müssen. Sich auf einzelne Abschnitte zu beschränken, war Lotterie. Peter fiel das Kinderspiel ein: kalt, wärmer, heiß. Das machte keine Kripo mit.

Wenige Tage später sah Susanne einen großen Tanklastzug vor dem Nachbarhaus halten. Der Fahrer stapfte wie immer quer über die Rasenflächen, hielt auf den Einfüllstutzen zu, schloß den Schlauch an, schlurfte zurück und drehte den Hahn auf.

Ende November, wo alle Leute nachkauften, war das nichts Besonderes. Auch daß Peter den Fahrer in ein Gespräch verwickelte, ließ keinen Verdacht aufkommen. Susanne wurde erst aufgeregt, als aus dem Tank nebenan eine Fontäne aufschoß und Ölschlamm sich über das Gelände ergoß. Sie ging nach draußen, rief Peter, der tat, als hörte er nicht, und wurde noch bleicher, als in einem Nu Polizisten und Feuerwehrleute ausschwärmten. Sie hörte sie reden, Wolters habe versehentlich den Stutzen zu einem lecken und längst stillgelegten Tank öffnen lassen. Über zehntausend Liter Öl seien ohne Verschulden der Lieferfirma ins Erdreich geflossen.

Als kurz darauf zwei Beamte sie ansprachen, sich entschuldigten und meinten, auch ihr schöner Garten da unten sei leider verseucht und müsse ganz abgetragen werden, wußte sie, daß ihre Ordnung für immer gestört bliebe.

Richard Hey

Weihnachten

1

Im großen Wohnraum brannte nur die Stehlampe am Bücherregal. Die schweren Fenstervorhänge waren zugezogen. Von der Straße kamen nur selten Geräusche: ein Auto, das im Schneematsch vorbeifuhr, ein Eisentor, das vor der Nachbarvilla geschlossen wurde.

Der Junge ging langsam vom ungefügen, fast leeren Schreibtisch des Vaters durch den ganzen Raum, mit dem linken Fuß immer auf dem Teppich, mit dem rechten auf dem Parkett, an Rauchtisch, Fernseher, Sofa und Sesseln vorbei und durch eine geöffnete Schiebetür auf die überdachte, verglaste Terrasse. Zwischen den Topfpflanzen seiner Mutter preßte er das Gesicht an die kühle Scheibe, blickte hinaus in die Nacht, auf den Garten, der weiß schimmerte unter den Schatten der Äste des Kirschbaums. Dann drehte sich der Junge um, ging langsam zurück zum Schreibtisch, wobei er darauf achtete, daß diesmal der rechte Fuß immer auf dem Teppich blieb, der linke auf dem Parkett. Am Schreibtisch drehte er sich um und ging wieder zur Terrasse, die von seinen Eltern Wintergarten genannt wurde. Im Vorübergehen schaltete er den Fernseher an. Als er vom Wintergarten zurückkam, sagte ein Ansager gerade: »– brachten wir in unserer Musik zum Vorweihnachtsabend das Brandenburgische –«, und er schaltete den Apparat aus.

Wie lange er schon zwischen Schreibtisch und Wintergarten hin und her gegangen war, wußte er nicht, als er plötzlich stehenblieb, weil draußen ein Auto durch den Schnee klatschend näher kam und vor dem Haus hielt. Regungslos hörte er, wie die Autotüren zugeschlagen wurden. Er wartete. Wenig später hörte er Schritte auf der steinernen Vortreppe, dann das Geräusch des in der Haustür herumgedrehten Schlüssels. Dann das Öffnen der Tür, die Stimme einer Frau: »Wart, ich tu's grad in die Küche.«

Der Junge nahm das Gewehr von der Schulter, entsicherte es mit geübtem Griff. Er hörte, wie in der Küche die Eisschranktür auf- und zuklickte. Er hörte, wie ein Küchenstuhl rutschte.

Gleich darauf die männliche Stimme, näherkommend: »Zerscht ein Whisky, dann fahr' ich den Wagen in die Garasch.«

Der Junge sah, wie die Wohnzimmertür nach innen geöffnet wurde. Er hob das Gewehr und schoß genau in dem Moment, als der Mann in der Tür erschien, vom hellen Dielenlicht beleuchtet. Der Mann im offenen Mantel sah ihn verwundert an. Er hatte ein Loch in der Stirn, zwischen den Augen. Seine Lippen zuckten. Nach einer Sekunde brach er zusammen. Sein Kopf schlug erst gegen den Türrahmen, dann aufs Parkett. Wo der Mann gestanden hatte, erschien jetzt keuchend die Frau, hob die Hände aus den weiten Ärmeln ihrer Pelzjacke und schrie: »Rölfi! Mein Gott!«

Der Junge zielte sorgfältig und schoß zum zweiten Mal. Die Frau seufzte, verdrehte die Augen, fiel um. Der Junge blieb noch einen Moment in Schußstellung, aber weder der Mann noch die Frau regten sich. Er schluchzte, warf das Gewehr auf den Teppich, rannte aus dem Wohnzimmer in die Diele und sofort wieder zurück ins Wohnzimmer, wälzte den Mann herum, suchte in Mantel- und Anzugtaschen, fand den Autoschlüssel, rannte türenschlagend aus dem Haus, zum Auto, stieg ein, startete ungeschickt und fuhr, zunächst stockend, dann mit hoher Tourenzahl, davon.

2

»So«, sagte der Kriminalrat, als er am nächsten Vormittag das Dienstzimmer der Abteilung für Kapitalverbrechen betrat, »dieser Fall wäre erledigt.« Er versuchte vor seiner Assistentin zu verbergen, daß sein Herz zu schnell schlug und das Ein- und Ausatmen ihm Mühe machte. »Die Kollegen haben den Jungen an der Schweizer Grenze geschnappt, wie zu erwarten.« Er war zweiundsechzig, untersetzt, etwas füllig, und das Dienstzimmer lag im dritten Stock des Polizeigebäudes. Einen Fahrstuhl gab es nicht. Den würde es erst im neuen Polizeigebäude geben. Aber das sollte nicht vor dem übernächsten Jahr bezugsfähig sein. Er würde es sich dann vermutlich als Rentner von einer Bank im Stadtpark aus ansehen können. In dieser Stadt, hatte er kürzlich auf einer trostlosen Premierenfeier dem Leiter des Theaters erklärt, haben Schauspieler und Polizisten eins gemeinsam: ihre Ensembles bestehen nur aus jungen, hoffnungsvollen Leuten, die von hier ihre Karriere starten wollen, und aus alten, resignierten Kollegen, die hier hängengeblieben sind. Dazwischen gibt es nichts. Fähige Leute in den besten Jahren arbeiten hier nicht auf der Bühne oder im Polizeigebäude, sondern für die ortsansässige holz- und leichtmetallverarbeitende Kleinindustrie. Und er hatte hinzugefügt: Sie scheinen was los zu haben. Hoffentlich kündigt Ihnen die Stadtverwaltung bald. Dann wird gewiß was aus Ihnen.

Der Kriminalrat ließ sich auf den hölzernen Schreibtischsessel fallen und betrachtete das blasse, angestrengt wirkende Gesicht der jungen Frau, die ihm gegenübersaß. Ihr Schreibtisch war Kopf an Kopf gegen seinen gestellt und im Moment mit Tonbändern und Notizen überhäuft. Neben ihr auf einem wackligen Stuhl lief ein transportables Tonbandgerät, von dem die frühen Rolling Stones zu hören waren mit ›My dear Lady Ann, I do what I can‹. Sie stellte es ab. Aus einer fast leeren Thermoskanne goß sie den letzten Kaffee in zwei Tassen, schob eine durch die Tonbänder hindurch dem Kriminalrat hin.

Der Kriminalrat liebte es, wenn sie ihm gegenübersaß und Kaffee einschenkte. Wenn sie stand, war sie einen halben Kopf größer als er. Außerdem fand er ihre blonden Haare zu kurz geschnitten, ihre Nase zu dünn, die Lippen zu voll, die Augen zu kühl. Und wenn sie neben ihm ging, hatte sie einen schnelleren Schritt als er. Aber wenn sie Kaffee einschenkte und Zucker umrührte, war ihr Gesicht etwa in der Höhe seines Gesichts. Dann erschien ihm ihre Nase zart, der Mund ausdrucksvoll, die Haare schienen ihm nicht mehr zu kurz, und die weichen, von ihm ›fraulich‹ genannten Bewegungen ihrer Arme beglückten ihn.

Solche Beglückung hatte er, abgesehen vom Kaffee, nötig. Die letzten sieben Stunden waren unangenehm gewesen. Beamte der Verkehrspolizei hatten heute früh gegen vier Uhr erst seine Assistentin, weil sie näher wohnte, dann fünf Kilometer weiter ihn aus dem Schlaf geklingelt. Anlaß: Eine halbe Stunde nach Mitternacht war ein großer BMW auf der Hauptstraße ins Schaufenster einer Drogerie gerast, und die Beamten hatten keinen Fahrer vorgefunden. Weshalb sie über drei Stunden brauchten, um die Adresse des Fahrzeughalters ausfindig zu machen, war nicht festzustellen gewesen. Der Kriminalrat, verärgert, hatte bisher keine Zeit gehabt, die Beamten nachdrücklich zu befragen. Da er ihre Gewohnheiten kannte, vermutete er, daß sie nicht nüchtern gewesen waren, als sie den Unfall aufnahmen, und einfach Zeit gebraucht hatten, um in der Lage zu sein, einen der Fahrerflucht Verdächtigen aus seiner Wohnung zu holen, ohne sich dabei zu blamieren. Nachdem sie die beiden Leichen gefunden hatten, waren sie immerhin in Trab gekommen.

Trotzdem, wertvolle Zeit war verschwendet worden, und da infolge noch nicht geglückter Rationalisierungsmaßnahmen und unübersichtlicher Ressortumschichtungen der Kriminalrat im Moment nicht nur als Leiter der örtlichen Kriminalpolizei fungierte, sondern gleichzeitig, wegen unbesetzter Planstellen, auch als einziger Zuständiger für Kapitalverbrechen, war ihm sofort klar gewesen, daß er innerhalb von wenigen Stunden zu einem Ergebnis kommen mußte, wenn er nicht während der Feiertage mit zwei Leichen und einem flüchtigen Jugendlichen beschäftigt sein wollte. Also hatte er noch vor fünf Uhr früh mit der persönlichen Befragung der Personen begonnen, die für die Aufklärung wichtig sein konnten. Das bedeutete, an einem nassen, düsteren Wintermorgen in einem kalten Auto mehrere Male quer durch die Stadt zu fahren. Es bedeutete, zu früh geweckten, verärgerten, entsetzten Menschen präzise Fragen zu stellen, ihnen keine Zeit zum Nachdenken zu lassen und trotzdem auf klaren Antworten zu bestehen. Nachdem er auf diese Weise in verschiedenen Stadtteilen einige zur Weihnachtsfreude nicht mehr recht fähige Bürger zurückgelassen hatte, war er müde ins Polizeigebäude zurückgekehrt. Die letzten anderthalb Stunden hatte er sich dann im Labor aufgehalten und, zwischen Telefonaten minutenweise auf einer nach Chemie stinkenden Kunstlederliege ruhend, im Zimmer des Leiters der Kriminalpolizei im ersten Stock. Während dieser ganzen Zeit war die Assistentin im Büro mit dem Abhören von siebzehn Tonbändern beschäftigt gewesen, die im Zimmer des Jungen gefunden worden waren, neben einem auf Aufnahme geschalteten Tonbandgerät. Die hektische Untersuchung hatte den Kriminalrat nicht fröhlich gestimmt. Außerdem hatte er sich noch, bevor er schließlich ebenfalls ins Büro hinaufstieg, vor einem Spiegel im Labor rasiert. Sein Gesicht entsprach schon in ausgeruhtem, urlaubsgebräuntem Zustand nicht seinem männlichen Schönheitsideal.

Von den heute sehr bleichen und besonders faltigen Wangen mit der klobigen großporigen Nase und den entzündeten Augenlidern darüber hatte er sich nur abwenden können. Das Beste an ihm, fand er immer, waren seine vollen grauen Paul-Hörbiger-Haare mit dem interessanten Silberweiß an den Schläfen.

Er strich sich mit der linken Hand über die Haare, nahm mit der rechten den Kaffee, trank einen Schluck und meinte zufrieden: »Ja, Helga. Weihnachten ist gerettet.«

»So?« sagte Helga, trank in einem Zug ihre Tasse leer und sah nach, ob noch Kaffee in der Thermoskanne war. Die Kanne war leer.

Der Kriminalrat trank einen weiteren Schluck; er fühlte sich jetzt in der Lage, mehrere Sätze hintereinander zu reden, ohne in Atemnot zu geraten.

»Natürlich konnte der Junge mit Papas Auto nicht umgehn«, erklärte er. »Schon gar nicht bei den augenblicklichen Straßenverhältnissen. Übrigens hat ihn ein Nachtwächter weglaufen sehen. Und im Auto sind Blutflecken gefunden worden. Entweder hat er sich beim Aufprall verletzt, oder es ist Blut von seinen Eltern. Werden wir gleich wissen. Nachdem er also das Auto ins Schaufenster gefahren hatte, nahm er sich eine Taxe nach Stuttgart, zum Flughafen. Der verkrampft wirkende Junge mit dem getrockneten Blut an den Händen ist immerhin einigen Leuten aufgefallen. Auf die Idee, die Kollegen von der Flughafenpolizei zu verständigen, kam natürlich niemand. Man wundert sich doch bei der heutigen Jugend über nichts mehr, erklärte mir ein Flugleiter am Telefon. Wörtlich. Als der Junge hörte, daß kein Flugzeug mehr startet – egal wohin, hatte er gesagt –, da fragte er: Wann werden hier eigentlich die Mülleimer geleert?«

»Wann die Mülleimer geleert werden?« wiederholte Helga.

Der Kriminalrat nickte, trank wieder einen Schluck Kaffee.

»Als er hörte: morgens um fünf, da antwortete er nicht, nahm sich eine andere Taxe und fuhr nach Konstanz. Ja. Hatte eine Menge Geld bei sich, rund zweitausend. Blöder Hammel. Seine Eltern umzulegen wegen der paar Mark. Und ausgerechnet Weihnachten.«

»Ich habe inzwischen elf Bänder abgehört«, sagte Helga.

»Und?«

Helga zuckte die Schultern.

»Musik, Gesang, Freunde, Freundinnen, Kinderkram. Aber mir ist einiges nicht klar.«

»Ach was. Mir genügt, wir haben ihn, er war's, und wir wissen, warum er's gemacht hat. Sie brauchen die restlichen Bänder nicht mehr abzuhören. Und alles andere kann nach Weihnachten geklärt werden. Bloß, die in Konstanz waren leider übereifrig. Die fahren uns den Jungen mit drei Kollegen her.«

»Jetzt noch?«

Der Kriminalrat seufzte.

»Sind schon unterwegs. Wenn sie sich beeilen, sind sie spätestens um achtzehn Uhr zurück in Konstanz. Gerade rechtzeitig zur Weihnachtsgans. Es ist klar, die wollen den Jungen vor den Feiertagen wieder loswerden. Dabei habe ich ausdrücklich erklärt, zu Weihnachten ist bei mir nichts drin. Absolut nichts.«

»Weil Sie ihn auch los sein wollten«, sagte Helga. »Weil Sie froh waren, daß die Konstanzer ihn hatten.«

Der Kriminalrat lächelte.

»So ist es, Helga.« Er stand auf. »Ich muß sehn, daß ich dies verdammte Parfüm noch kriege, das meine Frau immer haben will und das ich letztes Mal vergessen habe. Da war sie deprimiert bis Mitte Januar. Diesmal hätte ich's beinah schon wieder vergessen. Also. Räumen Sie die Bänder beiseite, erledigen Sie den restlichen Routinekram, und Feierabend. Ich schau' mittags noch mal rein.«

Helga rührte sich nicht.

»Ich weiß nicht, warum er's gemacht hat«, sagte sie.

Der Kriminalrat sah sie an.

»Hören Sie, Helga.«

»Oder warum ihn Mülleimer auf einem Flugplatz interessieren«, setzte sie hinzu.

»Nach Weihnachten«, sagte er. »Bitte, Helga.«

»Ich höre die restlichen Bänder jedenfalls noch durch«, sagte Helga.

Der Kriminalrat seufzte, stand auf, ging zur Tür.

»Ich habe unten einen vorläufigen Bericht gesprochen, als Gedächtnisstütze. Wenn Sie unbedingt weitermachen wollen, hören Sie sich erst mal das an.«

Er zog aus der ausgebeulten Tasche seines Jacketts einen kleinen Kassetten-Recorder, schob ihn Helga hin.

»Und geben Sie's dann Frau Mehl zum Abschreiben. Bis gleich.«

Damit hatte er, jovial winkend, das Büro schon verlassen.

Helga zündete sich eine Zigarette an, stand auf, ging ein paarmal hin und her, um ihren schmerzenden Rücken zu entspannen. Dann drückte sie die Taste des Recorders und setzte sich auf die Fensterbank. Sie hatte die asthmatische Stimme des Kriminalrats mitten im Satz beginnen lassen. Aber sie ließ das Band der Kassette nicht bis zum Anfang seines Berichtes zurücklaufen. Sie blieb auf der Fensterbank sitzen und hörte ruhig rauchend zu. »– sowie Lage der Leichen und Wohnungsplan auf beigefügter Skizze. Mutmaßlicher Täter: Rolf Schoberer, fünfzehn Jahre, elf Monate. Vater: Franz Schoberer, 45, Verpackungsmaterial en gros und en detail. Mutter: Claramaria in einem Wort, Clara mit C, geborene Wilke, 35. Der Vater wird als ernst und verantwortungsbewußt geschildert, aber durchaus aufgeschlossen gegenüber den Problemen des modernen Lebens. Er ist im Vorstand der Lukas-Gemeinde. Das Verhältnis zu seinem einzigen Sohn Rolf war nach übereinstimmenden Aussagen von

Pfarrer, Lehrern und Nachbarn gut. Als Rolf anfing, Gitarre zu spielen, schenkte ihm der Vater ein Bandgerät, damit Rolf seine Fortschritte kontrollieren könne. Siehe Aussage von Frau Bender. Dem Vater lag jedoch daran, daß sein Bub nicht dem modischen Trend zur Verweichlichung erliege, in diesem Sinn soll er sich einmal geäußert haben. Siehe Aussage von Pfarrer Hubert. Also nahm er Rolf schon früh mit auf die Jagd, er hatte auf der Rauhen Alb bei Münsingen zusammen mit dem Rechtsanwalt Wöhrmann ein Revier gepachtet. Nachmittags, im Sommer, wenn das Wetter es erlaubte, schossen er und Rolf im Garten seines Hauses mit Kleinkalibergewehren auf Scheiben, nicht immer zum Vergnügen der Nachbarn. Beide waren Mitglieder im Tennisclub Blauweiß. Die Mutter wird als ruhige, freundliche Frau geschildert. Es scheint, die Eltern haben sich gut ergänzt, die Ehe wurde allgemein als vorbildlich angesehen. Mutmaßlicher Tathergang: Schoberer und seine Frau hatten am Nachmittag des 23. Dezember gegen 18 Uhr letzte Weihnachtseinkäufe getätigt und dabei Freunde getroffen, mit denen sie im Restaurant Ebermayer anschließend zu Abend aßen. Zeugen: Dr. Clemens Wöhrmann und Frau. Rolf hatte die Zeit von etwa achtzehn bis kurz vor einundzwanzig Uhr im Zimmer seines Freundes Anton Bender verbracht. Zeugenaussagen von Anton Bender und seiner Mutter liegen vor. Frau Bender brachte in der fraglichen Zeit die beiden kleinen Schwestern von Anton zu Bett und schmückte anschließend den Weihnachtsbaum. Die beiden Jungen haben geraucht, jeder eine Flasche Bier getrunken und Schallplatten gehört. Kein Indiz auf Haschisch- oder Marihuana-Konsum. Anton Bender bestreitet glaubhaft eine Verabredung zwischen ihm und Rolf Schoberer, sich Geld zu beschaffen, um gemeinsam von zu Hause zu fliehen. Sie hätten sich nur, wie schon oft, lustig gemacht über Weihnachten, über den ganzen Verkaufsrummel, aber sie hätten doch mit Unbehagen festgestellt, daß sie jetzt mit ihrer Weigerung, Eltern oder Geschwistern auch nur die geringste Kleinigkeit zu schenken, ziemlich blöde dastünden. Vor allem, wo sie ihr ganzes Taschengeld sozusagen vorsätzlich für Kino, Schallplatten und Zigaretten ausgegeben hätten, um nicht in letzter Minute noch in Versuchung zu fallen, doch Geschenke zu kaufen. Möglicherweise ist hier das auslösende Motiv zu suchen. Jedenfalls hat Rolf nach seiner Rückkehr gegen einundzwanzig Uhr dreißig den Schreibtisch seines Vaters aufgebrochen. Sicher hatte er ursprünglich gehofft, die Spuren dieses Einbruchs beseitigen zu können. Aber er muß sich sehr ungeschickt angestellt haben. In der Nähe des Schlosses der rechten Schreibtischtür sind große Stücke Holz abgesplittert, das Schloß selbst ist stark beschädigt. Das Geld lag wohl griffbereit, denn im Innern der einzelnen Schreibtischfächer ist keine Unordnung festzustellen. Es ist anzunehmen, daß Rolf ursprünglich nur eine relativ bescheidene Summe stehlen wollte, eben ausreichend für ein paar Geschenke. Nach den irreparablen Beschädigungen, die ihm beim Einbruch unterliefen, war ihm klar, daß nichts ihn davor bewahren konnte, vor seinen Eltern als Dieb dazustehen. Diese Schande wollte er nicht auf sich nehmen. Erst in diesem Augenblick wird er sich zur Flucht von zu Hause entschlossen und das ganze Geld an sich genommen haben, das er im Schreibtisch vorfand. Laut Aussage des Prokuristen Emminger der Firma Schoberer hielt Franz Schoberer immer rund zweitausendfünfhundert Mark in bar in seiner Wohnung, für besondere Fälle. Es ist anzunehmen, daß Rolf die Absicht hatte, auf Band seinen Eltern eine letzte Botschaft zu hinterlassen, vielleicht sogar, sie um Verzeihung zu bitten. Aber dann wußte er nicht, was er sagen sollte. Plötzlich, wahrscheinlich gegen zweiundzwanzig Uhr, hörte er die Eltern kommen, vergaß, das Bandgerät abzuschalten, eilte hinunter, griff panisch zum Gewehr des Vaters, erschoß Vater und

Mutter und floh. Die Eltern sollten lieber tot sein als den aufgebrochenen Schreibtisch sehen.«

Nach einer kurzen Pause und einem Räuspern folgte der Satz:

»Bitte abschreiben, aber noch nicht zu den Akten nehmen.«

Helga rutschte vom Fensterbrett und stoppte den Recorder. Sie überlegte, drückte die Zigarette aus, schaltete auf Aufnahme und sagte:

»Fragen zum Bericht des Kriminalrats. Erstens. Auf dem Tonband, das in Rolfs Zimmer lief, haben wir im ersten Drittel nah einige Geräusche, Atmen, Schritte, dann Türöffnen oder -schließen, dann lange Zeit nichts, dann, entfernt, aber deutlich, die beiden Schüsse, die unten im Wohnzimmer abgegeben wurden. Wenn Rolf erst bei Rückkehr der Eltern panisch aus dem Zimmer gestürzt wäre, hätten wir das ebenfalls hören müssen. Ist nicht vielmehr anzunehmen, daß Rolf schon kurz nach Einschalten des Tonbandgeräts, als ihm, unterstellen wir das also mal, nichts einfiel, daß er da schon hinuntergegangen war, sich aus dem Schrank in der Diele das Gewehr geholt und mit dem Gewehr unter dem Arm auf die Rückkehr der Eltern gewartet hatte? Zweitens. Warum fragt er auf dem Flugplatz, wann die Mülleimer geleert werden? Was wollte er so schnell und so sicher wie möglich loswerden? Die zweitausend Mark? Mußte er deshalb auf den Flugplatz? Drittens. Wenn er mit dem Auto seines Vaters nicht umgehen konnte, was hat er ...«

Die Tür wurde aufgerissen, der Kriminalrat kam mit verdrießlichem Gesicht zurück. Er atmete, als hätte er es inzwischen immerhin bis zum ersten Stock gebracht. Helga sah ihn an und fuhr fort: »– was hat er von zweiundzwanzig bis nach vierundzwanzig Uhr mit dem Auto gemacht? Wo ist er gewesen?«

»Ja«, sagte der Kriminalrat, »das sind kluge Fragen.« Er stand da und atmete.

»Wir sollten den Bericht noch nicht zum Abschreiben geben.« Helga schaltete den Recorder aus und reichte ihn dem Kriminalrat.

»Nein«, sagte der Kriminalrat, »das sollten wir besser nicht.« Ihm mißfiel, wenn sie wie eine Krankenschwester mit ihm redete. Aber er hatte es ihr nicht abgewöhnen können. Er steckte den Recorder umständlich wieder in seine Jackentasche. »Ich bin Malsch begegnet. Die zuverlässigste Verbindung zwischen den einzelnen Abteilungen dieses Hauses ist ja wohl nicht das Telefon, sondern die Treppe.« Er machte eine Pause, atmete, fuhr fort: »Die Konstanzer haben das Ergebnis der Blutuntersuchung durchgegeben. Malsch hat das geprüft. Danach ist das Blut an Rölfis Händen wahrscheinlich identisch mit dem Blut im Auto. Aber mit Sicherheit ist es weder sein Blut, noch das Blut seiner Mutter, noch das Blut seines Vaters. Es ist auch kein tierisches Blut. Vielleicht war der Junge noch in einer Kneipe, hat Streit gehabt. Neumann ist hinter der Sache her.«

»Also?« fragte sie, und das kurze Wort sprach sie ganz leicht, ganz obenhin aus. Das wirkte sachlich, unemotionell. Manchmal amüsierten den Kriminalrat Helgas kurze Einwürfe, manchmal gingen sie ihm auf die Nerven. Er lächelte.

»Also werden Sie tun, was Sie ohnehin tun wollten. Weiterhin Bänder abhören. Vielleicht erfahren wir dadurch was.«

»Und Sie?«

»Ich war noch nicht in der Drogerie. Da ist es mit dem Weihnachtsgeschäft zu Ende. Vielleicht lassen mir die Leute, die jetzt in den Trümmern wühlen, das Parfum ein bißchen billiger. Übrigens«, setzte er hinzu, indem er die Tür öffnete, »ich habe noch was auf der Treppe erfahren. Nämlich, daß der Besitzer der Drogerie gestern nacht, bei der Unfallaufnahme, ausgesagt hat, er kennt das Auto, das in seinem Laden gelandet ist.«

3

»Herr Edgar Palz«, sagte der Kriminalrat, als er eine Stunde später zurückgekehrt war, hinter dem Schreibtisch Platz genommen, seine Atmung unter Kontrolle gebracht und aus der inzwischen von Helga wieder aufgefüllten Thermoskanne einen heißen Kaffee erhalten hatte, »Herr Edgar Palz, Inhaber der Palzschen Drogerie, erinnert sich deshalb so gut an das Auto, weil es mit einer ungewöhnlichen Anzahl von Scheinwerfern bestückt war. Vier Normalscheinwerfer, zwei Nebelleuchten, ein beweglicher großer Suchscheinwerfer. Mit diesem Auto kam gelegentlich eine junge Frau vorgefahren, nach der Beschreibung Rolfs Mutter. Sie tätigte ein paar Einkäufe und schwatzte bei der Gelegenheit mit einer Angestellten von Herrn Palz, einer gewissen Lieselotte Sebold, 24 Jahre, unverheiratet. Herr Palz hatte den Eindruck, daß beide Damen befreundet waren. Denn seit er Fräulein Sebold entlassen hat, vor etwa sechs Wochen, hat er auch Frau Schoberer nicht mehr gesehen.«

»Und warum hat er sie entlassen?« fragte Helga und rührte mit den vom Kriminalrat so geschätzten fraulichen Bewegungen im Kaffee.

»Weil Fräuein Sebold nach der Geschäftszeit im Fotolabor pornographische Fotos entwickelt hat, wie Herr Palz behauptet.«

»Ach«, sagte Helga.

»Ja. Palz sagt, er sei tolerant, und jeder könne privat machen, was er wolle, aber er wünsche nicht, daß seine Drogerie zu so was benützt würde. Er hat zufällig einen Abzug gefunden, der Fräulein Sebold nackt und in obszöner Haltung zeigte. So drückte er sich aus.«

»Hm«, machte Helga.

»Und Palz fand auch, daß zu viele junge Männer in die Drogerie kamen, um mit Fräulein Sebold zu schwatzen.«

»Aha«, sagte Helga.

»Ja. Aber Herr Palz legt Wert auf die Feststellung, daß er sich im guten von Fräulein Sebold getrennt habe.«

»So«, sagte Helga.

»Zum Beispiel hat er ihr die Weihnachtsgratifikation nur unwesentlich gekürzt ausgezahlt. Und benutzt mit Fräulein Sebolds Einverständnis weiterhin den automatischen Anrufbeantworter, den sie besprochen hat. Weil sie, wie Palz sagt, über eine angenehme, zum Kauf animierende Stimme verfügt. Sehr viele Kunden nämlich rufen bei ihm an und geben Bestellungen auf und vergessen immer wieder, sagt er, daß er wegen Personalmangels Dienstagnachmittag geschlossen hat.«

»Personalmangel. Und dann schmeißt er die Sebold mit der Sexy-Stimme raus.«

»Ja, Helga. Was machen wir nun mit alldem? Ich hab's Ihnen so ausführlich erzählt, weil ich hoffte, Ihnen fällt was ein.«

»Hm.« Helga hörte auf, im Kaffee zu rühren, und sog ihn mit einem einzigen Zug aus der Tasse.

»Außer hm, ach und aha. Es sieht nämlich so aus, als sei das schöne Auto mit den sieben Scheinwerfern vorsätzlich durch die Schaufensterscheibe gefahren worden.«

Dem Kriminalrat gefiel die Art, wie Helga Kaffee trank, überhaupt nicht. Die war ihm zu männlich. Aus dem gleichen Grund gefiel ihm nicht, wenn sie, wie jetzt wieder, stumm vor ihm saß, ausdruckslos an ihm vorbei aus dem Fenster sah und ohne ästhetische Rücksicht ihre kurzen Haarsträhnen zwischen den Fingern der rechten Hand zwirbelte.

Plötzlich langte er sich das Telefon, kramte in der Hosentasche nach einem Zettel mit einer Nummer, las ab und drehte die Wählscheibe.

»Ich hätte Palz fragen sollen«, murmelte er, »ob Frau Schoberer vielleicht nicht auch mal mit ihrem Sohn in die Drogerie gekommen ist. Verdammt«, sagte der Kriminalrat, während das Rufzeichen so laut aus dem Hörer kam, daß Helga es deutlich hörte, »verdammt, das hätte ich nicht vergessen dürfen.«

Eine sanfte Mädchenstimme meldete sich: »Hier automatischer Anrufbeantworter der Drogerie Palz. Liebe Kundin, lieber Kunde, leider haben wir heute nachmittag geschlossen.«

»Na ja«, sagte der Kriminalrat, »da muß ich eben Neumann hinschicken. Und sexy finde ich die Lieselotte ja nun gar nicht.«

Er wollte den Hörer auf die Gabel werfen. Aber Helga hielt seinen Arm fest. »Die Stimme kenn' ich.«

»Vielleicht haben Sie bei Palz mal Dienstag nachmittags angerufen«, sagte der Kriminalrat.

Aber Helga schüttelte den Kopf und horchte auf die sanfte Stimme, die jetzt an ihrem Ohr zirpte: »Bitte beehren Sie uns werktags durchgehend von 9 bis 18 Uhr, außer Dienstagnachmittag. Wir würden uns über Ihren Besuch oder Auftrag sehr freuen. Danke.«

Helga gab den Hörer an den Kriminalrat zurück. »Nicht auflegen, bitte.« Und suchte zwischen den Bändern in den Papieren auf ihrem Schreibtisch. »Die Stimme habe ich vorhin gehört. Warten Sie. Alles notiert. Willst du dein Herz mir schenken. G. 12.« Der Kriminalrat hielt, Helga betrachtend, mit aufgestützten Ellbogen den Telefonhörer so zwischen ihre Köpfe, daß sie beide die sanfte, den gleichen Text immerfort wiederholende Stimme deutlich hören konnten, während Helga eine Spule herausfischte, einlegte, vor und zurück laufen ließ. »Hier«, sagte sie.

Zur sanften Stimme aus dem Telefon kam jetzt dieselbe sanfte Stimme vom Tonband: »– nicht so schnell nehmen. Und zwei und –.« Auf dem Band setzte eine etwas unsichere Gitarre ein, und die sanfte Stimme sang dazu: »Willst du dein Herz mir schenken, so fang es heimlich an, daß unser Tun und ...« Der Gesang brach ab. »Aber

Rölfi«, sagte das Mädchen, freundlich, aber entschieden, und die Gitarre verstummte.

»Rölfi, du mußt mich nit so aastarre. Ich mein' das net persönlich, des sing' ich, weil ich Freud dran hab', verstosch, weil i des Lied mag. Ich geh' jetzt und helf' deiner Mutter beim Abendess . . .« Mit einem krachenden Schnitt dröhnte Pop-Musik dazwischen. Helga schaltete ab und sah den Kriminalrat erwartungsvoll an. Der nickte, tippte auf die Gabel, blickte wieder auf den zerknitterten Zettel aus seiner Hosentasche, drehte die Nummernscheibe mit einem abgebrochenen Kugelschreiber, der, vom Kriminalrat seit Wochen gegen jugoslawische und türkische Putzfrauen verteidigt, immer neben dem Telefon lag. »Für alle Fälle habe ich mir ja die Adresse aufgeschrieben«, sagte er, als das Rufzeichen kam. Er ließ zehnmal läuten. Dann legte er langsam den Hörer auf die Gabel zurück. »Vielleicht schläft sie ja noch. Sie wollte sich erst zu Januar eine neue Stelle suchen, sagt Herr Palz. Ich werde wohl mal eben hinfahren.«

»Und ich?« fragte Helga.

Der Kriminalrat stand auf. Er war erholt, sein Atem ging regelmäßig.

»Sie werden weiter Bänder abhören, schlage ich vor. Es könnte ja sein, daß Sie noch mal so einen Treffer machen.« Er sagte das ohne Ironie.

»Sollte meine Frau anrufen, Helga, oder der Staatsanwalt, sagen Sie bitte, ich bin in einer Stunde zurück.«

4

Auf Helgas Schreibtisch stand zwischen den übereinandergeschichteten Spulen eine Flasche Wodka. Daneben lag ein Buch mit dem Umschlag der Hausbibliothek. Helga saß auf dem Fensterbrett, nippte an einem kleinen Glas und sah dem Kriminalrat zu, der langsam zwischen den Schreibtischen und den Aktenregalen an der gegenüberliegenden Wand hin und her ging, ein leeres Glas zwischen den Fingern der linken Hand rollend.

»Alles durcheinandergewühlt«, sagte er. »Wirklich alles. Ich bin sicher, das hat mit diesen verdammten Fotos zu tun.«

»Sticht man ein Mädchen tot, nur weil man ein paar Fotos von ihr will, die die Puppe nackt zeigen?« sagte Helga. »Das würde nicht mal einer aus Ihrer Generation machen. Einer von den Jungen schon gar nicht. Die sehen sich solche Fotos an, finden sie gut oder schlecht, und dann reden sie von Fußball oder neuen Platten.«

»Nicht mal einer aus meiner Generation. Nein«, murmelte der Kriminalrat. »Sechs tiefe Stiche! Und vergewaltigt hat er sie auch. Das heißt, wahrscheinlich hat er sie während der Vergewaltigung erstochen. Oder während des Erstechens vergewaltigt.«

»Ich möchte mal wissen, wie man das technisch macht, als Mann«, sagte Helga.

Der Kriminalrat blieb stehen.

»Ich hoffe, diese Erfahrung bleibt Ihnen erspart.« Dann, während er weiterging: »Wenn nicht die Fotos – was hat er sonst gesucht? Geld? War ihm das Geld aus Papas Schreibtisch nicht genug? Oder?« Helga antwortete nicht.

»Herr Schoberer hat sich das wohl etwas anders gedacht«, sagte der Kriminalrat, »als er seinem Sohn einen schönen Hirschfänger schenkte. Als er ihm beibrachte, wie man schießt.«

»Ja«, sagte Helga. »Wahrscheinlich.«

Der Kriminalrat blieb wieder stehen.

»Und jetzt hängen wir hier rum und warten, bis Rölfi kommt. Aber das sage ich Ihnen, nur ein paar formale Fragen zur Person und so weiter, und dann ab in die Jugendabteilung mit ihm. Bei mir ist Schluß. Bis zum 27. Ich lasse mir durch diesen Burschen den Karpfen nicht verderben. Bei uns zu Hause ißt man nämlich Karpfen am

24. Die Gans kommt erst am 25. Hat meine Frau inzwischen angerufen?«

»Nein«, sagte Helga.

Der Kriminalrat ging wieder hin und her.

»Immerhin, ich habe ein Parfum. Zwar nicht das, was sie sich wünschte. Aber es ist ein Parfum. Und was machen Sie über Weihnachten?«

Helga rutschte vom Fensterbrett, um sich noch einen Wodka einzugießen. »Sie auch?« Der Kriminalrat schüttelte den Kopf.

»Ich fahr' zu meinem Freund«, sagte Helga. »Der ist Arzt in Heidelberg. Natürlich hat er heute Nachtdienst. Vielleicht kriege ich noch den Zug um 17 Uhr 40.«

Der Kriminalrat schob die Tonbänder zusammen und setzte sich auf den Schreibtisch. »Ich komm' nicht dahinter«, murmelte er. »Ich krieg's nicht zusammen.« Jetzt goß er sich doch einen Wodka ein. Helga saß wieder auf dem Fensterbrett. »Wissen Sie«, fuhr der Kriminalrat fort, »ich habe ja eine Menge erlebt. Dies ist ja nicht der erste Fall dieser Art. Ich sage Ihnen, irgendwas stimmt mit unserer Jugend nicht mehr. Die sind anders, als wir waren. Die sind irgendwie übergeschnappt. Denen bekommt die Freiheit nicht! Wirklich. Da ist der Wurm drin. Und eines Tages werden wir mal alle von diesem Wurm aufgefressen.« Nach einer Pause, als Helga nicht antwortete, setzte er hinzu: »Sind Sie anderer Meinung?«

»Ja«, sagte Helga. »Ich halte das, was Sie da sagen, für potentiell faschistisch.«

»Gott, Kind, Helga.« Der Kriminalrat kippte den Wodka hinunter. »Ich war nie bei den Nazis.«

»Entschuldigen Sie«, sagte Helga. »Das war nicht persönlich gemeint. Ich weiß, daß Sie kurz vor dem Krieg in dies Kaff versetzt wurden, weil Sie darauf bestanden, einen Mörder zu verhaften, obwohl er SA-Mann war. Aber was Sie sagten, war trotzdem potentiell faschistisch.«

»Dann«, antwortete der Kriminalrat, »sind viele Bürger dieses Landes, die ähnliche Befürchtungen haben wie ich, potentiell faschistisch.«

»So ist es«, sagte Helga und zündete sich eine Zigarette an.

Der Kriminalrat seufzte. Er wußte, er sah verbraucht und müde aus, und er fühlte sich auch so. »Gut, Helga«, murmelte er schließlich. »Dann sagen Sie mir mal, was mit diesem Rölfi los ist.« Das Telefon schnarrte. Der Kriminalrat stand auf, ging um die Schreibtische herum, hob ab und knurrte etwas in den Apparat.

»Chef?« Eine eifrige, etwas zu hohe männliche Stimme.

Der Kriminalrat setzte sich auf den Schreibtischsessel.

»Neumann«, sagte er zu Helga.

»Chef, er ist da.«

»Ich möchte zuerst mit den Kollegen aus Konstanz sprechen.«

»Die sind schon wieder weg. Fröhliches Fest, haben sie gesagt, und sie hätten es leider eilig.«

Der Kriminalrat sah auf der Schreibtischplatte seine klobige linke Hand, deren Finger das Wodkaglas drehten. Der Handrücken war übersät mit gelblichen Altersflekken. Der Kriminalrat hob den Blick ein wenig und sah auf Beine, Hüften und Brust seiner Assistentin, die vor ihm auf dem Fensterbrett saß, rauchte und ihn anblickte. Eine schlanke, für seinen Geschmack etwas zu lange junge Frau in dunklen Hosen und blauem Pulli, mit einer hübschen, aber nachlässig angebrachten Brosche oberhalb der linken Brust. Er sah wieder auf seine wodkaglasrollende Hand. Er konnte sich nicht erinnern, wann er das letzte Mal eine Frau gestreichelt hatte.

»Na schön. Bringt ihn rauf.«

»Chef...« Die Stimme schien zu zögern. »Wir haben ihn hier natürlich rein routinemäßig noch mal untersucht. Die Konstanzer scheinen das weniger gründlich gemacht zu haben. Er hat sich wie der Teufel gewehrt.

Vier Mann mußten ihn halten. Aber wir haben noch was gefunden bei ihm.«

»Was?«

Pause. Dann: »Könnten Sie mal einen Moment runterkommen?«

»O. K.«

Der Kriminalrat warf den Hörer auf die Gabel, stand auf. »Mal wieder eins von Neumanns Geheimnissen. Wenn der Staatsanwalt inzwischen anruft, Helga, oder meine Frau...«

»Dann sage ich, Sie sind gleich wieder da«, sagte Helga.

5

Der Kriminalrat und seine Assistentin saßen nebeneinander auf dem Fensterbrett. Zwischen ihnen stand die halbleere Wodkaflasche. Hinter ihnen, draußen, war finstere Dämmerung. Es regnete. Der Innenhof des Polizeigebäudes war düster und unbeleuchtet. Unten standen, gerade noch erkennbar, zwei Mannschaftswagen unordentlich geparkt herum. Nur in wenigen Büros brannten noch Lampen. In der Ferne begannen Glocken zu läuten. Auf den Schreibtischen vor ihnen lagen keine Tonbänder mehr, sondern ein Dutzend Hochglanzfotos, die den Schein der Schreibtischlampe reflektierten. Einige der Fotos waren beschädigt.

»Ich versuch' mal eine Erklärung«, sagte Helga.

»Bitte«, sagte der Kriminalrat.

»Rolf wollte Geld, das ist sicher richtig. Aber nachdem er den Schreibtisch seines Vaters mit so viel Mühe aufgebrochen hatte, fand er, in einer transparenten Tüte der Drogerie Palz, diese Fotos, deren Anblick der verklemmte Kollege Neumann mir ersparen wollte, indem er Sie herausrief. Fotos, die nicht nur Fräulein Sebold zeigten, sondern, und das war der furchtbare Schock für Rolf, auch seinen Vater und seine Mutter. Und alle drei nicht nur einzeln, sondern auch paarweise. Wissen Sie, was ich auffallend an den Fotos finde? Hier, sehn Sie doch mal.«

Helga nahm ein paar Fotos vom Schreibtisch.

»Danke«, sagte der Kriminalrat und füllte sein Glas mit Wodka. »Ich habe alle genossen.«

»Hier, das hier. Franz auf Lieselotte. Oder hier: Lieselotte auf Claramaria. Und hier: Claramaria auf Franz.« Helga hielt ihm die Fotos vor die Augen. »Was haben alle gemeinsam?«

Der Kriminalrat hielt das Glas in der Hand, ohne zu trinken. »Ja, was haben die gemeinsam. Einer von den dreien fotografierte jeweils die beiden andern. Aber ich verstehe den Jungen immer noch nicht. Ein Schock, na ja. Und dann gleich drei Menschen totschlagen, was? Nein.«

»Oder das hier.« Helga nahm weitere Fotos vom Schreibtisch.

»Und besonders das, Franz und Claramaria. Die freundliche ruhige Frau ist hier ungeahnt munter, finden Sie nicht? Nämlich, das hat ihnen Spaß gemacht, allen dreien.«

»In der Tat, darauf wäre ich nicht gekommen«, sagte der Kriminalrat und trank den Wodka.

»Die waren sich einig in ihrem Vergnügen. Das meine ich. Sie waren unter sich, in einer Welt, aus der Rolf völlig ausgeschlossen war.«

»Natürlich«, sagte der Kriminalrat, »die hätten Rolf da mitmachen lassen sollen.«

Helga legte die Fotos zurück auf den Schreibtisch.

»Nein. Aber sie hätten ihn nicht so erziehen sollen, daß diese Sache für ihn völlig undenkbar war.«

Draußen begannen jetzt auch in der Nähe die Glocken zu läuten.

»Ich verstehe«, sagte der Kriminalrat. »Sie hätten ihm beizeiten sagen sollen: Paß auf, Junge, was Pornofotos sind, weißt du ja, im Gegensatz zur älteren Generation regen sie dich nicht sehr auf, du redest gleich wieder von

Schallplatten oder Fußball. Aber eines Tages kann es dir passieren, daß du deine Eltern auf Pornofotos findest.«

Helga goß sich und dem Kriminalrat einen neuen Wodka ein. Sie blieb sachlich und ruhig.

»Sie hätten ihm beizeiten sagen sollen, daß jeder Mensch, auch eine Mutter, auch ein Vater, Bedürfnisse haben kann, die durch ein sogenanntes normales gesellschaftliches Verhalten nicht immer befriedigt werden.

Die drei haben Rolf vorsätzlich belogen und verraten. Sie haben ihn allein gelassen. Sie haben ihm Eltern vorgeführt, die sie gar nicht waren. Das hat sie das Leben gekostet. Er hat Usurpatoren beseitigt, die den Namen seiner Eltern in den Dreck gezogen hatten. Typisch ist auch das Verhalten von Lieselotte, die den Jungen mit diesem Schmachtlied anheizt und dann stehenläßt, statt, wie es sich für eine Freundin der Familie gehört, ihm zu helfen.«

»Wie hätte sie ihm helfen können?«

»Indem sie mit ihm redet, beispielsweise. Gut ist zu ihm. Fair. Am besten, indem sie mit ihm schläft.«

»Der Junge«, sagte der Kriminalrat, »ist fünfzehn Jahre, elf Monate. Paragraph . . .«

»Ach was, Paragraph«, sagte sie. »Die muß doch gesehen haben, was mit dem Jungen los war. Daß er unter Überdruck stand. Daß die Eltern dafür kein Ventil vorgesehen hatten, bei ihm, versteht sich. Bei sich selbst schon.«

Das Telefon schnarrte. Helga, die näher am Telefon saß, hob ab und reichte ihm den Hörer.

»Vielleicht hat der diskrete Neumann noch ein Präservativ gefunden«, sagte sie.

»Ja?« knurrte der Kriminalrat.

Wieder die etwas zu hohe Stimme: »Es ist sechzehn Uhr, Chef. Können wir ihn raufbringen?«

»Bringt ihn rauf.«

Der Kriminalrat gab Helga den Hörer zurück. Die legte auf.

»Rolf hatte nicht so sehr Angst vor Entdeckung der eigenen Schande«, sagte sie, »sondern vor allem Angst vor Entdeckung der Schande der anderen. Göran Göransson, Universität Malmö, hat Tötungsdelikte Jugendlicher an älteren Leit- und Bezugspersonen untersucht.«

Sie nahm das Buch aus der Hausbibliothek vom Tisch, schlug es auf. »Immer wieder dasselbe. Hier. Ich habe den Satz unterstrichen: Durch die Gewalttat schaffen sie sich die radikale Klärung einer Lage, deren Verschleierung ab sofort unerträglich geworden ist.«

Der Kriminalrat blickte flüchtig auf das Buch, nickte. Er hatte es vor vier Jahren anschaffen lassen. Es sah nicht so aus, als ob es inzwischen viele Beamte in den Händen gehabt hätten.

Helga legte das Buch zurück.

»Vielleicht wollte Rolf nach Entdeckung der Fotos wirklich zunächst abhauen. Vielleicht hatte er die Absicht, seinen Eltern auf Band eine vernichtende Anklage und Verurteilung zu hinterlassen. Dann muß ihm klargeworden sein, daß die Schande der Eltern damit nicht getilgt werden konnte. Er erschoß sie, er tötete Lieselotte in einer Explosion von Haß und unterdrücktem Sex, er rammte das Auto des Vaters in die seiner Meinung nach mitschuldige Drogerie Palz, was, wenn man die Symbolik der sieben Scheinwerfer bedenkt, die dabei zerstört wurden, soviel bedeutete, wie den Vater noch mal zu töten. Und während alldem trug er die Fotos, die niemand finden durfte, die Schande, die niemand erblicken durfte, zwischen Schuh und Strumpf bei sich, in der Hoffnung, irgendwo im Ausland einen Platz zu finden, wo er sie unbeobachtet vernichten konnte. So kann's gewesen sein.« Sie machte eine Pause, nahm die Wodkaflasche, zögerte, stellte sie zurück, sagte: »So wird's gewesen sein.«

»Vielleicht«, sagte der Kriminalrat. »Wahrscheinlich. Trotzdem, ich versteh's nicht.« Er saß auf dem Fensterbrett, hielt die Hände vor dem Bauch gefaltet und sah auf die Kante des Schreibtisches vor ihm. Ein wenig spürte er die Wirkung des Wodkas. In über vierzig Dienstjahren hatte er sich noch nie auf das Fensterbrett irgendeines seiner Dienstzimmer gesetzt. Er tat das erst, seit seine Assistentin damit angefangen hatte. Er fragte sich, ob er sich nicht lächerlich machte. Er fragte sich, warum er wohl wie ein Verrückter jeden Tag viele Male zwischen dem dritten Stock und dem ersten oder dem Parterre hin und her keuchte. Wollte er ihr zeigen, wie gut er alles noch schaffte? Wie unentbehrlich er war? Aber in anderthalb Jahren würde er entbehrlich sein. Und die junge Frau neben ihm würde in Stuttgart sein oder sonstwo, jedenfalls dort, wo man Karriere macht. War sie eine kühle Karrieremacherin? Redete sie auch mit ihrem Freund, dem Heidelberger Arzt, gelegentlich wie eine Krankenschwester? War sie eine leidenschaftliche Geliebte? Konnten Kriminalbeamtinnen überhaupt leidenschaftliche Geliebte sein? Der Kriminalrat räusperte sich. Er stand auf, ging zu seinem Schreibtischsessel und ließ sich dort nieder. Es gelang ihm, sich wieder zu konzentrieren. »Was ich gern wüßte«, sagte er, »ist nämlich folgendes: ob das nun ein altmodisches Verbrechen war, so altmodisch wie unsere Büroeinrichtung. Oder schon eins von den schrecklichen neuen, die wir nach Meinung unserer Wissenschaftler zu erwarten haben.« Helga, auf dem Fensterbrett, antwortete nicht. Sie goß sich noch einen Wodka ein. Dann sagte sie mit der gleichen sachlich-kühlen Stimme, mit der sie bisher geredet hatte: »Man müßte mit dem Jungen sprechen. Man müßte bei ihm sein, heute nacht, morgen, übermorgen.«

»Das fehlte noch«, sagte der Kriminalrat und schob die Fotos zusammen. »Sie wissen, ich schätze Ihren Enthusiasmus. Manchmal verführt er Sie zu unrealistischen Schlußfolgerungen. Ich werde den diensttuenden Gefängnisgeistlichen anrufen. Und Sie fahren nach Heidelberg, und ich esse meinen Karpfen.«

Ein kurzes nachlässiges Klopfen gegen die Tür. Zugleich wurde die Tür schon geöffnet.

Herein kam Neumann, ein massig wirkender Beamter, dem niemand eine hohe Stimme zutrauen würde. Neben Neumann der Junge: nicht sehr groß, mager, kindlich im zu weiten Norwegerpullover. Wirre verklebte Haare über einem angespannten weißen Gesicht. Ungewöhnlich lange zarte Wimpern. Die Hände in den Jeanstaschen zu Fäusten geballt. Dunkle Augen, die Helga nicht wahrnahmen, die nur den Kriminalrat anstarrten. Draußen dröhnten immer noch die Glocken.

»Setz dich«, sagte der Kriminalrat.

Felix Huby

Schneckentod

Bienzle ging wieder einmal der alte Spruch durch den Kopf: »Laufe kann ich nimmer, beiße kann ich nimmer – muß ich mich halt mit de Hund vertrage!«

Aus den Blättern der Bäume fielen vereinzelte Tropfen, die vom Gewitterregen übrig geblieben waren.

Hier stehen und warten – hatte das einen Sinn? Aber niemand erwartete ihn irgendwo anders, also konnte er auch bleiben. Diese Katzeneigenschaft, warten zu können und dabei das Gefühl für die Zeit, nicht aber das Gefühl für das Ziel, zu verlieren, war ihm schon immer eigen gewesen. Er war froh, keine Kinder zu haben. Kinder waren ungeduldig und hatten ein Recht darauf, ungeduldig zu sein.

Hinter einem Fenster brannte noch Licht. Bienzle hatte siebzehn Fenster gezählt. Wie einsam mußte man sich in einem solchen Haus fühlen, zumal wenn man nur zu zweit darin wohnte und den anderen nicht mehr ausstehen konnte?

Als Otto Krogmann beerdigt wurde, stand seine Witwe mit einem unverkennbaren Ausdruck des Triumphes dabei. Diesen Ausdruck hatte sie auch im Gesicht, als Bienzle sie am Tag danach in diesem Haus besuchte. Sie war Ende 40, aber es gab jetzt viele Frauen, die sich, wie Amelie Krogmann, eine gewisse Jugendlichkeit bewahrten bis weit über die fünfzig. Daß sie für ihre kleinen, runden Brüste noch keinen Büstenhalter brauchte, zeigte sie geradezu provozierend. Das dünne T-Shirt hatte einen weiten runden Ausschnitt und saß straff auf der Haut. Bienzle bemühte sich, nicht immer auf die keck hervortretenden Brustwarzen zu starren. Zog sich so eine Frau an, die gerade ihren Mann verloren hatte?

»Diese Krämpfe«, sagte sie, »es war furchtbar, wie er sich gekrümmt hat.« Und dann fügte sie mit kühler Sachlichkeit hinzu: »Es war tatsächlich ein Todeskampf.«

Bienzle starrte sie unter seinen buschigen Augenbrauen hervor an. »Es scheint Sie nicht besonders mitgenommen zu haben.«

»Für mich war's die gerechte Strafe!«

Den Satz wurde er seitdem nicht mehr los. Er wäre gerne hineingegangen und hätte die Frage gestellt, die ihm am Todestag von Otto Krogmann nicht eingefallen war: »Wer hat ihn bestraft?« Er konnte sich nicht vorstellen, daß Amelie Krogmann an Gott glaubte.

Sehr aufrecht war sie dagestanden, mit durchgedrücktem Kreuz, das Kinn leicht angehoben. Ihre Haltung wirkte angestrengt. Aber das Rotweinglas in ihrer Hand zitterte nicht. Aus der Stereoanlage kamen die Klänge eines klassischen Konzerts. Amelie Krogmann hatte eine Platte aufgelegt. Eher Musik für ein heimeliges Frühstück zu zweit, fand Bienzle: Concert opus 10 für Streicher, Flöte und Continuo von Antonio Vivaldi. Bienzle stellte sich ein gemeinsames Frühstück mit Amelie Krogmann vor, rief sich zur Ordnung und sagte: »Die Gerichtsmediziner sind ratlos. Alles deutet auf eine Pilzvergiftung hin!«

Amelie lächelte. »Wenn er Pilze gegessen hat, dann nicht bei mir!« Tatsächlich hatte die Spurensicherung keinerlei Hinweise gefunden. Zwar hatten die Krogmanns gemeinsam zu Abend gegessen, es hatte Schneckenpfännchen und anschließend einen Salat aus Sauerampfer, Kresse und Nüssen gegeben. Das Geschirr hatte

Amelie Krogmann, wie immer, sofort nach dem Essen in den Geschirrspüler gestellt und abgewaschen. Seine Todeskrämpfe hatten da noch nicht begonnen, sagte Amelie.

Krogmanns Geliebte hatte ausgesagt, bei ihr habe er lediglich einen oder zwei Sherry getrunken, bevor er zu seiner Frau nach Hause gegangen sei. Die Gläser waren noch nicht abgewaschen gewesen. An der Sherry-Flasche, die noch zur Hälfte gefüllt war, fand man die Fingerabdrücke des Toten. Regine Salach, Krogmanns Freundin seit zweieinhalb Jahren, hatte drei Tage und vier Nächte gebraucht, bis sie in der Lage gewesen war, eine Aussage zu machen.

Bienzle traute zwar den Frauen nie, aber er hätte allerhand darauf verwettet, daß Regine Salachs Schmerz echt war. Andererseits: Die Frau war Schauspielerin, wenn auch zur Zeit ohne Engagement.

»Wenn du nach einem Motiv suchst, kommst du immer nur auf die heilige Liebe, die heilige Ehe oder das heilige Geld«, hatte sein Kollege Gächter gesagt. Bienzle hatte ihm nicht widersprochen. Das waren so Sätze, die bei jedem Fall kamen.

Ein Nachtvogel huschte vorbei. Sinnlos, hier herumzustehen. Bienzle war Weintrinker. Leute, die Schnaps bevorzugten, hatten es besser, die konnten in solchen Nächten einen Flachmann bei sich tragen. Trollinger in einem Flachmann... Bienzle schüttelte sich.

Das Licht hinter dem Fenster erlosch. Bienzle ruckte ein wenig in den Schultern und richtete sich auf. Erst gestern hatte Hannelore gesagt: »Du mußt ein bißchen auf dich achten, du kriegst langsam einen runden Rücken.«

Jetzt flammte das Licht im Treppenhaus auf. Bienzle lächelte zufrieden. Daß Frau Krogmann um diese Zeit noch das Haus verließ, verbuchte er für sich auf der Habenseite. Sie machte sich nicht einmal die Mühe, die Tür abzuschließen. Bienzle schob seinen schweren Körper hinter einen dicken Baumstamm. Selbst in der Dunkelheit erkannte man, wie elegant Amelies Gang war. Ihr Rock schwang im Rhythmus ihrer Schritte. Sie ging den Gartenweg bis zur Garage und öffnete das Tor. Bienzle lief geduckt durch den Garten, kletterte mit einiger Mühe über den Zaun und stieg in sein Auto, das er am Straßenrand geparkt hatte.

Er legte eine Musikkassette ein. Mozarts Klavierkonzert Nummer 10 – auch eher eine Musik für ein gemütliches Frühstück zu zweit.

Amelie Krogmann fuhr zügig, achtete aber peinlich auf die Geschwindigkeitsbeschränkungen. So jemand war leicht zu verfolgen. Sie hatte ihm alles über ihre Ehe erzählen wollen, aber er hatte sie brummig daran gehindert. »Mir genügt, daß Sie sich nemme möge habet!«

»Es war mehr«, sagte sie, »er hat mich seit Jahren gequält – seelisch, meine ich!«

»Ond vice versa«, meinte Bienzle.

»Bitte?«

»So rum wie so rum«, übersetzte der Kommissar.

»Woher wollen Sie das wissen?«

Er sah sie schweigend an, bis sie den Blick senkte. Dann seufzte er ein wenig.

Jetzt seufzte er wieder und sagte leise: »Was sich Mensche alles antun könnet!«

Amelie Krogmann hielt vor einem dieser modernen Mehrfamilienhäuser, wie man sie neuerdings immer häufiger sah. Die Front war mit Glaserkern und Glasvorsprüngen aufgelockert. Larifari, fand Bienzle, sieht gut aus, bringt aber nichts. Mit zusammengekniffenen Augen versuchte er auszumachen, wo sie klingelte. Es war ziemlich weit oben am Klingelbord, mehr konnte er nicht feststellen. Aber dann ging im obersten Stock das Licht an. Amelie Krogmann drückte die Tür auf und verschwand im Treppenhaus. Bienzle wuchtete seinen Körper aus dem Auto und stapfte zu dem Hauseingang hinüber. An der obersten Klingel stand ›Dr. Alexander Werner‹.

Gächter war in dieser Nacht Kommissar vom Dienst. »Wenn ich das jeden Tag machen müßte«, pflegte er zu sagen, »wär ich längst Alkoholiker.« Warten, daß vielleicht etwas passierte, war nichts für ihn. Als das Telefon klingelte, hatte er gerade seine erste Bierflasche aufgemacht. »Kommissar vom Dienst«, meldete er sich.

»I ben's«, sagte Bienzle.

»Auch das noch!« sagte Gächter.

»Ich muß wissen, wer Dr. Alexander Werner, wohnhaft Klosterstraße 27, ist.«

»Warum?«

»Weil die Krogmann grad zu ihm rein ist.«

»Läufst du ihr immer noch nach?«

»Ich lauf ihr nicht nach, ich ermittle!«

»Und wo liegt der Unterschied?«

Bienzle schnaubte. »In zehn Minuten ruf ich wieder an!« Er hängte ein, verließ die Telefonzelle und zündete sich ein Zigarillo an. Drei Jahre lang hatte er nicht mehr geraucht, jetzt schmeckte es ihm wieder. Er sah dem milchig weißen Rauch nach und ertappte sich dabei, wie er sich Frau Krogmann als Geliebte vorstellte. Wütend schüttelte er den Kopf und knurrte: »Bischt du au no ganz bache, Bienzle!«

Daß Krogmann keines natürlichen Todes gestorben war, stand außer Zweifel. Amelie Krogmann leugnete mit keiner Silbe, daß sie ein Motiv hatte, das beste überhaupt. Aber man konnte ihr nichts beweisen. Null! Bienzle kickte gegen einen Stein, der über die Straße trudelte und am Rinnstein ausrollte. Hinter dem Birkenkopf grollte der Donner des nächsten Gewitters, das von Westen her aufzog. So schwere Gewitter im frühen März – das Wetter spielte verrückt. Bienzle hatte achtlos auf seinem Zigarillo herumgekaut, jetzt sammelte sich bitterer Tabaksaft auf seiner Zunge. Er spuckte wütend aus und sah zu der Dachgeschoßwohnung hinauf. Dort brannte noch Licht. Vielleicht hörten die beiden Vivaldi.

Gächter hatte etwas gefunden, als Bienzle wieder anrief. Im Polizeiarchiv standen alle möglichen Nachschlagewerke. Alexander Werner war Biochemiker, arbeitete bei einem Pharmaziekonzern und hatte es dort zum Hauptabteilungsleiter in der Forschung gebracht. »Das paßt!« sagte Gächter.

»Blödsinn«, sagte Bienzle, »Lebensmittelchemiker müßt er sein!« Aber er beschloß dann doch, Herrn Werner kennenzulernen. Zwei Stunden stand er noch vor dem Haus, eineinhalb davon tief in einen Hausgang gedrückt, weil ein heftiger Gewitterregen niederging. Schließlich war er sich sicher, daß Frau Krogmann das Haus in dieser Nacht nicht mehr verlassen würde. Das Licht brannte schon lange nicht mehr, als er endlich müde in sein Auto stieg, um nach Hause zu fahren.

Seine Freundin Hannelore war verreist. Bienzle genoß es, allein in der gemeinsamen Wohnung zu sein, obwohl Hannelore ihm andererseits auch fehlte. Ins Bett ging er nicht mehr. Er hatte Angst davor, in drei Stunden von seinem Wecker aus dem schönsten Schlaf gerissen zu werden. Also setzte er sich in der Küche auf den unbequemsten Stuhl, öffnete eine Flasche Nordheimer Trollinger mit Lemberger, wohl wissend, daß der ihn noch müder machen würde, und sah zu, wie die Zeit verging. War er nun ein kleinlicher Mensch, wie Gächter erst gestern wieder gesagt hatte? Und war er womöglich deshalb Polizist geworden, obwohl er sich immer gewünscht hatte, Lehrer zu werden? Warum bloß machte man sich mit 51 Jahren solche Gedanken?

Hinter der Küche war eine schmale Glasveranda. Von hier aus hatte man einen schönen Blick auf die Stadt hinab – über den Bahnhof hinweg auf den Killesberg. Die nassen Gleise schimmerten im Morgenlicht. Nach so einem Regen sah Stuttgart von hier oben wie frisch gewaschen aus. Bienzle war sicher, daß er nie mehr anders wohnen könnte als in der sogenannten Halbhöhenlage, die für Stuttgart so typisch war. Flache Städte kamen für ihn nicht mehr in Frage.

Um acht Uhr stellte er sich unter die warme Dusche. Wenn man jetzt den Mut gehabt hätte, auch noch kalt zu duschen. Schon der Gedanke ließ Bienzle erschauern. Er frühstückte aus der Hand, lauter Sachen, die bei Hannelore niemals auf den Tisch gekommen wären: Ein Stück Leberkäse in der Rechten, ein Stück Appenzeller Käse in der Linken, trat er wieder auf die Veranda hinaus. Die Wolken hatten sich verzogen, der Himmel hatte verschieden blaue Streifen. Der Tag versprach, schön zu werden.

Bienzle war sicher: Heute würde er den Fall Krogmann lösen.

Schon bevor Bienzle Alexander Werner gegenüber stand, war ihm der Wissenschaftler unsympathisch. Eine junge Frau führte ihn durch die Laborräume. In Käfigen huschten Ratten, Mäuse und Hamster hin und her. Ein Mann, der Tierversuche machte, hatte bei Bienzle von vornherein verschissen. Das sagte er auch Werner, noch bevor der ›Guten Morgen‹ sagen konnte.

»Wollen Sie nicht erst fragen, wofür diese Versuche gemacht werden?« fragte Werner.

»Noi!« antwortete Bienzle trotzig und fühlte sich nicht sehr souverän dabei.

»Ein bißchen ignorant ist das aber schon.«

»Des leischt ich mir« brummte Bienzle, um dann ansatzlos zum Angriff überzugehen: »Sie sind mit Frau Amelie Krogmann liiert?«

»Wer sagt das?«

»Ich sag das, hören Sie doch!«

»Und wenn es so wäre?«

»Es ischt so, und wie lang geht des scho?«

»Ich glaube nicht, daß ich Ihnen darüber Auskunft geben muß!«

»Ich krieg's so oder so raus!«

»Na gut, wir sind seit drei Jahren befreundet.«

»Na also!« Bienzle bemühte sich nun um eine gewisse Jovialität. »Geht doch!« Er versuchte mit beiden Daumen seine Augenbrauen zu glätten und starrte Werner dabei an. »Herr Krogmann ist an einer Art Pilzvergiftung gestorben.«

Werner lachte leise. »Eine Art Pilzvergiftung...?«

»Die Gerichtsmediziner haben's so ausgedrückt – vermutlich weil eine tatsächliche Pilzvergiftung um diese Jahreszeit ausgeschlossen ist.«

Alexander Werner schien nicht besonders interessiert. Er hatte sich ein paar Petrischalen zugewendet und brachte mit einer Pipette kleine hellgelbe Tropfen auf eine zähe Flüssigkeit auf. Ohne aufzuschauen sagte er: »Ich verstehe, daß Sie mich im Verdacht haben, da Sie nun wissen, was ich beruflich mache. Vermutlich denken Sie, ich hätte irgendwelche Gifte zusammengemischt und sie Frau Krogmann zukommen lassen, um Herrn Krogmann heimtückisch zu töten.«

»So ähnlich, ja!«

»Dann lassen Sie sich von mir sagen, es gibt keine solche Giftmischung, die man im nachhinein nicht belegen könnte. Frau Krogmann sagt mir, die Gerichtsmediziner seien sich sicher, daß der Tod des Herrn Krogmann durch ein Pilzgift hervorgerufen worden sei. Und ich versichere Ihnen, ich experimentiere nicht mit Pilzgiften. Sie werden hier auch keines finden.« Er stellte die Petrischalen auf ein Tablett, hob es an und bat Bienzle, ihm die Tür zu öffnen.

Dort rief er nach einer Mitarbeiterin und sagte: »Das muß sofort ins Tiefkühlfach!«

Bienzle fuhr herum: »Tiefgekühlt – das ist es!«

»Haben Sie schon mal tiefgekühlte Pilze gegessen?« fragte Werner spöttisch. »Pilze werden eingelegt, aber nicht tiefgekühlt.«

Bienzle wußte, wann er verloren hatte. Er verließ Dr. Alexander Werner, dem – so mindestens – nicht beizukommen war. Wenn Bienzle um diese Zeit schon etwas getrunken gehabt hätte und deshalb mutiger gewesen wäre, als er es war, hätte er wahrscheinlich die Ratten, Mäuse und Hamster samt und sonders freigelassen – ein Wunsch, der sich noch verstärkte, als er aus einem Nebenraum ein klägliches Miauen hörte.

Den Tag verbrachte er mißgelaunt im Büro. Ungeduldig wartete er auf den Abend. Gächter schlug gegen sechs Uhr vor, ein Bier trinken zu gehen. Er hatte an diesem Tag Dienst gemacht, obwohl er die Nacht davor als Kommissar vom Dienst durchgearbeitet hatte. Nach einem solchen ›20-Stunden-Turn‹, wie er es nannte, war er so aufgedreht, daß er noch irgend etwas unternehmen mußte.

»Ich geh nochmal zu der Krogmann«, sagte Bienzle.

»Was willst du die denn noch fragen?« Gächter schaute ihn verständnislos an.

»Nicht fragen, nur beobachten.«

»Und du bist sicher, daß du nicht ein heimlicher Spanner bist?«

»Nein«, sagte Bienzle, »da bin ich mir ganz und gar nicht sicher!« Und dann fügte er, eigentlich gegen seinen Willen, hinzu, »kannst ja mitkommen!« Er wußte, daß Gächter nicht ablehnen würde.

Wenn Bienzle in seinem Beruf überhaupt noch eine reizvolle Beschäftigung sah, dann war es in der Tat jene, andere Menschen zu beobachten, mit seinen Blicken und seinen Gedanken, in sie einzudringen, sie zu durchschauen. Dreißig Jahre beständige Übung hatten ihn da weit gebracht.

Die Nacht war heller als die letzte. Der Mond malte die Muster der Äste und Zweige auf den kurz geschorenen Rasen des Krogmannschen Anwesens. Heute war es schwerer, sich zu verbergen. Gächter war im Auto geblieben. Sie hatten beschlossen, daß er Amelie Krogmann verfolgen sollte, falls sie wieder das Haus verließ. Bienzle lehnte an einem Baumstamm und kämpfte gegen das Verlangen, ein Zigarillo anzuzünden. Gegen zehn Uhr verlöschte das Licht im ersten Stock. Kurz darauf kam Frau Krogmann aus dem Haus. Als sie an Bienzle vorbeigegangen war, hing noch eine ganze Weile der Duft ihres Parfums in der Luft. Bienzle hörte nacheinander zwei Autos wegfahren. Er ging zum Haus. Amelie Krogmann hatte sich wieder nicht die Mühe gemacht, abzuschließen. Es war wie eine Einladung, und das verunsicherte den Kommissar. Hatte sie es etwa darauf angelegt, daß er das Haus betrat, um nach etwas zu suchen, von dem er nicht wußte, was es sein könnte?

Auch im Treppenhaus hing der Geruch ihres Parfums. Bienzle stieg in den ersten Stock hinauf, ohne Licht zu machen. Sein räumliches Gedächtnis funktionierte im Unterschied zu seinem Gedächtnis für Namen ausgezeichnet.

Gächter fuhr gut 50 Meter hinter Amelie Krogmann durch die nächtliche Stadt, aber daß die Fahrt diesmal nicht Richtung Klosterstraße ging, merkte er schon nach den ersten zwei Kilometern.

Bienzle hatte auf dem kleinen Empire-Stuhl vor Amelie Krogmanns Sekretär Platz genommen. Er kam sich dabei ausgesprochen grobschlächtig vor. Behutsam öffnete er den Deckel. Ein Wust von Briefen, Zeitungsausschnitten, Bildern, Reiseprospekten, Gebrauchsanweisungen und Notizzetteln quoll ihm entgegen. Er begann, systematisch die Papiere zu sichten.

Amelie Krogmann wurde erwartet. Als sie auf das schmale Appartement-Haus im Schellenkönig zuging, ertönte bereits der Summer. Wer immer sie erwartet hatte, war wohl am Fenster gestanden und hatte sie kommen sehen. Gächter wartete, bis das Licht über der Eingangstür erlosch, und ging dann zu dem Hauseingang hinüber.

Liebesbriefe fremder Leute lasen sich immer banal, fand Bienzle. Dennoch machte er sich die Mühe, alle zu lesen, die er in einer kleinen Schublade des Sekretärs gefunden hatte. Eine kleine Uhr schlug mit hellen Tönen elfmal. Man konnte es dem Absender nicht übel nehmen, schließlich war er Wissenschaftler, aber was er da schrieb, entbehrte nun wirklich jeglicher Originalität. Was fand die schöne Frau Krogmann nur an ihm? Bienzle wollte die Briefe an ihren alten Platz zurücklegen, da fiel ihm auf, daß ganz hinten in der kleinen Schublade noch ein Papier steckte – zusammengeschoben und zerknittert von dem Packen Briefe, der da gelegen hatte. Mit spitzen Fingern holte er es heraus. ›Sonderdruck‹ stand da. Der Autor hieß Maurice Charaud, als Übersetzer war Dr. Alexander Werner genannt. Der Artikel war überschrieben: ›Gifte auf Um- und Abwegen‹. Bienzle lehnte sich so zufrieden zurück, als hätte er den Fall schon gelöst.

Gächter fuhr mit dem Zeigefinger an den Klingelschildern entlang. Der einzige Name, mit dem er etwas anfangen konnte, lautete Regine Salach.

Warum wohl hatte Amelie Krogmann den Sonderdruck nicht vernichtet? Bienzle erhob sich von dem Empire-Stühlchen, löschte das Licht und ging zu einem breiten Sofa mit weit geschwungenen Armlehnen hinüber. Er setzte sich und schloß die Augen. Erst danach streifte er die Schuhe von den Füßen, öffnete die drei obersten Knöpfe seines Hemdes und suchte die bequemste Stellung, um ein wenig zu schlafen. Aber er war noch im Grenzland zwischen Wachen und Schlafen, gerade noch so bei Bewußtsein, um eine herrlich wohlige Müdigkeit in sich eindringen zu fühlen, da schrillte das Telefon. Er tappte zu dem kleinen, runden Tischchen, auf dem der Apparat stand, hob ab und horchte, ohne sich zu melden. »Bienzle, bist du's?« tönte es ihm entgegen.

Der Kommissar gähnte: »Was ischt denn?«

»Sie ist bei Regine Salach, soll ich was unternehmen?«

»Ja, warum denn?«

»Vielleicht tut sie ihr Gift in den Sherry!«

»Glaub ich net, warum auch?« Bienzle gähnte erneut. »Geh heim in's Bett, Gächter, oder zum Fröhlich auf ein Bier. Vielleicht komm ich da auch noch hin. Sonst hat ja keiner so lang auf.«

Bienzle legte den Hörer auf die Gabel und kehrte zum Sofa zurück. Er kam erst wieder zu sich, als die Haustür ins Schloß fiel. Ein paar Augenblicke lang hatte er Mühe, sich zu orientieren, dann zog er seinen Taschenkamm heraus und fuhr sich damit durchs Haar. Er schlüpfte grade in seine Schuhe, als Amelie Krogmann hereinkam. Sie sang leise vor sich hin, warf mit elegantem Schwung die Pumps von den Füßen und knipste das Licht an.

»Guten Morgen«, sagte Bienzle.

Amelie Krogmann starrte ihn an. Sie war wie paralysiert. Drunten fiel die Tür ein zweites Mal ins Schloß.

Schließlich fing sich Amelie Krogmann. »Haben Sie kein Zuhause?«

»Mir g'fällt's bei Ihne«, sagte Bienzle und bückte sich ächzend, um seine Schnürsenkel aufzuknüpfen. Wie oft hatte seine Mutter zu ihm gesagt. »Mr schlupft net aus de Schuh, ohne daß mr se aufgschnürt hat!«

»Was soll das denn?« fragte Amelie Krogmann. Die Tür ging auf. Noch bevor Regine Salach hereinkam, rief sie fröhlich. »Ich hab den Wagen einfach vor die Garage...« Weiter kam sie nicht; denn nun entdeckte auch sie den Kommissar.

»Jetzt einen starken Kaffee und das Concert opus 10 für Flöten, Streicher und Continuo von Vivaldi – des wär was Feins«, sagte Bienzle.

»Verlassen Sie sofort mein Haus«, herrschte ihn Frau Krogmann an.

»Ich denk, wir gehen dann zusammen«, erwiderte Bienzle gemütlich. »Packen Sie ein, was Sie nötig brauchen.«

»Was bedeutet das denn?« fragte Regine Salach.

»Ich muß Sie vorläufig festnehmen, alle beide«, sagte Bienzle, »und passet Se auf, alles, was Sie ab jetzt saget, kann nämlich gege Sie verwendet werden.«

Amelie Krogmann giftete: »Sie müssen verrückt geworden sein!«

Bienzle hatte endlich seine Schuhe an den Füßen, wie es sich gehörte. Jetzt stand er auf. »Wenn's den Kindern langweilig wird, schlaget se d'Schnecke auf d'Schwänz', heißt's im Schwäbische. Man kann die Schnecken aber auch auf Fliegenpilze setzen und darauf ›weiden‹ lassen, wie's der Fachmann wohl nennt. Scheint's mögen Schnecken Fliegenpilze und offenbar verträgt sie ihr Organismus auch ganz gut. Das Gift sammelt sich in ihrem Körper und bleibt dort auch, wenn man die Tiere zum Zwecke des späteren Genusses einfriert. Einen Giftwirt nennt der Herr Charaud die Schnecke in einem solchen Fall, vielleicht ist ja auch der kongeniale Übersetzer auf diesen Begriff gekommen.«

Der Kommissar sah die beiden Frauen mit freundlichen runden Augen an, als ob er für seine Ausführungen gelobt werden wollte. »Hat Ihnen der Herr Werner die präparierten Schnecken gebracht oder nur das Rezept?«

Regine Salach sagte rasch: »Und was hab' ich mit dem Ganzen zu tun?«

»Bitte sag jetzt nichts, Liebste«, sagte Amelie leise, »der Mann rennt irgendwelchen Hirngespinsten nach!«

»Tja«, Bienzle ließ sich wieder auf das Sofa nieder und zupfte an seinen Augenbrauen, »so arbeiten wir halt: Zuerst ist da eine Theorie, eine Hypothese, von mir aus können Sie auch sagen, ein Hirngespinst, und dann machen wir uns dran, die Beweise dafür zu erbringen. Einen hab ich schon, andere wird man vielleicht bei Herrn Werner im Labor finden oder in Ihrer Tiefkühltruhe!« Er wandte seinen Blick Frau Salach zu, »vielleicht auch in der Ihren!«

Die Reaktion der Schauspielerin überraschte sogar Bienzle. Sie fuhr, wie von der Tarantel gestochen herum, rannte zur Tür, riß sie auf und lief förmlich in Gächter hinein. Der faßte sie sanft an beiden Schultern und schob sie ins Zimmer zurück.

Bienzle lächelte ein bißchen gequält. »Wenn die Frau und die Geliebte sich gegen einen Mann verschwören, hat er kaum eine Chance!«

H. P. Karr & Walter Wehner

Nachtfahrt

Eine Hurenfahrt, na klar. Sie blond, Ledermini und rote Bluse, dickes Make-up mit Rouge und Kajalstift bis dorthinaus.

»He, Frollein, fahr'n Sie, Holsterhausen, Klinikum, ja?«

Der Typ scheint nicht mehr ganz klar zu sein, ist mir fast in den Wagen gefallen, als die beiden an der Segerothstraße eingestiegen sind. Das Milieu kennt man ja: Nordhofstraße, Stahlstraße, gleich neben Krupp. Früher der größte Puff in der Republik.

Rolf liegt zuhause im Bett und ich darf durch die Nacht kutschieren. Wagen 19, Angelika Weber auf Nachtschicht, weil ihr Lover frisch aus dem Knast kommt. Der Asphalt summt unter den Reifen des Daimlers. Halb drei, nachts.

»He, Frollein, halten Sie mal.«

Und kaum steh' ich, da ist die Blonde schon raus und weg.

So, wie die läuft, kommt die nicht wieder. Nur komisch, daß der Typ hinten im Wagen nichts sagt. Ich dreh mich um und will wissen, was nun los ist, als er mir entgegenfällt.

Glasige Augen, totes Gesicht und ein bißchen Blut auf dem Hemd. Scheiße, der ist wirklich tot, der ist mir hier im Wagen abgegangen, denn eingestiegen ist er ja noch selber.

Sieht wie eine Stichwunde aus, das in seinem Bauch.

Das muß die Blonde gewesen sein... obwohl – warum soll sie sich ausgerechnet eine Taxe suchen, wenn sie ihn kaltmachen will?

Die Bullen. Wenn ich den Notruf übern Taxifunk abgebe, sind die in zehn Minuten da. Streifenwagen, Kriminaldauerdienst.

Die Handtasche liegt neben dem Toten auf der Rückbank. Die muß der Blonden gehören. Leder, dunkelrot und der Verschluß ist aufgesprungen. Sicher, man soll nichts anfassen, aber trotzdem. Lippenstift, Puder, Schlüssel, Tampons, Kaugummi, ein paar grüne Pillen und eine Plastikhülle mit Papieren. Bockschein auf den Namen Helga Werz, Lottozettel – auch Helga Werz, Nordhofstraße 24, ein Rezept und ein Foto.

Die Innenbeleuchtung ist mies, aber trotzdem – auf dem Bild, das ist doch Rolf. Arm in Arm. Mit der Blonden, irgendwo am Strand. Er hat zwar noch nicht den Schnäuzer, aber diese langen schwarzen Haare, Locken bis auf die Schulter, wie ein Engel, er sieht auch jünger aus. Die Blonde im Bikini mit Schmachtaugen und Schmollmund.

Was hat Rolf mit der Blonden zu tun? Warum hab ich mich überhaupt mit ihm eingelassen? Was ist hier überhaupt los?

Irgendein Kollege brettert vorbei und blinkt mich mit der Lichthupe an. Stehenbleiben kann ich hier jedenfalls nicht.

Ich fahre erst mal los, laß das Taxameter weiterlaufen, damit der Vogel auf dem Dach nicht brennt. Mein Gott, 37 Mark 40, die muß ich nachher selber in die Kasse tun.

Richtung Frohnhausen. Ruhiges Wohnviertel, keine Aufregung.

Bloß keine Probleme! hat Rolf gesagt, als er bei mir eingezogen ist. Erst mal wieder Fuß fassen, dann weitersehen.

Wenn ich zu den Bullen geh, werden die nach der Blonden suchen. Das Foto interessiert die bestimmt auch. Das Foto muß verschwinden, soviel ist klar.

Ich nehm's aus der Hülle raus und steck's in meine Geldtasche. Obwohl – wenn die Bullen die Blonde schnappen, dann kann sie vielleicht was erzählen. Über Rolf undsoweiter. Nein, so geht's auch nicht. Ich muß die Blonde überhaupt vergessen. Und wie, sag ich den Bullen, ist der Tote in meinen Wagen gekommen?

Rüdesheimer Platz. Vorn die Kleingartenanlage.

Erst mal rechts ran und scharf nachgedacht. Keine Probleme – also: keine Leiche in meinem Wagen, keine Fragen, keine Blondine.

Ich muß den Typ rausschmeißen. Und dann weiterfahren. Ich denke nicht, daß einer gesehen hat, wie ich die beiden auf der Segerothstraße eingeladen habe.

Wie lange stehe ich hier schon? Zwei Minuten, drei Minuten? 48,60 auf dem Taxameter. Ich leg den Gang ein und rolle an den Schrebergärten vorbei. Dunkel ist's hier. Okay, Leerlauf rein, aussteigen, rechte Hintertür auf. Der Typ fällt mir halb entgegen. Schwer ist er nicht, ungefähr einsachtzig groß, um die 65 Kilo. Lederjacke, Goldringe an den Fingern und eine Rolex mit Brillanten am Handgelenk. Sowas kostet 30000, wenn ich jetzt...

Als ob ich keine anderen Probleme hätte. Ich lege ihn unter ein paar Sträucher und dann nichts wie weg.

Die Handtasche von der Blonden liegt auf dem Beifahrersitz. Ich komme auf die Frohnhauser und merke erst jetzt, daß das Taxameter noch läuft. 56,80 Mark, ich mach' es aus.

Helga Werz, Nordhofstraße 24, steht auf dem Lottozettel und ihrem Amtsärztlichen Gesundheitszeugnis. Sie ist also anschaffen gegangen. Und der Tote mit seiner Rolex... ihr Lude? Wahrscheinlich. Und was hat Rolf mit der ganzen Kiste zu tun? War die Blonde mal mit ihm zusammen oder was?

Ich will das jetzt wissen. Also wieder raus in den Segeroth. Die Blonde muß mir was erzählen. Immerhin war sie dabei, als der Typ gestorben ist. Überhaupt – der Typ ist mir ja beinahe in den Wagen gefallen, geschwankt hat der, und die Blonde wollte zum Klinikum – ja klar, da hat er seine Messerwunde schon gehabt.

Links geht die Nordhofstraße ab.

Blaulicht flackert vor einem der Häuser, und ich brauch gar nicht nachzusehen, um zu wissen, daß es die Nummer 24 ist. Notarztwagen, Streifenwagen, der Kleinbus von der Kripo.

Leute stehen da, vor der Haustür hält ein Uniformierter Wache, da fällt's nicht auf, wenn ich mich dazustelle. Neben mir turnt einer von der Zeitung rum und fragt die Leute.

»Bei der Werz haben sie einen kaltgemacht«, sagt einer.

»Eifersuchtsgeschichte«, hörte ich.

»Streit hat's gegeben«, sagt eine von den Huren. »Der Kunde hat die Helga wohl von früher gekannt und wollte was von ihr. Und da ist der Harry dazugekommen, ihr Lude ... tja, mit dem Messer ...«

Jetzt kommen die Sanitäter mit der Trage raus. Einer liegt drauf, das Laken überm Gesicht. Er ist wohl tot und als das Laken runterrutscht, fotografiert der Pressemensch wie wild. Alle drängen und ich seh nur ein kariertes Hemd und schwarze Locken, wie von einem Engel.

»Mit dem war die Helga mal verheiratet«, sagt jemand.

Ich muß nach Hause. Bestimmt ist Rolf da. Bestimmt.

Margarete Kubelka

Kein Mord

Nichts wünschte Albert Ohlbrecht sich mehr, und nichts stand für ihn so fest, als dies: daß Sibylle sterben mußte. Nicht etwa ihres beträchtlichen Vermögens wegen, das sie ihm hinterlassen würde, das nahm er gern, aber es war nicht wichtig, er verdiente, was er brauchte, er war nie ein Mitgiftjäger gewesen, Gott bewahre, auch Iris spielte dabei keine Rolle, seine Freundin, denn sie hatte sich mit dem Dreiecks-Verhältnis längst arrangiert und ein gelegentliches Aufmucken hatte er bisher immer mit einem großzügigen Geschenk beschwichtigen können. Solche unfeinen Motive lagen ihm fern, es ging um Sibylle selbst, die nun schon seit Monaten mit dieser gelbhäutigen, übelriechenden Krankheit dahinvegetierte: ein bedauernswerter Klumpen Fleisch, dem man es nicht ansah, daß er einmal eine lebenssprühende, bildhübsche, todchic gekleidete junge Frau gewesen war, auf die man stolz sein konnte. Nun lag sie apathisch in den Kissen, schluckte, was ihr eingelöffelt wurde, und sagte nur noch Ach und Oh, Ach – das hieß, daß sie wieder Schmerzen hatte, und oh daß sie müde war und in Ruhe gelassen werden wollte. Das war kein Leben und ein menschenunwürdiger Zustand, den Albert Ohlbrecht seinem ärgsten Feind nicht wünschte, und es war auch ganz bestimmt kein Trost, daß Dr. Priehm ihm beteuerte, akute Lebensgefahr bestünde keine und Sibylle könne gut und gern noch einige Jahre damit weiterleben. Daß er, Albert, ihren unästhetischen Anblick ertragen, daß er sie füttern und betten, ihr ihre Arzneien und das Essen einflößen mußte, nun ja, das war natürlich auch eine Sache, die ihm zu schaffen machte, wem würde so was Vergnügen bereiten, er insbesondere hatte sich schon immer vor Elend, Schweiß und üblem Geruch geekelt.

Sibylle mußte sterben. Aber natürlich sollte es kein Mord sein. Mord – das war Blut, Gewalt, Stich, Pulverdampf oder Gift, eine schlimme Tat, die in verabscheuenswürdiger Weise durch Gesetzbücher, Bibeln und Literaturen geisterte, ein Kainszeichen, das Albert ganz gewiß nicht auf sich nehmen würde.

Aber wie sollte Sibylle sterben, ohne daß etwas getan wurde? Das war die Frage, die Albert Ohlbrecht Tag und Nacht beschäftigte. Die alles entscheidende Idee kam ihm an einem unruhigen Donnerstagmorgen, an dem bereits zwei Telefonate das morgendliche Ritual von Anziehen, Rasieren und Frühstück durchbrochen hatten, so daß er seine Gedanken nicht ganz beisammen hatte. Beinahe hätte er vergessen, Sibylle ihre Tabletten zu geben, von denen Dr. Priehm gesagt hatte, daß sie Sibylle am Leben erhielten und daß er sie nie (hören Sie, *niemals*) vergessen dürfte. Und nun war dieser Fall beinahe eingetreten. Beinahe. Dieses Beinahe ging ihm nun den ganzen Tag im Kopf herum. Vergessen, das war keine Tat, das war nicht einmal ein Unterlassen, das war ein Versehen, eine Unachtsamkeit, die angesichts einer so schwierigen Situation einem jeden passieren konnte. Es erwies sich freilich im Verlauf der nächsten Tage, daß das Vergessen keine einfache Sache war, wenn man unentwegt daran dachte. So begann er die Tabletten aus seinem Bewußtsein zu verdrängen, übersah sie, nahm sie nicht wahr, dachte rasch an etwas anderes, wenn sie ihm einfielen, eine Übung, die nicht ohne Erfolg blieb. Es gab keine Tabletten, hatte nie welche gegeben.

Die Tabletten verschwanden irgendwie aus seinem Gesichtsfeld, und Sibylle wurde immer blasser, alles wurde blasser, die Achs und Ohs wurden blasser, und, wie ihm schien, sogar die Tapete mit dem Rautenmuster, und er konnte es nicht verhindern, daß er gelegentlich dachte: man wird das Zimmer neu tapezieren lassen müssen, am besten in Lindgrün, das war Iris' Lieblingsfarbe.

Er pflegte Sibylle hingebungsvoll, fütterte sie, bettete sie und besprühte sie verschwenderisch mit Kölnisch Wasser, das tat ihr gut und ihm auch, denn seine Geruchsnerven waren eher noch empfindlicher geworden, was Wunder bei einem Mann, der so sensibel war wie er und zuschauen mußte, wie es mit seiner Frau zuende ging.

Sibylle starb an einem Sonntagabend nach der Tatortsendung, ohne noch einmal Ach und Oh gesagt zu haben. Sie lag friedlich in ihren Kissen, duftete nach Eau de Cologne und hatte die Augen geschlossen. »Ein gnädiger Tod«, sagte Dr. Priehm, und Albert Ohlbrecht fügte in dezentem Trauerton hinzu: »Sie ist in einer besseren Welt. Das ist für sie der schönste Ort.«

Das heißt, er *wollte* das sagen, aber er sagte: »Das ist für sie der schönste Mord.«

Und damit würde er in Zukunft leben müssen.

-ky

Fast genial

Sehr geehrte Damen und Herren! Wenn ich mich heute an die Redaktion Ihrer geschätzten Illustrierten wende, dann nicht in der Absicht, Ihnen meine Geschichte exklusiv zu verkaufen, sondern einzig und allein mit der Bitte um Hilfe. Es ist nämlich gestern Mordanklage gegen mich erhoben worden!

Mein Name ist Dipl.-Ing. Klaus-Dieter Wartenberg, und sie werden denselbigen in allen Publikationen entdecken, die sich mit dem öffentlichen Personennahverkehr beschäftigen, denn ich bin ausgewiesener Fachmann auf diesem Gebiete, nicht nur hauptberuflich als Beamter des höheren Dienstes beim Berliner Senat damit befaßt, sondern auch in Interessenverbänden und Vereinen für Museumsbahnen. Im August dieses Jahres werde ich 45 Jahre alt, bin seit 1972 verheiratet und habe drei Kinder im Alter von 15, 12 und 10 Jahren. Seit unserer Eheschließung haben wir im Hause meiner Frau in Berlin-Schlachtensee gewohnt, einer bevorzugten Wohngegend. Ein neueres Foto von mir habe ich beigefügt, und Sie werden eine gewisse Ähnlichkeit mit dem bekannten Schlagersänger Roger Whitacker feststellen können. Ich gelte als ruhiger und besonnener Mensch, bin Pfeifenraucher und nach innen gekehrt, werde, wenn ich das von mir selber sagen darf, als jemand geschätzt, bei dem andere immer wieder Halt suchen und finden. Meine

Freunde und Kollegen nehmen die Anfangsbuchstaben meiner Vor- und Nachnamen und sagen einfach KDW zu mir, was mir wegen der Gedankenverbindung mit dem seriösen Berliner Kaufhaus KaDeWe gar nicht einmal unlieb ist.

Lassen Sie mich nun der Reihe nach schildern, wie es zu den tragischen Verwicklungen gekommen ist, deretwegen ich mich heute an Sie wende. Es begann alles vor etwa zweieinhalb Jahren, als eines Morgens ein freier Journalist bei mir im Dienst erschien, um mir Fragen im Hinblick auf die Berliner S-Bahnplanung zu stellen.

»Stimmt es wirklich, Herr Wartenberg, daß der Senat bis Mitte der 90er Jahre keine weiteren der stillgelegten S-Bahnstrecken in Betrieb nehmen will...?«

»1991 soll mit den Bauarbeiten auf dem Südring zwischen Westkreuz und Schöneberg begonnen werden...« Ich sagte dies zwar mit aller Loyalität meinem Dienstherren gegenüber, zugleich aber auch mit sozusagen schmerzerfüllter Stimme und deutlicher Kritik an dieser meiner Ansicht nach völlig verfehlten Politik.

»Sie scheinen mir nicht gerade ein Freund der immer noch autogerechten Stadt zu sein...« bemerkte mein Gast.

»Der helle Wahnsinn ist das!« entfuhr es mir, und in der nächsten Stunde saßen wir in der schönsten Seelenverwandtschaft beisammen, tranken Kaffee und schwärmten von den Vorteilen, die U- und S-Bahnen den ebenso verstopften wie verpesteten Großstädten boten.

In den nächsten Tagen und Wochen rief mich Roman Wochow, als solcher hatte er sich vorgestellt, noch öfter an, und ich hatte auch keinerlei Argwohn dabei, denn immer stellte er kompetente, sachbezogene Fragen, und sein Artikel über ›Die S-Bahn auf dem Abstellgleis‹ erschien dann auch in mehreren Berliner und bundesdeutschen Zeitungen. Daß er mir Fotokopien von ihnen sandte und mit grünem Filzstift ›meinem Freunde KDW‹ auf alle schrieb, ließ mich ebenfalls nicht stutzig werden, war das doch bei guten Journalisten gang und gäbe. Ich ließ sie von meinen Mitarbeitern in die entsprechenden Mappen legen, ohne mich dafür gesondert zu bedanken. Für mich war Wochow damit sozusagen abgehakt, denn Kontakte zu Menschen seiner, wenn Sie gestatten, ›Preislage‹ hatte ich im Übermaß, wenn Sie an meinen Beruf und alle meine Nebentätigkeiten denken, ganz zu schweigen vom Bekanntenkreis meiner Frau, die sich als Jugendrichterin schnell einen Namen gemacht hatte und die ganze Szene aus engagierten Sozialarbeiterinnen, Erzieherinnen, Jugendpflegerinnen u. dgl. bevorzugt bei uns zu Hause tagen ließ. Ich war ihm mit nichts weiter als freundlicher Routine begegnet, und obwohl er vom Alter her, das er mit 25 angegeben hatte, durchaus einer meiner Söhne hätte sein können, habe ich ihn nie als solchen behandelt, bin in keinster Weise irgendwie herzlich oder gar zärtlich mit ihm umgegangen. Dazu war er mir viel zu schwammig und feist an Körper und Gesicht, hatte etwas Mundgeruch, wohl von einem kranken Magen her und vom übermäßigen Tabakgenuß, auch einen unreinen Teint, vor allem die Wangen voller kleiner schwarzer Pünktchen, Mitesser genannt. Von Telefongespräch zu Telefongespräch bin ich auch immer kühler und ablehnender zu ihm geworden, fast schon feindselig, und schließlich habe sogar ich meine Sekretärin gebeten, ihn nicht mehr zu mir durchzustellen.

Um so erstaunter war ich, daß er dann am ersten Junimontag neben mir stand, als ich auf dem Bahnhof Schlachtensee meinen S-Bahnzug abwartete. Selbstverständlich fuhr ich nie mit dem Auto ins Büro, sondern immer nur mit der Wannsee-Bahn, der Linie 1.

»Hallo, Herr Wartenberg, wieder gesund...?«

Ich sah Wochow an, mehr als erstaunt. »Ich bin doch gar nicht krank gewesen...«

»Ihre Sekretärin hat mir gesagt, Sie hätten mit einem Herzinfarkt im Krankenhaus gelegen...«

Die gute Melanie, hatte sie mich vor diesem seltsam aufdringlichen Menschen schützen wollen, aber vergessen, mir zu sagen, wie.

Irgendwie geriet ich nun ins Stammeln. »Tut mir leid, das muß wohl ein Mißverständnis...«

Da herrschte Wochow mich an: »Wenn das noch einmal vorkommen sollte, dann werden Sie Ihr blaues Wunder erleben! Aber schön, mein lieber KDW, ich will dir diesmal noch verzeihen...«

Damit nahm er neben mir Platz, um nun die ganze Fahrt über auf mich einzureden, mir eine Belanglosigkeit nach der anderen mit derart hysterisch-überschnappender Stimme mitzuteilen, daß sich das ganze Abteil nach uns umzudrehen begann. Mir war das derart peinlich, daß ich beim Umsteigen auf dem Bahnhof Großgörschenstraße regelrecht die Flucht ergriff und an den nächsten Tagen nur noch mit Bus und U-Bahn fuhr, ein jedesmal auf einer anderen Route.

Doch hatte ich Wochow dieserart auch abgeschüttelt, so terrorisierte er mich fortan um so stärker mit dem Telefon, wählte andauernd die Nummer meines Büros, rief aber auch bis in die späte Nacht zu Hause an.

»Eine neue Liebe ist wie ein neues Leben«, kommentierte meine Frau all diese Anrufe, und ihr süffisantes Lächeln sagte mir, daß sie nun endlich glaubte, den wahren Grund für meine sexuellen Inaktivitäten ihr gegenüber gefunden zu haben. Fast hätte ich, um mich wirksam zu verteidigen, Ulrike angeführt.

Zum Schutz vor Wochow ließ ich mir nun einen automatischen Anrufbeantworter anbringen, und hörte auch über vier Wochen nichts mehr von ihm. Dann aber kam sein erster Brief.

»Liebster KDW, mein Klaus, mein Kläuschen, sei gegrüßt, sei umarmt! Von dem Augenblick an, in dem Du vom Schreibtisch aufgestanden bist, um mir die Hand zu geben, wußte ich, daß wir vom Schicksal füreinander bestimmt worden sind. Du bist der ideale Mensch für mich, in Deinem Wesen ist etwas, was mich glücklich macht, ja, euphorisch werden läßt. Seit wir uns gesehen haben, bin ich überzeugt davon, daß ich zu Dir gehöre. Unerschütterlich ist das, der Wille der kosmischen Mächte, auch wenn Du das bis jetzt noch nicht begriffen hast. Ich will und muß Dir auch Zeit dafür lassen, verzeihe mir bitte mein stürmisches Drängen. Was auch immer geschieht, mit aller meiner Kraft halte ich an meiner Absicht fest, Dich eines Tages ganz allein für mich zu haben, mit Dir ein gemeinsames Leben zu führen, eins zu sein mit Dir. Anders kann ich nicht. Ebenso wie Du. Noch wehrst Du Dich zwar gegen alles, erscheinst mir auch viel zu gehemmt, als daß Du Dir Deine wahren Wünsche offen eingestehen könntest. Aber warum hast Du Dir denn diesen herrlich bunten Rennfahreranzug gekauft und das teure Rad dazu? Doch nur, um mir zu imponieren. Warum hast Du der *Berliner Morgenpost* die Erlaubnis gegeben, Dein Bild neben den neuen S-Bahnbericht abdrucken zu dürfen? Doch nur, um mir ein verstecktes Zeichen zu geben. Warum läßt Du Dir die Haare nun etwas länger wachsen? Weil Du spürst, daß ich sie in dieser Art besonders mag. Noch bist Du, wenn Du mir begegnest, voller Feindseligkeit, denn ich reiße Dich mit allen Wurzeln aus der gewohnten, aber so verbrauchten und fauligen Erde (denke an das Elend Deiner Ehe!), doch wo ich Dich dann hinpflanze, da ist das Paradies für Dich. Jetzt wirst Du Dich noch mit aller Macht dagegen sträuben, alles für hirnrissig halten und von einem ganz anderen Lebensweg träumen, doch vergeblich. Alles wird so kommen, wie es kommen muß. Ich weiß es. In Liebe Dein Roman...«

Zutiefst bestürzt, nahm ich diesen Brief und lief damit zu Ulrike, einer ehemaligen Klassenkameradin von mir, der ich seit ihrer Scheidung mehr als freundschaftlich verbunden bin, denn von wem anders als von einer bewährten Psychotherapeutin hätte ich Aufklärung über das erwarten können, was Wochow und seine Krankheit betraf.

»Der muß doch 'ne totale Macke haben!« war meine erste Reaktion.

Ulrike hörte das nicht gern, verbat sich diesen Jargon und die damit verbundene Diskriminierung von Menschen, die nichts weiter als der Hilfe bedürften, ließ sich dann aber eingehend schildern, was bisher geschehen war, sah sich jedoch zu einem Urteil außerstande, ohne vorher in der Fachliteratur geblättert und den Fall mit ihren Kolleginnen hinreichend diskutiert zu haben.

»Erotomanie oder Liebeswahn«, war schließlich ihre Diagnose. »Die durch nichts zu erschütternde Wahnvorstellung, ein anderer, den man nur flüchtig-oberflächlich kennt, sei in einen verliebt. Die Wahl des Liebesobjektes ist fast immer zufällig und willkürlich. Kretschmer hat das einen ›sensitiven Beziehungswahn‹ genannt, bei Freud ist es einer der paranoiden Mechanismen, vergleichbar dem Verfolgungs- und dem Eifersuchtswahn.«

»Paranoia... Was ist'n das genau?«

Ulrike leierte das herunter wie eine Kandidatin in der Prüfung. »Nach Kraepelin ist Paranoia die schleichende Entwicklung eines dauernden, unerschütterlichen Wahnsystems bei erhaltener Klarheit und Ordnung im Denken, Wollen und Handeln...«

»Ah, ja... Und war denn dieser Wochow schon mal in Behandlung deswegen...?«

Sie zögerte ein wenig, verwies auf Datenschutz und Schweigepflicht, hatte aber doch herausgefunden, daß Roman Wochow vor vier Jahren in einer psychiatrischen Klinik, deren Namen sie nicht nennen wollte, stationär behandelt worden war. »Schizoide Psychopathie mit homosexuellem Liebeswahn haben Sie damals bei ihm festgestellt, eine schleichende Schizophrenie, wenn auch mit einem gewissen Fragezeichen dahinter. Depressiv und suizidgefährdet sei er außerdem gewesen. Behandlung mit Leponex, Entlassung nach anderthalb Monaten. Draußen ist er seither ganz gut zurecht gekommen, hat ja auch immerhin Realschule und eine abgeschlossene Lehre als Industriekaufmann und verdient jetzt als Journalist genug, um ganz normal zu leben.«

»Soweit ich von solchen Sachen gehört habe, sind es doch aber immer Frauen, die sich an Männer anklammern...?«

»In der Tat. Liebesobjekte desselben Geschlechts sind die absolute Ausnahme. Ich hab auch nur ganz wenige Fallbeispiele gefunden... Rein statistisch gesehen, hätte es dich auch niemals treffen dürfen.«

»Wie tröstlich«, stöhnte ich. »Als ob du jemandem, der in einem echt abstürzenden Flugzeug drinsitzt, erklärst, daß das der Wahrscheinlichkeitsrechnung zufolge ja unmöglich sei, er noch viele Millionen Kilometer weit fliegen müßte, ehe er statistisch gesehen wirklich...«

»›Warum gerade ich?‹ Was meinst du, wie oft wir diese Frage hören; und die Mediziner noch viel mehr...«

»Was kann man denn dagegen tun?« wollte ich wissen. »Gegen diese Wahnvorstellungen...«

Ulrike machte mit Händen und Schultern eine Geste absoluter Hilflosigkeit. »Im *Bleuler* steht, daß gegen die Paranoia als solche nichts zu machen sei. Gegen Wahnideen dieser Art ist halt mit logischen Argumentationen nicht anzukommen: da kannst du ihm hundertmal erzählen, daß du ihn verabscheust und so weiter.«

Da wurde ich dann aggressiv. »Zeig ich ihn eben an!«

»Kranke zeigt man nicht an!«

Ich war nicht mehr zu bremsen. »Da gibt's doch im Strafgesetzbuch sicherlich was: Nötigung oder so... Erregung öffentlichen Ärgernisses... Sowas gehört doch hinter Gitter, wenigstens aber in 'ne geschlossene Anstalt!«

»In diesem Falle würde er wahrscheinlich Selbstmord begehen – und du hättest ihn dann auf'm Gewissen!«

»Und so er mich!«

»Unsinn! Das bißchen an Belästigungen wirst du wohl hinnehmen können, verglichen damit!«

Ich wagte es nicht, Ulrike darin zu widersprechen, weil ich sie um nichts auf der Welt verstimmen oder gar verlieren wollte. Seit sich meine Frau zu einer militanten Feministin entwickelt und innerlich von mir entfremdet hatte, war sie es, die mir alles gab, was ich brauchte und erträumte. An eine Scheidung allerdings wagte ich nicht zu denken, denn Helga hätte ganz sicher das Sorgerecht für unsere drei Kinder zugesprochen bekommen, zumal ihr auch allein unser Haus in Schlachtensee gehörte. Und ohne den täglichen Umgang mit den Kindern konnte und wollte ich nicht leben.

So kam es, daß ich Wochow eine Zeitlang hinnahm wie schlechtes Urlaubswetter etwa, ohne aber zu bedenken, wie sehr ihn das weiter anspornen mußte.

»Mein Geliebter!« schrieb er alsbald. »Du läufst mir nicht mehr davon, wenn ich auf dem Bahnhof neben Dir stehe, Du wirfst den Hörer nicht mehr auf die Gabel, wenn ich spätabends mit Dir plaudern möchte. Ich bin überglücklich darüber und sehe mich schon nach einer gemeinsamen Wohnung für uns beide um. Deine Frau habe ich genau beobachtet, und ich weiß, wie sehr sie Dich haßt. Daß Du so oft alleine durch die Straßen wanderst, ist das sicherste Zeichen für mich, wie sehr Du mich an Deiner Seite haben möchtest. Ich weiß es: Einst wird kommen der Tag, an dem wir alle vierundzwanzig Stunden beisammen sein werden. Ich sage Dir: Dein Leben wird sein wie ein Roman, denn nomen est omen. Dein Roman...«

Da war es mir dann doch zuviel, ich stürzte zum Telefon, riß das entsprechende Telefonbuch darunter hervor und suchte mir seine Nummer heraus, setzte – Ulrike hin, Ulrike her – ganz auf die Wirkung einer Schocktherapie.

»Hier Roman Wochow...« kam es zärtlich säuselnd.

»Sie sind der größte Idiot, der mir je begegnet ist! Und wenn Sie mich noch einmal belästigen sollten, dann trete ich Ihnen derart in den Arsch, daß Sie bis zum Funkturm hochfliegen!« Und aufgelegt.

Daraufhin vergingen vierzehn Tage, und ich hatte schon gehofft, ihn in der Tat geheilt zu haben, da kam ein Brief von ihm.

»Mein Geliebter! Ein Leben ohne Dich ist völlig sinnlos für mich. Wenn Du nicht am Sonnabend um 15 Uhr auf dem S-Bahnhof Schlachtensee auf mich wartest, werfe ich mich vor den Zug! Dein Roman...«

Das war am Freitag, und die Nacht verbrachte ich ohne jeden Schlaf, war furchtbar hin- und hergerissen. Sollte ich es zulassen, daß er Selbstmord beging? Ja! schrie es in mir, dann bist du Wochow endlich los. Nein! kam die andere Stimme, denk an dein Gewissen, vor allem aber Ulrike, die du dann verlierst. Mit ihr sprechen konnte ich nicht, da sie zu einem Fachkongreß nach Wien geflogen war und vom Tagungsbüro nicht aufgestöbert werden konnte.

Die von Wochow angegebene Stunde rückte immer näher, und ich hätte mich am liebsten selber festgebunden oder eingesperrt, hoffte gar auf einen Kreislaufkollaps, Herzinfarkt oder sonstigen Umstand, der mich objektiv gehindert hätte, zum Bahnhof zu gehen. Doch nichts geschah.

Zehn Minuten vor drei, Helga war mit den Kindern zum Reiten gegangen, trank ich ein ganzes Glas mit Whisky aus, setzte mich an meinen Arbeitstisch und klammerte mich mit beiden Händen an dessen Kante fest. Den Fahrplan hatte ich im Kopf: 15 Uhr 01 fuhr der Zug in Richtung Wannsee und 15 Uhr 05 der zum Anhalter Bahnhof. Beim ersten würde er noch warten, hoffen, mich doch noch zu sehen, mit seiner Erpressung erfolgreich zu sein.

Doch dann sprang die rechte grüne Ziffer meines Radioweckers auf die 5.

Jetzt! Ich fühlte es, als würde es mit mir selber geschehen, wie die Räder des vorderen Drehgestells, als wär's die Guillotine, mir den Hals durchschnitten, Kopf und Rumpf sauber voneinander trennten.

Du hast ihn hingerichtet!

Nein, ich habe ihn erlöst!

Ich schrie auf, sprang auf die Straße hinaus und hetzte zum Bahnhof hinüber.

Da kam er mir entgegengestürzt und schlug unter wüsten Beschimpfungen derart kräftig auf mich ein, daß ich vorübergehend das Bewußtsein verlor und später mit einer Gehirnerschütterung stationär behandelt werden mußte.

Das war die Wende in meinem Denken, und als Ulrike aus Wien zurückgekehrt war, schaffte sie es zwar noch einmal, mich davon abzubringen, Anzeige gegen Wochow zu erstatten, mußte mir aber dahingehend recht geben, daß nun etwas Entscheidendes zu geschehen habe. Noch im Bett flüsterte sie mir zu, daß sie da eben eine Idee gehabt hätte, die sie ›fast für genial‹ halte.

»Wir lassen dich ganz einfach sterben...«

»Wie...!?« Ich fuhr hoch.

Ulrike lachte. »Nicht echt natürlich...! Wir lassen nur 'ne Karte drucken, so richtig schwarzumrandet, und schicken ihm die... Ein erfülltes Leben voller Tatkraft und Liebe – und so weiter. Die Trauerfeier fand im engsten Familienkreis statt. In den Ferien machen wir das, wenn deine Frau mit den Kindern in Frankreich ist, und ich bei dir zu Hause am Telefon sitze. Wenn er dann anruft, sag ich ihm, daß du bei einem Badeunfall umgekommen bist, in irgendeinem See in Bayern. Das mit Helgas Stimme und in Tränen aufgelöst...«

»Dann wird er bei mir im Büro anrufen...«

»Und? Die kannst du doch einweihen, die wissen doch, wie sehr er dich quält.«

Ich hatte weiterhin Bedenken. »Wenn er aber dann Selbstmord begeht?«

Ulrike griff nach einer Zigarette. »Schön, das ist 'n Risiko, glaub ich aber nicht. Entweder sucht er sich 'n neues Objekt für seinen Wahn oder er nimmt 'n Foto von dir, stellt es sich zu Hause hin und trauert ein Leben lang um dich und sein verlorenes Glück. Kann aber auch sein, daß ihn das heilt. Der Schock spontan...«

»Dann müßte ich aber für 'ne Weile untertauchen...«

»Klar, muß man das timen. Kurz bevor du verreist. Ich komm dann nach, wenn ich ihm die trauernde Witwe vorgespielt hab.«

»Ich weiß nicht, du...«

Ich zögerte noch immer, denn so ganz wohl war mir nicht bei dem Gedanken, ihn derart reinzulegen. Ich erschrak. Wie sehr hing ich schon an ihm! Vielleicht hatte er recht, und es existierte in der Tat ein geheimnisvolles Band zwischen uns beiden. Vielleicht wäre es doch mein großes Glück gewesen, mit ihm... Nein!

Und erst aus der Angst heraus, ihm eines Tages wirklich ›zu verfallen‹, stimmte ich Ulrike schließlich zu. Sie war Therapeutin, mußte also wissen, was man Wochow zumuten konnte.

Es klappte alles bestens, doch – aber das werden Sie wissen – drei Wochen nach meinem ›Tod‹ ist es dann zur Katastrophe gekommen: Roman Wochow hat meine Frau vor unserer Haustür erstochen. Der Polizei gegenüber sagte er, daß er es habe tun müssen, denn sie sei schließlich die Mörderin seines Geliebten. »Aus Eifersucht hat sie meinen KDW getötet, und dies ist meine Rache!«

Damit war Wochows Schicksal entschieden und ihm die geschlossene Anstalt lebenslang sicher, allerdings endlich auch eine gezielte Langzeittherapie, bei uns aber, Ulrike und mir, erschienen Kriminalbeamte und warfen uns vor, die Ermordung meiner Frau kaltblütig in die Wege geleitet zu haben.

»Sie haben sich doch genau ausrechnen können, wie Wochow reagieren wird und ihn sozusagen als Mordwaffe benutzt. Keine Aufregung, Herr Wartenberg, Ihre Motive sind doch allzu offenkundig: Die Kinder gehören Ihnen, das Haus, Sie können mit Ihrer Freundin ein neues Leben beginnen.«

Damit, meine sehr verehrten Damen und Herren, möchte ich Sie ganz herzlich bitten, uns durch eine objektive Berichterstattung in Ihrer Illustrierten in unserem Bemühen nach Gerechtigkeit wirkungsvoll zu unterstützen. Ich stehe Ihnen auch jederzeit gern mit weiteren Auskünften zur Verfügung.

In Erwartung einer möglichst positiven Antwort und mit freundlichen Grüßen

Ihr Klaus-Dieter Wartenberg.

Conny Lens

Koslowski der Mörder

Zwei Schüler fanden sie. Morgens um acht, auf dem Weg zur S-Bahn. Sie lag quer über dem Weg. Mit blau angelaufenem Gesicht, den Rock bis zum Hals hochgeschoben.

»Puh!« machte der ältere und bekam eine Erektion. Sein Freund kotzte, wo er stand.

»Die zweite Frau! In acht Wochen!«

»Warum fährt die Polizei denn da nicht Streife?«

»Für alles ist Geld da, nur dafür nicht.«

»Und es ist wirklich die Savelsberg? Die Michaela?«

»Hat der Polizist gesagt. Ich hab's genau gehört.«

»Dieses Schwein! Nicht genug, daß er sie schändet. Nee, umbringen muß er sie!«

»Wer tut so etwas nur?« Frau Brehme schüttelte den Kopf.

Mia Schmittke riß den Kassenbon ab. »Na wer wohl? Sechs Mark und fünfundsiebzig, Frau Meincke. Wollen Sie 'ne Tüte?«

»Ich pack' das hier rein. Meinen Sie den Koslowski?«

Mia zuckte nur die Schultern.

»Glaub' ich nicht«, sagte die Brehme. »Eigentlich ist das en armer Kerl.«

»Ach, wirklich?« Josef Lierhaus lief rot an. »Heutzutage ist ja jeder, der säuft und rumhurt, en armer Kerl. Ist ja alles die Gesellschaft schuld.«

»Sag' ich ja gar nicht. Aber nach seinem Unfall... Und dann stirbt ihm noch die Frau weg.«

»Klar. Man kann für alles Verständnis haben. Auch dafür, daß einer nachts unschuldige Frauen anfällt.«

»Sie tun, als wäre er es wirklich gewesen.«

»Den Schwanz sollte man ihm abhacken.«

»Herr Lierhaus!«

Der Alte baute sich vor der Brehme auf. »Ich will Ihnen mal was sagen: Da meckern se alle über den Adolf, und wie schlimm das damals gewesen sein soll. Aber so was...«

»Ach hören Sie doch auf.«

»...so was wäre bei dem nicht passiert.«

Die Brinkmann nutzte die Gelegenheit und pfuschte sich vor. »Zweihundert Gramm Mortadella.«

»Und immer an der Baustelle.«

»Ist doch das ideale Gelände für so einen. Dunkel und einsam und...«

»Da gehören Lampen hin«, sagte Mia. »Ich muß ja selbst oft da durch, wenn ich von meiner Schwester aus dem Krankenhaus komm. Sonst noch en Wunsch?«

»En Stückchen feine Leberwurst. Die soll sich gewehrt haben, die Michaela. Unter den Fingernägeln...«

»Das können Sie doch gar nicht wissen. Hören Sie mal, bin ich nicht eher dran gewesen als Sie?«

»Sie? Sie sind doch nach mir reingekommen«, giftete die Brinkmann und drehte sich um.

Mia Schmittke ließ die Hand auf der Waage. Zwanzig Gramm mehr. »Darf es sonst noch was sein?«

Die Türglocke bimmelte. Alle Köpfe fuhren herum. Der Meincke entfuhr ein ›Hach!‹. Schweigen.

»Tach«, sagte Koslowski und zeigte seine braunen Zahnstümpfe. Seine Unterlippe war aufgeschlagen. Er stank nach billigem Fusel.

Mia zeigte zur Tür. »Verschwinden Sie aus meinem Laden.«

»Wieso?« Er blinzelte. »Ich kann hier genauso gut...«
»Können Sie nicht. Und jetzt raus.«
Koslowski starrte sie an. Sein Unterkiefer zitterte. Dann drehte er sich um. Die Glocke bimmelte.
»Bah!« Die Brinkmann schüttelte sich. »Was für ein Ekel.«
»Kommt da noch was zu?«
»Äh... ja, ne Lage Schinkenspeck.«
»Einsperren müßte man den«, sagte der alte Lierhaus. »Ob er es war oder nicht.«
»Der war's aber.« Mia Schmittke tippte den Betrag in die Kasse. »Das macht sieben Mark und zehn. Haben Sie es klein?«

Die Novembersonne warf eine Lichtbahn schräg aufs Bett. Koslowski drehte sein Gesicht in den Schatten. Mit dem Arm tastete er nach der Flasche und warf sie vom Tisch.
»Scheiße auch!«
Er zog sich am Fensterbrett hoch, blieb einen Moment so sitzen. Bis das Rauschen in seinem Kopf leiser wurde. Sehr langsam bückte er sich, bekam sie zu fassen. Ein Teil war ausgelaufen. Er gluckste den Rest in sich rein, rülpste.
Draußen im Korridor rumste was gegen die Tür.
»Leckt mich doch alle am Arsch!«
Wo war die zweite Flasche? Er hatte doch zwei gekauft. Oder war das gestern gewesen. Nee, er hatte doch zwei...
Es rumste lauter. Als wollte jemand die Tür einschlagen.
»Bescheuert?« Er stand auf, zog die Hose hoch und ging langsam nach vorn. Wieder bollerte jemand gegen das Holz. »Jaja!« Er schloß auf, kniff geblendet die Augen zu.
»Herr Koslowski?«
Was war das? Eine Alte? Bei ihm?

»Bruns, Kriminalpolizei«, sagte die Alte und hielt ihm was hin. »Ich habe ein paar Fragen .«

»Lassen Sie mich in Ruhe.«

Die Alte schob sich in den Flur. Sie roch gut. Sah auch gut aus, von so nah. Älter als dreißig war die auch nicht.

»Was ist denn los?«

»Herr Koslowski.« Wobei sie das ›Herr‹ betonte. »Wo waren Sie gestern abend zwischen halb zehn und Mitternacht?« Ohne auf ihn zu achten, ging sie ins Zimmer.

»Geht dich en Scheißdreck an.«

Sie drehte sich herum. Ihre Lippen waren dünne Striche.

»Mann!« Koslowski hob beide Arme. »War nicht so gemeint.«

»Also?«

»Also was?«

Sie seufzte und kreuzte die Arme vor der Brust. Schade. »Was war gestern abend?«

»Keine Ahnung.« Er ließ sich aufs Bett fallen. »Hat die Schmittke Sie hergeschickt? Die alte Hexe? Klar hat sie.«

»Sie waren besoffen, was?«

Koslowski schnaubte. »Ich bin immer besoffen.«

»Man sieht es.« Sie warf einen Blick in die Runde, machte wieder so dünne Lippen. »Also, kein Alibi. Sie kannten...«

»Nein, ich habe diese Michaela nie vorher gesehen.«

»Was heißt vorher?«

»Bevor ich... Ach, bevor ich das gehört hab', meine ich.«

»So?« Ganz dicht kam sie ran. Bedrohlich sah das aus, so von unten. »Was haben Sie da an der Lippe?«

»Nichts. Bin auf die Schnauze gefallen.« Er guckte ihr von unten gegen die Titten. Ihre Fußspitze traf genau sein Schienbein.

Er krümmte sich, hielt sich die brennende Stelle. »Ich war das nicht. Warum sollte ich das tun?«

»Weil du eine Sau bist, Koslowski.«

Als er aufsah, hatte sie eine Hand in der Taille. Da wo ihre Jacke zur Seite gerutscht war, ragte ein Pistolengriff heraus. »Ziehen Sie sich was über. Ist kalt draußen.«

Sie verhörten ihn sechs Stunden. Abwechselnd drei Mann und die Bruns. Zu trinken gab es nichts. Nicht mal was zu rauchen. Da er Angst hatte, redete er viel Stuß. Verhedderte sich, widersprach sich, heulte und schniefte und bettelte nach einem Schnaps.

»Wo waren Sie zwischen halb zehn und zwölf? – Warum haben Sie Michaela erwürgt? – War ein Mord nicht genug? – Hat es Spaß gemacht? – Woher stammt die Verletzung an der Lippe? – Haben Sie ihr nur an diesem Abend aufgelauert? – Wieso können Sie sich an nichts erinnern? – Geben Sie es zu, Koslowski! – Sie haben doch keine Chance!«

Irgendwann wurde er in eine Zelle gestoßen. Er schlief kaum, wurde immer wieder wach, zitterte. Gegen Morgen konnte er nur noch an Schnaps denken. Wacholder, Korn, Wodka... Früh morgens führten sie ihn wieder vor.

»Sie können gehen, Koslowski«, sagte die Bruns.

»Ich hab' doch gleich gesagt, daß ich es nicht war.«

»Keine Angst«, sagte die Bruns. »Ich hole Sie wieder. Und wieder und wieder und wieder. Bis Sie es gestehen.«

Draußen schleppte er sich an den nächsten Kiosk und machte einen Flachmann leer.

Den ganzen Tag blieb er zu Hause und trank sich zu. Er war es nicht gewesen. Doch das interessierte kein Schwein. Er war ein Mörder. Für die war er ein Mörder. Für alle. Sie brauchten einen. Zum Vorzeigen, zum Anspucken, zum Einsperren. Kam nicht darauf an, wer es war. Hauptsache, es fand sich einer.

»Hätt' ich's doch getan.« Plötzlich mußte er lachen. »Dann hätt' ich wenigstens was davon.« Das war lustig.

Dann hätt' er doch was davon. Von der ganzen Scheiße. Er lachte, lachte lautschallend, wollte gar nicht mehr aufhören.

Als er wach wurde, war es dunkel. Er machte Licht und sah die leere Flasche. Das ging nicht. Er brauchte mehr. Viel mehr. Mußte sich ganz zutrinken. Ganz zu. Nichts mehr mitkriegen. Weg sein. Am besten nie wieder wach werden.

»Halb zehn.« Alle Geschäfte längst zu. Aber die Bude am S-Bahnhof war noch offen. Die machte erst um zehn dicht.

Er ging. Leicht benebelt, nur leicht. Das Schlafen hatte ihm gutgetan. Fit war er. Richtig fit.

»Hah, ihr Arschlöcher. Würd' euch so passen. En Alki würd' euch so passen. Als Mörder.« Die Abendluft war kühl, schön. Er fühlte sich wohl, lachte leise vor sich hin. »Koslowski der Mörder. Koslowski der Frauenschänder. Hah!«

An der Baustelle fühlte er die Blase drücken. »Koslowski, der Mörder, hah!« Er trat in den Schatten. Hinter die Hecke und schlug sein Wasser ab. »Mit mir nicht«, dachte er. Er war gerade fertig, als er die Schritte hörte.

Schnelle, aufgeregte Schritte. »Klack, klack, klack!« Harte Sohlen, Frauenschritte. Nur so, nur mal so guckte er durch die Hecke. Gegen das Licht vom Bahnhof hob sich jemand ab. Kam den Weg runter. Eine Frau.

Ängstlich, plötzlich ängstlich drückte er sich in den Schatten. Nur nicht gesehen werden. Das fehlte noch.

»Klack, klack, klack!«

Und dann erkannte er sie. Die Schmittke! Die alte Hexe!

Er wartete, bis sie heran war.

Hansjörg Martin

Ein Rabe auf der Schulter

1

Falls mich jemand fragen würde, ob ich abergläubisch bin, müßte ich sicher nicht lange nachdenken.

»Nein!« würde ich sagen.

Ich murmele zwar gelegentlich: »Unberufen, toi, toi, toi!« – und klopfe an Holz, und ich würde gewiß auch zögern, eine Seereise an einem Freitag, dem 13., anzutreten. Aber abergläubisch bin ich eigentlich nicht.

Das merkwürdige und unerklärliche Erlebnis vor dem Fernsehschirm – am späten Abend des 13. – ja, 13. – November vorigen Jahres gibt mir jedoch im nachhinein zu denken, und wenn ich nicht ein Kriminalbeamter wäre, würde mir vielleicht sogar jetzt noch ein kalter Schauer über den Rücken laufen.

Denn ich habe an jenem Abend den Tod Hubert Schindlers vorausgesehen. Etwa zehn Sekunden lang saß ein schwarzer Rabe auf seiner Schulter, was – so sagen die alten Leute hier in der Gegend – den baldigen Tod bedeutet.

»Guck doch! Nun komm doch mal schnell, Hilde!« habe ich aufgeregt gerufen – aber sie war gerade aus dem Zimmer gegangen, und als sie wieder hereingelaufen kam, hatte das Bild auf dem Fernsehschirm schon gewechselt.

»Was ist denn los?« fragte Hilde. »Warum schreist du so? Hat er gesiegt?«

»Ja, ja«, sagte ich, »Huschi ist Weltmeister! Er hat den Brasilianer nach Punkten... aber –« ich wußte nicht weiter.

Es war ausgeschlossen, ihr das mit dem Raben zu erzählen. Sie hätte den hübschen Kopf in den Nacken gelegt, mich aus schmalen Augen angeschaut und mit einem Seitenblick den Pegelstand in der Cognacflasche kontrolliert.

»Was aber?« fragte sie.

»Nun, das ist eine Sensation!« sagte ich schnell, weil ich irgendwas sagen mußte. »Der erste Deutsche seit... ich glaube, seit Max Schmeling, der Schwergewichtsweltmeister ist. Du wirst sehen, daß ganz Endwarden Kopf steht vor Begeisterung über den großen Sohn der Stadt!«

»Du sagst das so... so abfällig. Du kannst ihn nicht leiden, nicht wahr?« wollte Hilde wissen.

»Er ist ein ausgesprochenes Ekelpaket«, gab ich zu, »schon in der Schule war Huschi ein richtiger Kotzbrokken, einer von denen, die es mit dem großen Maul schaffen und mit dem Geldbeutel – oder in diesem Fall besser Geldsack – ihres Vaters!«

»Ich hab' keine Ahnung«, sagte Hilde, »ist denn der Erzeuger des neuen Weltmeisters ein reicher Mann?«

»Und ob«, gab ich zurück, »ihm gehört die Fleischwarenfabrik unten am Fluß und das Hotel neben dem Rathaus und... und... und... und im Kreistag war der Alte auch schon und Vorsitzender von einem Dutzend Vereinen ist er heute noch und – na ja, jetzt Vater eines Weltmeisters im Schwergewichtsboxen...«

Ich mußte mir auf die Zunge beißen, um nicht hinzuzufügen, daß er höchstwahrscheinlich nicht mehr lange leben würde, der Weltmeister – weil ich doch auf seiner nackten, linken Schulter einen Raben hatte sitzen sehen... zehn Sekunden lang, als der Ringrichter den rechten Arm des Siegers hochhob und irgendwas auf englisch rief, das im Beifallsgejohle der weiß nicht wieviel tausend Zuschauer in der Riesenarena irgendwo in Amerika unterging.

Immer vorausgesetzt, es stimmt, was die alten Leute hier in der Gegend sagen: daß ein Rabe auf der Schulter den baldigen Tod ankündigt.

Ich trank noch einen letzten, den dritten Cognac des Abends, schaltete die Glotze aus und rief mich energisch zur Ordnung.

»So ein Unsinn«, sagte ich zu mir, »so ein abergläubischer Quark!« – und ertappte mich fünf Minuten später dabei, wie ich im Badezimmerspiegel meine linke, nackte Schulter betrachtete.

2

Mit meiner Prophezeiung, daß die Stadt Endwarden vor Begeisterung über ihren Boxweltmeister kopfstehen würde, behielt ich recht. Es wurde noch viel schlimmer, als ich gedacht hatte. Schon in der Nacht nach der Siegesmeldung ging der Affentanz los. In den Spätnachrichten hatten sie es gebracht, eine halbe Stunde darauf – etwa zu dem Zeitpunkt, als ich vor dem Spiegel zwinkernd meine linke Schulter angeschaut hatte – klingelten in den drei Hotels Endwardens bereits die Telefone.

Im *Deutschen Haus* – Schindlers Hotel – reservierte der eine Fernsehsender allein sechs Zimmer für vier Tage. Im Hotel *Zur Linde* belegte eine Illustrierte drei und gleich danach ein Boulevardblatt alle restlichen freien Zimmer und im Hotel *Schöne Aussicht* – dessen Fenster nach Osten auf die Brandmauern des Amtsgerichts und Untersuchungsgefängnisses gehen – waren noch vor Mitternacht sämtliche verfügbaren Betten vom zweiten Fernsehsender und von einer Presseagentur angemietet worden.

Auf dem Weg zu meiner Dienststelle, den ich meist zu Fuß zurücklege, traf ich den quirligen Lokalreporter des

Endwardener Tageblatts, einen hageren Menschen namens Erich Vetthake. Er hatte rote Flecken im Gesicht, so aufgeregt war er.

»Hubert Schindler, Kommissar, wissen Sie schon!« rief er mir entgegen.

»Ja«, sagte ich, »das ist doch toll für Sie, Herr Vetthake! Viel Arbeit, viel Zeilengeld, gut bezahlte – wie heißt das? – Hintergrundinformationen für die gesamte Weltpresse! Sie werden auf diese Weise noch reich und berühmt, mein Bester!«

»Einen Scheiß werd' ich!« schimpfte er. »Die Aasgeier haben bereits alles blockiert! Aus Hamburg sind schon acht oder zehn da, und aus Berlin kommen welche und aus München, und sonstwo her – mit dicken Scheckbüchern allesamt! Die zahlen für alles, was irgendwie mit Schindler zu tun hat, irre Summen! Dagegen kann unsereiner nicht an! Das alte Fräulein Siebenhaar zum Beispiel, wissen Sie...«

»Ja, ja, die pensionierte Zeichenlehrerin«, sagte ich, »was ist mit der?«

»Die hat an einen der Scheckbuchkollegen heute früh schon Kinderzeichnungen von Schindler verkauft. So 'n Zeug aus der Schule: abgemalte Eichenblätter und so was. Hundert Mark hat der pro Stück bezahlt... das ist bescheuert, Herr Kommissar!«

Er hatte sich richtig in Rage geredet. Die roten Flecken auf Wangen und Stirn flammten.

»Aber Sie können doch mit dem alten Schindler reden«, sagte ich, »daß er Ihnen –«

»Hören Sie bloß auf!« rief Vetthake wütend. »Ich hab' ihn angerufen. Seine Sekretärin sagt, der Herr Schindler sei für die Medien nicht zu sprechen! Dabei steht der Ü-Wagen vom Fernsehen seit anderthalb Stunden vor seiner Villa, und die Autos der Illustriertenfritzen warten auch schon vor der Fabrik... nee, Herr Kommissar, der hat bestimmt ein paar hunderttausend oder noch mehr

Mäuse rausgeschlagen für die Exklusivrechte. Da läuft für uns kleine Pinscher nix mehr!«

Der arme Kerl! Er tat mir richtig leid. Da öffnete sich quasi vor seinen Füßen eine Goldader – und ehe er noch die Schaufel in die Hand nehmen konnte, hatten andere, rabiatere Männer seiner Zunft den Claim abgesteckt, und ihm blieben bestenfalls ein paar schäbige Nuggets.

Ich wollte ihm gerne helfen, denn er war ein fairer Mann und hatte sich schon manchmal als zuverlässig erwiesen, wenn es darum gegangen war, brisante Einzelheiten zu einem Fall nicht in die Öffentlichkeit zu posaunen.

Außerdem bewunderte ich den langen Dünnen seiner erstaunlichen Zivilcourage wegen, die er unter anderem im Jahr zuvor damit bewiesen hatte, daß er das türkische Mädchen Muhibbe Üzkül heiratete. Über die Liaison war viel geklatscht worden in unserer Stadt, auch die Türkenfamilien waren gegen die Heirat gewesen, und als der Reporter das Aufgebot bestellte und Muhibbe zur Frau nahm, war die Ablehnung groß gewesen, was ihm das Leben und auch die Arbeit schwergemacht, ihn jedoch nicht irritiert hatte.

Mir fiel was ein.

»Ich habe noch ein Foto aus der Schulzeit, Herr Vetthake«, sagte ich. »Da ist Schindler drauf, wie er gerade den ersten Preis für irgendwas Sportliches kriegt! Das könnte ich Ihnen geben!«

»Wer hat das fotografiert?« fragte Vetthake.

»Ich glaube, Pierwitz, der alte Fotograf, der immer auf allen Schulfesten geknipst hat!« sagte ich.

Der kleine Hoffnungsschimmer, der in Erich Vetthakes Gesicht aufgetaucht war, erlosch.

»Pierwitz...«, sagte er mutlos, »den haben sie heute früh halb sieben aus dem Bett geklingelt und sein ganzes Archiv durchgestöbert. Für jedes Foto, auf dem Schindler ist, oder das irgendwas mit Schindler zu tun hat, kriegt er viel Geld. Insgesamt ist das wahrscheinlich so viel, daß er die nächsten paar Jahre auf keinem Schulfest zu knipsen braucht!«

»Und wie steht's mit dem Verein?« fragte ich. »Seine Karriere hat doch beim TSV angefangen, in der Jugend-Boxstaffel, oder wie das heißt. Ist da keiner, der alte Fotos hat oder berichten kann, wie ihn Schindler k. o. geschlagen hat? Oder ein Trainer, ein Sparringspartner ... was weiß ich?«

»Das ist eine Idee!« rief der Lokalreporter Vetthake und schlug sich mit der flachen Hand an die Stirn. »Daß ich da nicht selber drauf gekommen bin! Danke, Herr Kommissar!« – und lief davon, als ob er auf der Flucht wäre.

Ich sah ihm nach. Wahrscheinlich hatten ja die taffen Zeitungsjungs aus der Großstadt auch diese Quelle längst unter Kontrolle, aber vielleicht konnte sich Vetthake doch noch irgendein Stückchen von dem Kuchen abschneiden. Ich drückte ihm die Daumen und ging weiter.

3

Hubert Schindler kam am frühen Freitagnachmittag nach Endwarden, zwei Wochen nach seinem Sieg. Es war klar, daß dieses Ereignis, die ›Heimkehr des Weltmeisters‹, von seinem offenbar sehr geschickten Manager raffiniert getimet war, denn so konnten die Fernsehleute ihre Berichte noch ins Freitagabendprogramm – also zur besten Sendezeit – hieven, die Tageszeitungen waren in der Lage, Texte und Fotos in die Sonnabendausgaben zu bringen. Für die große Illustrierte, die für einen sechsstelligen Betrag die Exklusivrechte gekauft hatte, war es somit möglich, das farbige Titelbild und den mehrseitigen Farbbericht von dem großen Ereignis am Mittwoch der nächsten Woche im Heft zu haben.

Ein perfektes Timing! Richtig schade, daß es platzte, weil Huschi am Montagvormittag tot war, und die anderthalb Millionen Titelblätter und viereinhalb Millionen Farbseiten noch ausgewechselt werden mußten, denn sie konnten ja nun wirklich nicht gut den strahlenden Sieger präsentieren, der inzwischen bereits in Verwesung überging.

Doch ich will nicht vorgreifen.

Am frühen Freitagnachmittag also fuhr Hubert Schindler, pünktlich, wie angekündigt, kurz nach vierzehn Uhr in Endwarden ein. Das heißt, er fuhr nicht selbst. Den riesigen zweifarbigen Cadillac – unten pink, oben vanillecremebeige – lenkte ein Chauffeur, der aussah, als sei er früher auch mal Boxer gewesen, solche Blumenkohlohren hatte er.

Neben ihm saß Huschi in einem deutlich teuren Alpaka-Anzug, mit einem langen roten Seidenschal um den Hals, wie ein Operettentenor, und mit einem breitkrempigen Strohhut über den bierdeckelgroßen Sonnenbrillengläsern. Ein Geruch von Mafia umgab ihn, nur war sein Jackett nicht von einer Baretta ausgebeult.

Hinten im Fond saßen zwei weitere Mafiosi. Der eine war ein fetter Mann mit wulstigen Lippen, Huschis Manager Bobo Miller, ein Deutsch-Amerikaner aus Los Angeles.

Der andere – Hugo Tammen, Trainer und Schindlers Sparringspartner zugleich – hatte dem Vernehmen nach eine Art Vater- oder besser: Großer-Bruder-Rolle übernommen.

Das rosa-beige Automobil besaß ein Schiebedach, so daß Hubert Schindler sich auf seinen Sitz stellen konnte, als sie das Transparent am Ortseingang passiert hatten, auf dem ›Willkommen, Huschi!‹ in großen Buchstaben stand und darunter, eine Handbreit kleiner: ›Endwarden grüßt seinen Weltmeister!‹

Fast alle Häuser der Hauptstraße waren geflaggt. Neben den obligatorischen Schwarzrotgold-Fahnen wehten die Farben des Bundeslandes. Ein paar Meter hinter dem ›Willkommen‹-Transparent standen zwei Polizei-Motorradfahrer in Weiß. Sie setzten sich vor den Cadillac und geleiteten ihn zum Marktplatz, wo bereits ein paar hundert Endwardener warteten, um den großen Sohn der kleinen Stadt begeistert zu begrüßen. Die Rathaustreppe war mit Tannengrün und Blumen bekränzt. Auf drei Balkonen links und rechts des Rathauses standen Fernsehkameras. Zwei Ü-Wagen hatten sich vor dem Ratskeller postiert. Drei oder vier Dutzend Reporter mit Fotoapparaten oder Mikrofonen störten die versammelte Jubelmenge, gaben aber zugleich allen Anwesenden das Gefühl, Zeuge eines großen Ereignisses zu sein.

Ich erlebte den Auftritt, richtiger, die Triumphfahrt Schindlers, von einer Art Logenplatz aus, weil ich, zusammen mit den Honoratioren Endwardens, der Einladung des Bürgermeisters gefolgt war, den ›jungen Stolz der Stadt‹ im Rathaus zu empfangen. Gemeinsam standen wir an den hohen Fenstern des wappengeschmückten Ratssaales, in dem sonst das Stadtparlament tagte, und schauten von oben zu, wie der knapp Fünfundzwanzigjährige im bonbonfarbenen Straßenkreuzer vorfuhr.

Neben mir an den fünf anderen Fenstern standen die Fraktionsvorsitzenden der drei ›regierenden‹ Parteien, die zwei Abgeordneten der sogenannten Opposition, drei protestantische und ein katholischer Pfarrer, Vater Schindler und seine dürre Frau, die eine rote Nase vom Rührungsweinen hatte, Hubert Schindlers sieben Jahre ältere Schwester, die trotz ihres vermögenden Familienhintergrunds seit Jahren vergeblich auf einen Mann wartete. Außerdem stand da noch rund ein Dutzend anderer wichtiger Einwohner. Alles Männer aller Altersstufen zwischen 40 und 75 und aller Gewichts- und Einkommensklassen ab 80 Kilo und ca. 4000 DM netto.

Als Huschi an der Seite des Stadtdirektos den Saal betrat, fing irgendwer an zu applaudieren, und alle – außer mir und dem protestantischen Pastor, der als Linker verrufen war, und deshalb sicher bald versetzt werden würde – alle also klatschten in die mehr oder minder dikken und beringten Hände. Am lautesten klatschte Schindler senior, der sich überhaupt vor aufgeblasenem Vaterstolz nicht zurückhalten konnte.

Er lief auf seinen Sohn zu, umarmte ihn und fummelte dann ein Taschentuch aus der Hosentasche, um sich die Augen zu wischen.

Das war sehr rührend, und ich wäre vielleicht auch gerührt gewesen, wenn ich nicht gewußt hätte, daß Vater und Sohn harmonierten – oder jedenfalls bisher harmoniert hatten – wie Hund und Katze.

Nach Beifall und Rührszene ergriff der Bürgermeister das Wort. Er redete eine volle Viertelstunde, aber ich hörte nach zwei Minuten nicht mehr zu, weil meine Gedanken angesichts des frischgebackenen Boxweltmeisters auf Wanderschaft gingen.

»Was wohl in seinem Kopf vorgehen mag?« dachte ich. »Was er wohl denkt, wenn in seiner Gegenwart über ihn so große Töne verzapft werden? Oder glaubt er das wirklich alles? Oder denkt er vielleicht: Was für ein Theater? Oder denkt er gar nichts, weil sein Gehirn gar nicht mehr richtig denken kann?«

Huschis Gesichtsausdruck bei der Rede des Bürgermeisters zeugte nicht gerade von wacher Intelligenz.

Aber gut sah er aus, das mußte ihm der Neid lassen.

4

Dreiundsechzig Stunden später, am Montagmorgen 5 Uhr 15, also in aller Herrgottsfrühe, traf ich erneut auf den großen Sohn Endwardens.

Da sah er nicht mehr ganz so gut aus.

Der Tod durch Gewalt verzerrt meist auch die schönste Schönheit und entstellt das gewinnendste Gesicht zur grinsenden Grimasse.

Artur Knothke, der Vorarbeiter in Schindlers Fleischwarenfabrik, hatte die Leiche Huschis gefunden, als er die schwere Tür der zweiten Tiefkühlkammer öffnete, um gefrorene Schweinehälften zum Auftauen zu holen. Er hatte erschrocken: »Jesus und Maria!« gerufen, weil er aus einer katholischen Flüchtlingsfamilie stammte, und sich bekreuzigt. Das nützte zwar dem toten Boxweltmeister nichts mehr, aber es half dem Vorarbeiter Knothke, seinen Schock zu überwinden und eine Reihe vernünftiger Maßnahmen zu treffen.

Erstens rührte er nichts an, schloß die Kühlraumtür wieder, rannte zum Haustelefon und verständigte den Werkmeister Haberland. Zweitens sorgte er dafür, daß die anderen Arbeiter, die aus dieser und den benachbarten Kühlkammern Fleisch holen wollten, den Gang nicht betraten, und drittens veranlaßte er den aufgeregten Haberland, die Polizei und danach Vater Schindler telefonisch zu alarmieren.

Da Vater Schindler sich jedoch in der Nacht zuvor aus Freude, oder aus welchen Gründen auch immer, einen schweren Rausch angetrunken und seine Frau Gemahlin Mühe gehabt hatte, ihn ins Bett zu kriegen – woraufhin sie nur mit zwei Schlaftabletten einzuschlafen vermochte – reagierte auf das frühe Telefonklingeln in der Villa niemand, und es mußte ein Bote hingeschickt werden, der fast zwanzig Minuten brauchte, ehe er die Fleischwarenfabrikantengattin aus dem Tiefschlaf klingeln und klopfen konnte.

So kam es, daß die Polizei, zuerst die Besatzung des Funkstreifenwagens 3 und – von dieser über die Zentrale geweckt – ich – eine halbe Stunde vor dem schlaftrunken-taumeligen, entsetzten Elternpaar am Tatort war.

Beim Anblick des Toten hatte ich für ein paar Erinnerungs-Sekunden die Vision vom Abend des 13. November vor Augen, denn über Hubert Schindlers linker Schulter hing verknäuelt seine dunkle Krawatte.

Das sah aus, als säße ihm ... nein, genug! Ich schüttelte das Trugbild ab ... es gab zu tun!

Es gab viel zu tun, denn auf dem Fest, das Schindler senior am Sonntagabend in der extra dafür ausgeräumten Packhalle seiner Fabrik veranstaltet hatte, waren über hundert Gäste gewesen, von denen einer Huschi umgebracht haben mußte. Einer von über hundert – und wer? Und warum?

Die Kollegen der Kripo, die aus der Kreisstadt Olders nach einer Stunde kamen, fotografierten, suchten Spuren und sicherten, und taten alles das, was routinemäßig getan werden muß – aber sehr ergiebig war das nicht, was sie feststellten.

Der junge Boxweltmeister war offenbar durch zwei Schläge mit einem Hammer auf den Hinterkopf außer Gefecht gesetzt worden. Ob er daran gestorben oder davon nur betäubt worden war, mußte die Obduktion ergeben. Jedenfalls hatte sein Mörder die Tat in dem Raum begangen, der auf der anderen Seite des Ganges lag und werktags dem Amtsveterinär als Aufenthaltsraum diente.

In dem Raum standen ein verschlossener Spind, eine Couch, ein Glasschrank mit Laborgeräten und ein Schreibtisch.

Daß Hubert Schindler dort betäubt oder erschlagen worden war, ging daraus hervor, daß die Spurenleute unter der Couch den Hammer fanden und daran Blut und Haare entdeckten. Außerdem entging ihnen die Schleifspur nicht, die eindeutig von den Kreppgummi-Absätzen des Opfers stammte und aus dem Veterinärzimmer quer über den mit Fliesen belegten Gang in die Tiefkühlkammer führte. Der Täter mußte ein sehr kräftiger Mann sein, wenn es nicht zwei Täter gewesen waren. Denn der Besinnungslose oder Tote wog immerhin fast zwei Zentner.

Von Vater und Mutter Schindler konnte ich keine Hilfe für meine Arbeit erwarten, verkatert, verschlafen und verstört, wie sie waren. Huschis ältere Schwester jedoch gab mir erstaunlich kühl und gefaßt Auskunft über das gestrige Fest.

Es schien ein rauschendes Fest gewesen zu sein. Vor der Packhalle, die noch in der Nacht nach dem Weggang der letzten Gäste von einer Putzkolonne aufgeräumt und gereinigt worden war, standen drei große, bis an den Rand gefüllte Mülltonnen mit dem üblichen Strandgut solcher Veranstaltungen: Leere Flaschen, unansehnliche Reste des kalten Büfetts, buntes zusammengeknülltes Kreppapier, das man zur Dekoration aufgehängt hatte, Pappteller mit Senfklecksen ... und so weiter.

Ich bat die sauertöpfische Schwester des verblichenen Boxweltmeisters in eins der Büros, um ein paar Fragen zu stellen. Wir setzten uns auf Schreibtischstühle zwischen zugedeckten Schreib- und Rechenmaschinen, Rollschränken und Regalen.

Ich hätte sonstwas für eine Tasse Kaffee gegeben, doch daran war nicht zu denken.

Herma Schindler sagte, sie sei kurz nach zwei Uhr heimgefahren, ja, mit ihrem eigenen Wagen, denn sie habe so gut wie keinen Alkohol getrunken. Zu dem Zeitpunkt wäre gewiß noch mehr als die Hälfte der Gäste dagewesen. Es habe laute Fröhlichkeit geherrscht. Ja, auch getanzt worden sei ... zu der Musik einer Drei-Mann-Kapelle. Nein, ihr sei nichts aufgefallen, das ungewöhnlich gewesen wäre, kein Streit, keine Verstimmung ... ihr Bruder sei angeheitert gewesen, nicht betrunken, nur ein bißchen lauter als er sowieso sei. Er habe getanzt ... nein, sie könne nicht sagen, mit wem alles, denn die Frauen wären fast alle etwas närrisch nach ihm und hätten sich richtig gedrängelt, als der Ziehharmonikaspieler eine Damenwahl angesagt habe.

Als sie sich von ihren Eltern verabschiedet habe, hätte Hubert gerade die kleine Türkin, die Frau des Zeitungsreporters Vetthake, bei einem Rock 'n' Roll herumgeschwenkt. Die habe beinahe ängstlich geguckt und sich gegen die wilde Hüpferei gewehrt, wie es aussah.

»Aber mein Bruder hat sie nicht losgelassen!« sagte Herma Schindler. »Er hat überhaupt nie was losgelassen, was er einmal hatte!« fügte sie hinzu.

5

Mit Hermas Hilfe gelang es mir, eine nahezu vollständige Liste der Festgäste zusammenzustellen. Sie hatte am Freitagabend und Samstag ihrer Mutter geholfen, per Telefon oder Boten alle die Leute spontan einzuladen, die Schindlers für wichtig hielten. Und fast alle hatten zugesagt. Nur sieben oder acht, darunter ich, hatten dankend abgelehnt.

Aber sonst war wohl alles dagewesen, was in Endwarden Rang und Namen hatte.

»Wissen Sie, ob Ihr Bruder Feinde hatte?« fragte ich.

»Ich weiß von einigen, die ihn nicht ausstehen konnten«, erwiderte sie, »aber ich kann mir eigentlich nicht vorstellen, daß ihn jemand so gehaßt haben sollte, daß er ihm nach dem Leben getrachtet hätte!«

Mein Kollege Andersen, drei Jahre jünger als ich und erst seit einem halben Jahr im aktiven Dienst, und vielleicht deshalb noch voller Illusionen und Idealismus, mein Kollege Anderson also kam, und ich schickte ihn sofort wieder los, die Putzfrauen zu vernehmen, die in der vergangenen Nacht die Packhalle nach dem Ende des Festes gesäubert hatten.

Er ging, nicht ohne vorher schnell noch einen Blick auf den Toten geworfen zu haben, der gerade aus der Kälte geholt und auf eine Bahre gelegt, zugedeckt und abtransportiert wurde.

Ich war ziemlich ratlos.

Es schien mir irrwitzig, bei hundert Leuten vor der Tür zu stehen, einen Ausweis zu zücken, soweit sie mich nicht kannten, und zu fragen, ob ihnen auf dem Fest in der vergangenen Nacht irgendwas aufgefallen sei, woraus sich ein Verdacht ableiten ließe...

Ich würde hundert oder noch mehr verschiedene Antworten ernten, die Sensationslust würde aufflammen, und schließlich hätte ich möglicherweise fünfzig Verdächtige – und nichts würde sich letzten Endes als stichhaltig erweisen. Davor grauste mir, aber ich sah keinen anderen Weg...

Da fiel mir ein, daß Herma Schindler den Namen Vetthake erwähnt hatte. Wenn der Reporter mit seiner Frau auf dem Fest gewesen war, dann hatte ich wenigstens einen guten Beobachter. Zu ihm mußte ich als erstes.

6

Der Lokalreporter Vetthake, Vorname Erich, wohnte im ausgebauten Dachgeschoß einer Kunsttischlerwerkstatt, die vor ein paar Jahren stillgelegt worden war.

Die Werkstatt diente jetzt einem Weingroßhändler als Lager, und es roch im Treppenhaus sehr angenehm nach einem Gemisch aus Holz und Rotspon.

Als ich die leise knarrende Treppe hinaufstieg, wehte zu meiner Überraschung noch ein frischer Kaffeeduft dazwischen.

Ich klingelte an Vetthakes Tür. Sie wurde aufgemacht, ehe ich die Hand noch hatte sinken lassen. Vetthake stand fertig angezogen im Türrahmen.

»Hallo...!?« sagte ich verblüfft.

»Guten Morgen!« sagte er. Seine Stimme war heiser. »Sie sind schon da, Kommissar?«

»Wieso schon? Haben Sie mich erwartet?« fragte ich.

»Ja«, sagte er. »Sie oder einen anderen Beamten. Aber Sie sind mir lieber, wenn schon...«

Ich verstand nichts und sagte es auch: »Ich verstehe nicht, was Sie meinen...?«

»Kommen Sie herein, bitte!« forderte er mich auf und trat beiseite.

Ich ging hinein. Der kleine Flur war erfüllt vom Kaffeeduft. Vetthake öffnete die linke der drei schön gemaserten Holztüren.

»Bitte!« sagte er und wies in den Raum dahinter. Es war ein ziemlich großes Mansardenzimmer mit zwei halbhohen Fenstern an der geraden Wand, vor denen helle Leinenvorhänge hingen. Auf der Eckcouch unter der getäfelten Schräge lag Vetthakes zierliche Frau unter einer bunten Wolldecke. Sie sah mich aus großen Augen ängstlich an.

»Guten Morgen!« sagte ich verwirrt. »Bitte entschuldigen Sie, daß ich so früh...«

»Guten Morgen, Herr Kommissar!« sagte sie. Und das klang, als säßen ihr Tränen in der Kehle.

Vetthake stand zwischen ihr und mir und sah mich erwartungsvoll an.

»Das müssen Sie mir erklären, Herr Vetthake«, sagte ich, »wieso haben Sie einen Kriminalbeamten erwartet? Woher wissen Sie denn, was passiert ist? Hat jemand Sie angerufen?«

Er rührte sich nicht. Ich hatte einen Einfall:

»Ja... aber das ist ja überhaupt die Chance für Sie, Menschenskind! Sie sind der erste und bisher einzige Journalist, der es weiß. Rufen Sie die Presseagentur an und –«

Ich brach ab, weil er stöhnend den Kopf sinken ließ und weil seine Frau die Hände vors Gesicht schlug und zu schluchzen begann. Vetthake ging zu ihr, nahm ihre Hand, dann sah er mich an. Ich wußte nicht, was ich tun sollte.

»Weshalb sind Sie gekommen?« fragte Vetthake.

»Ich wollte Ihnen ein paar Fragen stellen«, sagte ich, »Sie waren auf dem Fest. Daß Hubert Schindler tot ist – ermordet worden ist – wissen Sie ja offenbar schon...

Aber ich ahnte nicht, daß Sie es schon wissen. Ich dachte, Sie hätten vielleicht irgendwas beobachtet und könnten mir damit helfen, den Täter zu finden, aber –«

»Der Täter bin ich!« sagte Vetthake fast tonlos.

»Sie ...?« rief ich. »Sie haben ...?«

»Es war Notwehr!« schrie die kleine Frau, warf die Decke ab, sprang auf und stand bebend vor mir. Er legte ihr den Arm um die zuckenden Schultern.

»Ja«, sagte er, »der Kerl wollte meine Frau ...«

Er rang nach Worten.

Ich fand meine Fassung wieder.

»Kommt, setzt euch hin!« sagte ich. »Und erzählt!«

Sie gehorchten wie verschüchterte Kinder, setzten sich nebeneinander auf die Couch, hielten sich fest an den Händen und begannen zu berichten.

Ich hatte ihnen gegenüber auf einem Stuhl Platz genommen und hörte zu. Zunächst war es eine wirre Schilderung des Ablaufs, was sie von sich gaben – aber allmählich beruhigten sie sich ein wenig, und schließlich wurde mir klar, wie es geschehen war:

Der Boxweltmeister Hubert Schindler hatte ausgerechnet auf Erich Vetthakes hübsche Muhibbe ein Auge geworfen, hatte sie drei- oder viermal zum Tanzen geholt, sich über ihre Zurückhaltung amüsiert, und hatte sie, als nach Mitternacht eine Polonaise veranstaltet wurde, von ihrem Platz geholt, fest an der Hand genommen und war mit ihr als letztes Paar am Ende der Menschenschlange durch den Packsaal, den Gang entlang gezogen, in dem es dunkel war, weil irgendein Spaßvogel das Licht ausgedreht hatte.

In der Dunkelheit hatte es großes Gelächter, Gequieke und Gekreisch gegeben. Auch Muhibbe hatte geschrien, weil Schindler ihre Brüste betatscht und sie zu küssen versucht hatte. Dann war sie plötzlich durch eine Tür geschoben worden, die hinter ihr zugeschlagen wurde, und fand sich zu ihrem Entsetzen mit dem Burschen allein in einem kleinen Raum, der durch eine Straßenlaterne von außen spärlich erhellt war.

»Jetzt habe ich dich, Mäuschen!« hatte der Boxer geknurrt und nach ihr gegriffen. »Jetzt bist du dran, mein Balkantäubchen! Und wehe, wenn du Sperenzchen machst und nicht ganz brav und mit Hubert ganz lieb bist... Nun komm schon!« – Und er hatte die vor Angst und Hilflosigkeit »Nein... nein... nein!« Winselnde zu der Couch gedrängt und sie gerade auf den Rücken geworfen und sich über sie gekniet, als die Tür aufgestoßen wurde, ihr Mann wie von Sinnen hereinsprang und mit einem Hammer auf Schindler losschlug, der beim zweiten Schlag zusammensackte und zu Boden polterte.

»Da waren wir beide plötzlich ganz ruhig und völlig klar!« sagte Erich Vetthake. »Ich habe mit einer irren, fast schlafwandlerischen Sicherheit den Stiel des Hammers sorgfältig abgewischt und, nachdem ich Muhibbe geholfen hatte, ihr Kleid und ihre Frisur in Ordnung zu bringen, haben wir gemeinsam den schweren Mann über den Gang in die gegenüberliegende Kühlkammer gezerrt...«

»Warum?« fragte ich.

»Ich weiß nicht«, sagte er, und seine Frau schüttelte den Kopf.

»Woher hatten Sie den Hammer?« wollte ich wissen.

»Ich war auf der Suche nach meiner Frau, die ja mit Schindler nach der Polonaise verschwunden war, bin in den Gang geraten und hatte ihre Rufe gehört. Da habe ich eine Tür aufgerissen, aber dahinter war nur eine Art Werkstatt oder so was... und da lag gleich links der Hammer auf einer Drehbank. Ich bin mit dem Hammer in der Hand weitergelaufen und hab' die zweite Tür aufgerissen – ja, und da war das Schwein gerade über ihr...!«

Er hielt inne. Muhibbe stöhnte mit geschlossenen Augen.

Wir schwiegen.

Es roch sehr gut nach Kaffee.

Ich hätte gern eine Tasse gehabt, denn ich war plötzlich sehr müde.

»Wenn Sie mir eine Tasse Kaffee spendieren, liebe Muhibbe«, sagte ich nach einer langen Pause, »und wenn Sie mir beide fest versprechen, daß Sie sofort vergessen, daß ich heute früh hier war – und wenn Sie beide niemals und niemals und nirgendwo mit irgendwem über die Sache reden... dann kann es sein, daß Sie Glück haben und...«

Die kleine Türkin stand auf, legte mir die Arme um den Hals und küßte mich auf den Mund. Der Kuß schmeckte ein bißchen salzig.

»...aber ich kann für nichts garantieren«, fügte ich hinzu.

Das ist dreizehn Jahre her. Der unaufgeklärte Mordfall Schindler liegt bei den Akten. 13 ist meine Glückszahl – obwohl ich eigentlich nicht abergläubisch bin.

Peter Schmidt

Kontrollpunkt

1

Ich traf Peter Ch. Anfang Oktober an der Theke einer großen alten Bar in einem großen alten Hotel, das in einer Seitenstraße des Kudamms lag. Er war dürr und leptosom, ein schlankwüchsiger, grauhaariger Amerikaner, den man sich eher in mahagonigetäfelten britischen Bibliotheken als in Langley, Virginia vorgestellt hätte. Sein vollständiger Name lautete Peter Cheyney, aber diese Namensgleichheit mit meinem berühmten Kollegen und Schöpfer der Lemmy-Caution-Figur war wirklich rein äußerlich (obwohl ich den Autor zweifellos vorgezogen hätte). Er bat mich, ihn ›Tsche‹ zu nennen (was eine hübsch perfide Anlehnung an Che Guevara war, wie er später augenzwinkernd bemerkte). Er sagte:

»Sie haben verteufelte Ähnlichkeit mit jemand, den wir gern 'rüberbringen würden, Quand.«

Ich nippte an meinem leicht verwässerten Scotch und versuchte mir einen Reim auf seine Bemerkung zu machen. Es war kurz nach Mitternacht und kaum die Zeit für Plaudereien. Ch. wirkte auch nicht so, als lege er es darauf an, seine Beobachtungsgabe unter Beweis zu stellen. Draußen klappte man schon die Bürgersteige hoch, vor dem Café wurden Tische und Stühle gestapelt und mit Ketten verbunden, und ein Wagen des Fuhr- und Reinigungsamts arbeitete sich mit rotierendem Warnlicht durch die Straße.

»Hat Ihnen das Mädchen an der Rezeption meinen Namen verraten? Oder wie komme ich zu der Ehre?«

»Oh, das beschäftigt Sie, Quand?« fragte er und schnaufte belustigt durch die Nase. »Wir wissen sogar noch mehr. Sie sind Schriftsteller, kein allzu erfolgreicher übrigens. Ihre alte Reiseschreibmaschine klappert sich gerade zu Tode. Aber Sie können sich keine neue leisten. Und die Hotelrechnung? Na ja – weiß wohl nur der Schutzengel der Hoteliers, ob Sie die jemals begleichen werden.«

»Ich warte auf einen Buchvertrag.«

»Warten Sie«, bestätigte er. »Warten Sie schon lange.«

»Außerdem ist mir schleierhaft, was Sie meine privaten Verhältnisse angehen?«

»Bloß keine falschen Empfindlichkeiten, Quand. Wenn Sie jetzt den Durchblick behalten, machen Sie ein beachtliches Geschäft. Sie verdienen soviel Geld, daß Sie sich ganz dem Luxus Ihrer literarischen Ambitionen hingeben können, jedenfalls für einige Zeit.« Er lächelte verhalten, hütete sich aber, auch nur den Anschein von Ironie in seine Stimme zu legen. »Und eine interessante Erfahrung wird's obendrein.«

»Hört sich fast so an, als wenn Sie mich mit Ihrer sitzengebliebenen Schwester verkuppeln wollen?«

»Gehen wir doch 'rüber zu den Sesseln«, sagte er ohne das geringste Anzeichen von Irritation. Er zeigte vielsagend in den Durchgang, wo man das Mädchen aus der Rezeption sah; es bediente zugleich an der Bar, und wahrscheinlich konnte es unser Gespräch verstehen, vorausgesetzt, es wollte. Es war jung und hübsch, mit einem dunklen Kostüm, das in der Schickeria keinen Anlaß zu Klagen gegeben hätte, und wenn es von seinen Papieren aufblickte, lächelte es mit soviel erfrischender Natürlichkeit, daß man sich unwillkürlich fragte, ob es jetzt Kurse für nettes Dreinschauen gab. Wir hatten uns so an der Bar postiert, daß wir sie im Auge behielten.

»Also, Quand?«

»Ich hab' wirklich keine Ahnung, was Sie mir verkaufen wollen«, sagte ich lustlos.

»Nicht wir wollen Ihnen was verkaufen. *Sie* sollen uns Ihr Gesicht verkaufen – für ein paar Stunden.« Er stand auf, das Glas in der Hand, und winkte mir von den Sesseln aus zu. »Nun kommen Sie schon, Quand. Was Sie jetzt trinken, geht auf unsere Rechnung.« Anscheinend war er der Meinung, das bißchen eisgekühlte Bewußtseinsveränderung aus dem Glas würde mich wie einen durstigen Straßenköter auf die Beine bringen; aber da überschätzte er den Grad meiner Abhängigkeit. Ich war nie ein Trinker gewesen und würde auch nie einer sein. Ich hatte andere Pläne, als meinen Verstand in Sprit zu ertränken. Ich wußte, daß ich das Zeug zu einer neuen Art von Literatur hatte. Einer, die sich mit den politischen Verhältnissen auseinandersetzte wie keine andere vor mir. Aus genau dem Grund hielt ich mich in West-Berlin auf. Ch. hatte ganz recht, wenn er behauptete, mein größtes Problem sei das Geld.

»Sie wollen mein Gesicht? Sind Sie Impresario?«

»Hübscher Vergleich. So könnte man's wohl nennen«, meinte er nachdenklich; es war unverkennbar, daß ihn der Ausdruck amüsierte. »Wir vermitteln Künstler, Künstler für die Ost-West-Bühne.«

Ich ließ mich in den Sessel sinken.

»Zehntausend, wenn Sie mein Gesicht wollen. Pro Tag, versteht sich.«

»Kein Problem«, sagte er.

Ich war überrascht, weil ich mein Angebot mehr als Scherz aufgefaßt hatte.

»Zehntausend. Sie verdienen sogar daran, falls man Sie drüben festhält. Und zehntausend als Erfolgsprämie nach Ihrer Rückkehr, wenn Sie sich genau an unsere Abmachungen gehalten haben. Alles unversteuert, in bar und ohne Quittung. London ist nicht kleinlich, Quand.«

»Was meinen Sie mit festhalten?«

»Betrachten Sie's als Schmerzensgeld. Je mehr Unannehmlichkeiten, desto mehr Geld.«

»Nun sollten Sie mir bloß noch sagen, wer so versessen auf den Anblick meiner Visage ist, oder?«

Ch. nickte bereitwillig und stand auf. Ich blickte ihm nach, wie er mit staksigen Schritten zur Theke ging, um eine Flasche Scotch und einen Kübel Eis zu ordern. Er hatte was von einem alt gewordenen Fohlen, aus dieser Perspektive. Irgendwie erweckte er mit seinen wackligen Schritten meinen Pflegeinstinkt. Mag sein, daß man ihn mit Bedacht und Umsicht für seine Aufgabe ausgewählt hatte. Womöglich hätte er mir als Waschmaschinenvertreter auch noch einen Wartungsvertrag angedreht. Und eine Zusatzversicherung gegen Wasserschäden.

»Sehen Sie sich das Foto an«, sagte er, als er wieder saß.

Es zeigte mich in hellgrauem Sommeranzug und braungebrannt vor dem Hintergrund einer südlichen Hotelfassade. Bulgarien oder die Krim, nahm ich an. Zwei Palmwedel hingen pitoresk ins Bild, und links war ein mittelgroßer Jachthafen. Ich hatte weder den Hafen noch das Hotel jemals in meinem Leben in natura zu Gesicht bekommen. Geschweige denn den Maßanzug; er war aus bestem englischen Tuch, dem Faltenwurf nach zu urteilen. Für ein derartiges Stück hätte ich wohl erst einen guten Rechtsanwalt engagieren müssen – um den Argwohn meiner Gläubiger zu beschwichtigen.

»Wer ist das?«

»Verblüffende Ähnlichkeit, was?«

»Ich bin etwas irritiert, ehrlich gesagt.«

»Er ist drüben – einer unserer Leute«, sagte Ch., »und wenn *Sie* ihm nicht helfen, Quand, hat er keine Chance, das Land zu verlassen. Er sitzt fest. Unsere übliche Ausschleusungsmethode hat versagt. Bis Anfang der Woche hatten wir noch den Tunnel in der Stresemannstraße.«

»Sie wollen mich als Fluchthelfer einsetzen?«

»Alles, was Sie tun müssen, ist zu einem Tagesbesuch nach drüben zu gehen. Sie besichtigen den Alexanderplatz, die Nationalgalerie – oder was Sie wollen –, bringen Ihren Zwangsumtausch unters Volk und kehren zum Übergang Heinrich-Heine-Straße zurück.«

»Ich bin nicht motorisiert, falls Ihnen das entgangen sein sollte?«

»Den Wagen besorgen wir.«

»Und wo liegt der Dreh des Ganzen?«

»Sind Sie nun Autor, Quand, oder ist Ihnen die Phantasie ausgegangen?«

»Ich arbeite auf dem Gebiet der Facts«, sagte ich. »Mein neuestes Buch wird sich mit den Machenschaften der CIA beschäftigen, mit realen Machenschaften. Ich warte nur darauf, daß mein Verlag grünes Licht gibt. Für diese Art von Arbeit ist weniger Phantasie als Scharfsinn und Beobachtungsgabe nötig.«

»Ihre Art von Enthüllungsjournalismus hat drüben hinter dem großen Teich schon eine Menge Kollegen vergrault, Quand. Wir in London haben unseren Peter Wright und können Ihre Arbeit eher mit Distanz betrachten. Aber wie Sie es immer wieder verstehen, eine Menge Staub aufzuwirbeln, ist schon grandios.«

»Warten Sie mein nächstes Buch ab. Es befaßt sich mit den Verstrickungen der amerikanischen Behörden in die Mittelamerikapolitik. Washington hat versucht, es durch einstweilige Verfügungen zu stoppen – vergeblich. Wenn alles klappt, wird es in drei Sprachen gleichzeitig herauskommen.«

»Dann sind Sie ein gemachter Mann, was? Aber momentan sitzen Sie noch auf dem trockenen – warten auf ein Lebenszeichen Ihres Verlegers, oder?«

»In West-Berlin halte ich mich vor allem wegen eines neuen Buchprojekts über den Ostberliner Staatssicherheitsdienst auf. Und auch da interessieren mich keine erfundenen Agentengeschichten, sondern Fakten.«

»Machen wir uns doch nichts vor, Quand. Was das Finanzielle anbelangt, müssen Sie momentan nehmen, was Sie kriegen können. Ein bißchen Geld würde Ihnen bei den Verlagsfritzen mehr Ellbogenfreiheit verschaffen.«

»Also gut, Sie wollen Ihren Mann an meiner Stelle herüberbringen, stimmt's? Und was wird aus mir?«

Ch. nickte bedächtig. »Nehmen wir mal an, Sie ließen Ihre Jacke mit Paß und eingelegtem Tagesvisum im Café am Stuhl hängen, um sich auf der Toilette frisch zu machen. Das ›Wiener Kaffeehaus‹ auf der Berliner Allee, oben in Pankow. Am Ende des Schlauchs gibt's immer freie Tische, da wären Sie ganz unbeobachtet, Quand. In der Zwischenzeit hat sich unser Mann Ihres Passes, der Fahrzeugpapiere und des Wagenschlüssels bemächtigt. Er reist über den Kontrollpunkt Heinrich-Heine-Straße aus. Wenn Sie die Abfertigungsprozedur kennen, wissen Sie, wie wichtig Ihr Paßfoto ist. Die Grenzbeamten sind auf Gesichter geschult. Als Sie draußen sind, entdecken Sie, daß Ihr Wagen gestohlen wurde. Sie suchen die nächste Polizeidienststelle auf – oder fahren mit der S-Bahn bis Jannowitzbrücke, Nähe Kontrollpunkt Heinrich-Heine-Straße, das bleibt Ihnen überlassen – und melden den Diebstahl. Sie können sich mit Ihrem westdeutschen Personalausweis identifizieren. In Ihrer Jakkentasche finden sich Westberliner Restaurantquittungen vom Vortag. Was sollte man Ihnen also vorwerfen? Bestohlen worden zu sein, ist kein strafbares Delikt.«

»Man wird mich verhören, oder?«

»Sie sind Tourist auf Tagesbesuch in Ost-Berlin. Ihr Paß ist abhanden gekommen. Man wird eine Unterschriftsprobe nehmen und Ihnen ein paar Fragen stellen, unangenehme Fragen, mag sein. Vielleicht wird man sogar versuchen, Sie einzuschüchtern oder zu bluffen. Falls Sie für kurze Zeit in Haft genommen werden – nehmen wir mal den Extremfall an –, bringt Ihnen das, wie gesagt, zehntausend pro Tag.«

»Ihr Mann scheint ziemlich wichtig zu sein?«

»Alles, was Sie tun müssen, ist die Nerven zu behalten. Sie sind aufgeregt – hauptsächlich wegen des Wagens. Sie verlangen, mit Westberliner Dienststellen zu telefonieren.«

»Und wenn man sich stur stellt? Sie wissen, wie es drüben um die Rechtsstaatlichkeit bestellt ist. Man schummelt mir eine Umtauschbescheinigung in die Jackentasche und macht mir wegen Devisenvergehens den Prozeß.«

»Warum sollte man, Quand?«

»Keine Ahnung. Weil man mir mißtraut.«

»Es gibt keine Beweise gegen Sie.«

»Wie ich schon sagte: Man könnte welche fingieren.«

»Das wäre nur interessant, wenn es konkrete Verdachtsmomente gegen Sie gäbe.«

»Bleibt immer noch die Frage, warum ich *Ihnen* trauen sollte. Sie haben Ihren Mann in West-Berlin... und an wen richte ich meine Ansprüche? Etwa an London? Eine Woche in Ostberliner Gefängnissen, um festzustellen, daß Sie längst über alle Berge sind?«

»Sie bekommen Ihre Anzahlung«, sagte er und legte ein in Zeitungspapier eingeschlagenes Paket auf den Tisch. »Die restlichen Sicherheiten – eine geschätzte Maximalsumme – gehen auf ein Konto der Dresdner Bank. Es werden zwei Codeworte vereinbart. Nur wenn beide Codeworte zusammen angegeben werden, eines von Ihnen und das andere von uns, kann der Betrag abgehoben werden. Ohne Ihr Codewort wäre das Geld für uns verloren. Warum sollten wir Sie also betrügen wollen, Quand?«

Ich dachte nach. »Sagen Sie mir, wer der Mann ist. Das Unternehmen kostet Sie leicht an die hunderttausend. Anzahlung, Prämie und acht Tage Untersuchungshaft gerechnet. Er muß immens wichtig sein?«

»Einzelheiten würden Sie nur belasten, Quand. Was

Sie nicht wissen, kann Ihnen auch niemand beim Verhör entlocken. Aber lassen Sie sich sagen, daß wir noch keinen unserer Agenten wegen ein paar Zehntausender haben verrecken lassen. Was das anbelangt, gibt's für London noch so was wie echte Standesehre. Falls Sie unvorhergesehene Schwierigkeiten bekommen sollten – ich will Ihnen keine Angst machen – werden wir hier in West-Berlin einen kleinen Presserummel veranstalten. *Autor Quand in Ost-Berlin verschollen? Enthüllungsjournalist zu Unrecht von den Behörden festgehalten?* – und so weiter. Klingt doch hübsch sensationsträchtig, oder? Das bringt Ihnen eine Menge Publicity. Diplomatische Kreise werden sich einschalten und Sie loseisen, Quand.«

»Ihr Wort in Honeckers Ohr.«

»Wenn ich Sie wäre, würde ich jetzt das Geld nehmen und mich noch ein wenig aufs Ohr legen. Macht sich immer gut, bei solchen Manövern ausgeschlafen anzutreten. Hier sind die Wagenpapiere – auf Ihren Namen ausgestellt. Der Volvo steht neben dem Hoteleingang. Wir fahren morgen früh gemeinsam zur Bank, um das Geld zu deponieren. Danach bringe ich Sie persönlich zum Übergang Heinrich-Heine-Straße.«

»Sie wollen sehen, ob ich wirklich 'rübergehe, was? Könnte schließlich sein, daß mir zehntausend und ein neuer Volvo reichen?«

»Na also, jetzt kommen Ihre Gehirnwindungen ja doch noch in Bewegung, Quand. Dachte schon, Sie hätten Schwierigkeiten, zwei und zwei zusammenzuzählen.« Er hob sein Glas. »Und nicht vergessen: Wiener Kaffeehaus an der Berliner Allee. Paß, Wagenpapiere und Schlüssel in der linken Innentasche.«

2

Als ich das Kontrollgebäude der Westberliner Polizei passierte, sah ich mich noch einmal nach Ch.s Wagen um, aber er war längst im Kreisverkehr des Moritzplatzes untergetaucht. Ich fuhr langsam durch die von schrägen Betonabsperrungen gesäumte Kurve und dann in Richtung zum ersten Posten auf ostdeutscher Seite. Das dunkel getönte Fenster im Kontrollturm war unbesetzt. Dahinter erstreckte sich ein leerer Parkplatz; und auch zwischen den niedrigen Flachdachgebäuden der Abfertigung mit dem Wechselschalter und dem von Gittern eingerahmten Weg für Fußgänger zeigte sich um diese frühe Morgenstunde keine Menschenseele.

Vielleicht war gerade deswegen der Eindruck, beobachtet zu werden, um so deutlicher. Er schien wie ein unsichtbares Fluidum über allem zu liegen. Ich fuhr bis ans Stoppschild vor dem Parkstreifen und stellte den Motor ab. In diesem Augenblick trat ein Grenzer aus der Tür und winkte mich heran. Er nahm meinen Paß entgegen und verschwand damit in der Baracke. Ich parkte den Wagen an der nächsten Absperrung, ging zum Wechselschalter und wartete dann, bis im Fenster eine Baracke weiter wegen des Tagesvisums meine Nummer aufgerufen wurde.

3

Das ›Wiener Kaffeehaus‹ war eine jener merkwürdig unzulänglichen Hommagen an die kapitalistische Kultur, denen man in Ost-Berlin auf Schritt und Tritt begegnet. Die Kopie ist immer ein wenig blasser und blinder als das Original. Ich habe nie herausgefunden, was mich an dieser Form des Sozialismus reizte. Sie überzeugte mich so wenig wie das protzige Gehabe auf kapitalistischer Seite. Es mußte etwas Atmosphärisches sein: die Art, wie man ohne Widerspruch an den Imbißtheken für einen jener fett-wäßrigen sozialistischen Einheitsknacker oder ein Bier zu achtundfünfzig Aluminiumpfennig anstand, um dann mit einer Zwanzig-Pfennig-S-Bahn-Fahrkarte in dem Gefühl nach Hause zurückzukehren, man habe sich den grauen sozialistischen Alltag vergoldet. In den Restaurants ging das Essen meist schlagartig etwa genau eine knappe Stunde vor dem Zeitpunkt aus, der auf der Speisekarte ausgedruckt war. Eine auf ewig geheimnisvoll bleibende prästabilierte Harmonie des Küchenbestandes mit dem Ruhebedürfnis der Kellnerinnen; dann gab es nicht einmal mehr eine übriggebliebene Suppe.

Im vorderen Teil des Cafés spielte ein älteres Pärchen westliche Evergreens; sie bediente das Keyboard, er zupfte verhalten an einer Baßgitarre. Weiter hinten verengte sich der Raum genau so zum Schlauch, wie Ch. es vorausgesagt hatte. Ich nahm einen kleinen runden Tisch im Schutze der Säule und hängte meine Jacke über die Stuhllehne. Nachdem ich ein Kännchen ›Mokka komplett‹ bestellt hatte, ging ich hinüber in die Toilette. Ich hatte niemand bemerkt, der mir ähnlich sah; aber wenn mein ›Bruder im Gesicht‹ es klug anstellte, ließ er diese Arbeit besser von jemand anders erledigen.

Als ich zurückgekehrt war, vergewisserte ich mich mit schnellem Griff, daß Paß, Schlüssel und Wagenpapiere den Besitzer gewechselt hatten. Ich ließ mir Zeit, meinen Kaffee zu bezahlen, es war erst kurz nach elf, und als ich die Straße in Richtung auf die S-Bahnstation Pankow überquerte, überzeugte ich mich mit einem Blick in die Seitenstraße, daß der Volvo verschwunden war.

4

Ich wurde in derselben Baracke verhört, in der man mein Visum ausgestellt hatte. Durch das Fenster sah man die Dächer der westlichen Seite. Sie waren nah und zugleich fern. Das beklemmende Gefühl, eine ganze Stadt, ein Land als Gefängnis zu empfinden, ist wohl nur denen wirklich zugänglich, die den unmittelbaren Sichtkontakt zur anderen Seite haben. Dann nimmt man Unterschiede wahr, die anderen gewöhnlich verborgen bleiben: die

Form eines Dachs, der Fenster, die Struktur einer Fassade; selbst der Himmel scheint eine andere Färbung anzunehmen: seine Bläue ist verlockender. Alles atmet ein geradezu aufdringliches Maß an Freiheit, und diese Freiheit ist noch bis in die feinsten Verästelungen der Zirruswolken zu spüren.

»Wie sind Sie ausgerechnet auf einen so abgelegenen Ort wie das ›Wiener Kaffeehaus‹ in Pankow verfallen?«

Der Offizier in der Verhörbaracke war jung, hellblond und unscheinbar. Man merkte seinen bemühten Gebärden an, daß er das Gefühl hatte, er müsse sich durch Skepsis und mißtrauische Fragen Autorität verschaffen – oder indem er seine Uniformmütze auf- und wieder absetzte. (Er ahnte nicht, daß für jemand in meiner Situation seine Autorität schon dadurch gesichert war, daß er beliebig lange in meinem Personalausweis blättern durfte.) Ich war einer gründlichen Leibesvisitation unterzogen worden, der Inhalt meiner Taschen lag vor ihm auf dem Schreibtisch.

Merkwürdigerweise hatte sich in meiner rechten Innentasche das zusammengefaltete Doppelblatt einer Zeitung befunden. Es mußte schon im Café in mein Jackett geschmuggelt worden sein. Man hatte mir nicht erlaubt, einen Blick darauf zu werfen. Es lag zwischen den übrigen ›Beweisstücken‹ (alles schien diesen Charakter anzunehmen, wenn man die Sorgfalt betrachtete, mit der selbst meine Kugelschreibermine einer genauen Prüfung unterzogen wurde); und mein Blick wanderte wohl ziemlich sorgenvoll zwischen diesem mysteriösen Stück Papier und dem blauen Nachmittagshimmel jenseits der Mauer hin und her.

»Es ist nicht verboten, sich nahe beim Stadtrand aufzuhalten, oder? Das Tagesvisum gilt für ganz Berlin.«

»Ich frage Sie nach dem Grund, Herr Quand«, sagte er eine Tonlage schärfer. »Wir streiten hier nicht darüber, was erlaubt ist.«

»Ich bin ein großer Freund Ihres Landes, aber Ihr Schaukastensozialismus rund um den Alexanderplatz liegt mir nicht.«

»Sie sind Schriftsteller, nicht wahr?«

Draußen hielt ein schwarzer Wolga, und zwei Männer in Zivil stiegen aus, der eine mit deutlichem Ansatz zum Wohlstandsbauch. Die selbstsichere Art, mit der sie sich zwischen den Absperrgittern bewegten, ließ mich vermuten, daß es sich um Mitarbeiter des Ministeriums für Staatssicherheit handelte. Der eine langte ohne große Umstände hinter die Absperrung und betätigte den elektrischen Tordrücker. Als er die Barackentür öffnete, war es, als mustere er mich für den Bruchteil einer Sekunde mit unverhohlenem Vergnügen.

»Bringen Sie Quand in die Gefängnisbaracke.«

Man legte mir Handschellen an, dann wurde ich über den Hof zu einem Gebäude aus Backstein gebracht. Der Raum, in den man mich führte, ähnelte dem ersten, nur daß in ihm statt des Schreibtischs ein gewöhnlicher leerer Holztisch mit vier Stühlen stand. Die beiden Fenster waren vergittert und die Tür zum Nebenraum bestand aus Eisenblech.

»Oberst Fall von der Staatssicherheit. Ich nehme an, der Name dieser Institution ist Ihnen als Journalist und politischer Schriftsteller ein Begriff?«

»Irgendein besonderer Grund, mich hier festzusetzen?«

»Kann man wohl sagen.«

Der Jüngere der beiden schwieg die ganze Zeit über, warf mir aber verstohlene Blicke zu. Er hatte meine Habseligkeiten samt der Zeitung in einem roten Ablagekorb herübergebracht.

»Sie wissen, daß man mich bestohlen hat, Oberst? Jemand aus Ihrer Republik, vermutlich. Und Sie werden mir daraus doch keinen Strick drehen wollen? Das wäre einem braven deutschen Touristen gegenüber, der sich lediglich ein paar schöne Stunden in der Hauptstadt Ihrer Republik machen wollte, nicht fair.«

»Sind Sie denn wirklich nur ein braver bundesdeutscher Tourist, Quand?« fragte er und lächelte unmerklich.

»Ich bin mir keiner strafbaren Handlung bewußt.«

»Der Tatbestand, dessen Sie angeklagt werden, ist eindeutig Fluchthilfe.«

»Sie sagen eindeutig – habe ich das richtig verstanden? Ich bin nicht so naiv, mir keinen Reim auf Ihren Verdacht machen zu können. Sie werden *jeden* verdächtigen, dem seine Papiere abhanden gekommen sind. Das liegt in der Natur der Sache. Sie wären ein schlechter Polizist, wenn Sie diesen Verdacht von vornherein ausschlössen.«

Ein Beamter, den ich nicht kannte, brachte eine schwere Kladde herein, die mit einem Ring aus Stahlblech verschlossen war. Als Oberst Fall sie geöffnet hatte und zu blättern begann, sah ich, daß es eine Fotosammlung war.

»Ich frage mich, was Sie den Fehler begehen ließ, diese Zeitung mit sich zu führen, Quand«, sagte er nachdenklich und zeigte auf die Ablage. »War es wirklich nur Gedankenlosigkeit?«

»Ehrlich gesagt habe ich ziemliche Mühe, Ihren Fragen zu folgen.«

»Das ZK-Mitglied Oskar Kreitz ist heute gegen Mittag mit Ihrem Paß in den Westen übergelaufen. Das war nur möglich, weil Kreitz ungewöhnliche Ähnlichkeit mit Ihnen besitzt. Ein Informant in West-Berlin unterrichtete uns darüber, daß er dort sofort von CIA-Leuten in Empfang genommen und an einen geheimen Ort gebracht wurde. Bitte schauen Sie sich diese Portraitsammlung an. Es handelt sich um Mitarbeiter der CIA. Ist Ihnen ein Gesicht davon bekannt?«

Das Foto Cheyneys befand sich auf Seite fünfzehn. Aber hatte er nicht behauptet, für London zu arbeiten? Ich schüttelte den Kopf und schlug die Mappe zu.

»Kreitz ist Experte für die Rüstung der Volksarmee.« Oberst Fall zeigte auffordernd zur Ablage.

Ich nahm das Zeitungsblatt – es war eine Doppelseite aus dem Neuen Deutschland – und faltete es auseinander. Der Artikel unten links zeigte Kreitz während eines Empfangs in der bulgarischen Botschaft. Sein Gesicht war mit Kugelschreiber eingekreist. Die Ähnlichkeit war nicht so deutlich wie auf dem Foto, das Ch. mir in West-Berlin gezeigt hatte, aber was bedeutete das jetzt noch? Kein Zweifel: eine chemische Analyse in den Labors des Ministeriums würde ergeben, daß es mein eigener Kugelschreiber gewesen war. Ich dachte an mein Enthüllungsbuch über die Mittelamerikapolitik der amerikanischen Regierung. Zwei vergebliche Versuche, es durch einstweilige Verfügungen zu stoppen. Das Manuskript lag in meinem Hotelzimmer. Der Verlag hatte mich gebeten, vor Vertragsabschluß noch Korrekturen über die Rolle General Woolrichs in der Iran-Contra-Affäre anzubringen...

An der vergitterten Scheibe der Baracke summte eine Schmeißfliege, deren Flügel im Sonnenlicht schwarzblau glänzten; durch irgendeine geheimnisvolle Verwandlung nahm sie in diesem Augenblick mehr und mehr das Aussehen Cheyneys an – aber sie lag außerhalb meiner Reichweite. Er hatte *zwei* Fliegen mit einer Klappe geschlagen.

Werner Schmitz

Wattenscheiß

Der erste, von dem ich's hörte, war ein rothaariger Strolch namens Hikey Dewey im ›Großen Schiff‹ in Butte gewesen. Bei dem hieß Peaceville stur immer nur Pissville. Da er aber statt Fusel auch Fussel sagte, habe ich nicht weiter drüber nachgedacht, was er dem Namen der Stadt angetan hatte. Später fiel mir bei anderen, die es nicht so eilig mit ihren Silben hatten, die gleiche Aussprache auf. Ich sah immer noch nichts weiter drin als jene umwerfende Art Humor, die aus einem Professor einen Brotfresser macht. Erst ein paar Jahre später, als ich selbst nach Peaceville kam, ging mir ein Licht auf.

Dashiell Hammett, ›Rote Ernte‹, 1929

1 Ein ehrenvoller Auftrag

Es war ein regnerischer Oktobertag, an dem der Alte mich kommen ließ. Ich schlug den Kragen hoch, verließ meine Wolke und stiefelte rüber in die Agentur.

Der Mann an der Pforte hieß Petrus und machte seinen Job schon ziemlich lange.

»Der Boß will mich sprechen«, sagte ich.

Petrus wußte Bescheid. Er schloß auf und ich stand im Allerheiligsten.

Der Alte thronte hinter seinem Schreibtisch, den wir, wenn er auf Dienstreise war, als Tischtennisplatte benutzten. Er las in einem Bericht. Ich hüstelte, um ihn auf mich aufmerksam zu machen. Weil er schwerhörig war, tat ich das reichlich lange.

Der Alte sah auf und lächelte mit sanften Augen hinter seiner goldenen Brille. Verbarg damit, daß er nach all den Jahren auf dem Chefsessel für niemanden mehr das kleinste bißchen Gefühl aufbringen konnte.

»Ich habe einen Auftrag für Sie, Hammett«, begann der Alte.

Ich sagte nichts. Es war nicht üblich, ausgedienten Detektiven Aufträge zu erteilen.

»Das Syndikat will Sie anheuern.«

»Seit wann arbeiten wir denn mit denen zusammen?«

Der Alte grinste. »Wohl nicht mehr auf dem laufenden krimimäßig, mein Lieber. Ich meine nicht die Leute in Chi. Da tut sich nichts mehr seit Al Capone. In Westdeutschland gibt es eine Gruppe Krimischreiber, die sich Syndikat nennt.«

»Hartgesotten?«

»Ich fürchte nein.«

»Dann schicken Sie einen anderen.«

Ich hatte nicht die geringste Lust, meine wertvolle Zeit mit Leuten zu verplempern, die Bücher schreiben wie ›Inspektor Knesebeck greift ein‹ oder ›Der Tod trug gelbe Hosenträger‹.

Mit einer Handbewegung wischte der Alte meine Bedenken weg wie eine lästige Schmeißfliege.

»Die Leute scheinen ganz vernünftig zu sein. Meinen, daß die Gesellschaft an allem schuld ist, können es nur nicht richtig ausdrücken.«

Mir war nicht klar, was ich daran ändern könnte, und sagte es auch.

»Ganz einfach«, sagte der Boss. »Sie sollen runter und für das Syndikat einen Krimi schreiben.«

Ich hatte einige Jahre zu lange als Lohnschreiber in Hollywood geschuftet, um mich über so einen Auftrag zu freuen.

Damals war ich, noch bevor Senator McCarthy der Sache ein Ende setzte, mit Delirium tremens in die Knie gegangen.

An einer Wiederholung lag mir nichts.

»Wie hätten mich die Herrschaften denn gern?« höhnte ich. »Als Sam Spade aus dem ›*Maltese Falcon*‹?«

Der Alte warf mir den Blick zu, den er für solche Gelegenheiten parat hatte.

Ich hielt den Mund.

»Sie gehen runter als Mann der Intercontinental Detective Agency. Wie in ›*Rote Ernte*‹. Der Ort, den unsere Kunden ausgesucht haben, heißt zwar nicht Peaceville –« selbst der Alte sprach den Namen der Stadt inzwischen wie Pissville aus – »aber Wattenscheiß.«

Das sei eine Stadt in der Industrieregion des Landes, doppelt so groß wie Pissville und halb so lustig. Einer vom Syndikat würde mich dort erwarten.

Die letzten Worte des Alten klangen nicht so, als ob eine Weigerung etwas genützt hätte. Außerdem: Irgendwie würde ich dieses Kaff schon schaffen.

Ich hatte nicht Pissville von seinem korrupten Polizeichef, Schnapsschmugglern, Spielern, Wucherern und zwei Dutzend Ballermännern befreit und die Stadt Elihu Willson, ihrem rechtmäßigen Besitzer, zurückgegeben, um vor den Krauts in Wattenscheiß den Schwanz einzuziehen.

Also nickte ich, stand auf und ging zur Tür.

Unterwegs stoppte mich die Stimme des Alten. »Als alten Fuhrmann brauche ich Sie sicher nicht an die Regeln des Geschäfts zu erinnern«, schnarrte sie. »Kein Verstoß gegen Bundesgesetze und keine Annahme von Belohnungen.«

Was das zweite anging, konnte ich ihn beruhigen. Von einem Neuzugang, der vor kurzem völlig verarmt bei uns auf der Matte gestanden hatte, kannte ich die Honorare der deutschen Krimiverlage.

2 Pissville ist überall

Ich war der einzige, der in Wattenscheiß aus dem Zug stieg. Auf dem Bahnsteig wartete ein langer Schlacks. Er trug Jeans und eine Windjacke, von der ich später erfuhr, daß sie ihren Namen von einem Fernseh-Bullen hatte.

Ich ging auf den Langen zu und fragte: »Vom Syndikat?«

Er nickte. »Ich bin Werner Wörtchen.«

»Teufel auch!« rief ich und überlegte, wo ich den Namen hintun sollte. »Das freut mich aber, weiß der Himmel.«

Der Schlacks strahlte über alle Backen. »Willkommen in Wattenscheiß«, wieherte er, schüttelte mir unaufhörlich die Hand. Als wir die trostlose Bahnhofshalle hinter uns hatten, wußte ich schon, daß er als Reporter bei einem Weltblatt namens *Malibu* arbeitete, manchmal mittags eine Show im Lokalradio abzog und nebenbei noch Krimis schrieb.

Mit einem »Sapperlot, Herr Kollege!« bremste ich seinen Redeschwall.

Wörtchen sah mich von der Seite an, lachte.

»Da vorn steht meine Karre. Wir fahrn ersma zum Hotel.«

Er bugsierte mich in seinen abgetragenen Opel Kadett. Nach drei Minuten hielten wir auf dem zugeparkten Platz, den man in Wattenscheiß für eine City hielt.

Ich wußte inzwischen, daß es dem Langen mit der Kollektion Jobs auch manchmal zuviel wäre, so alles nebeneinander.

»Aber wat willze machen? Irgendwo muß die Knete ja herkomm.«

Das Hotel hieß *Eden.* Die Frau hinter dem Tresen, über dem ein Schild mit der Aufschrift ›Rezeption‹ hing, gab mir den Schlüssel erst, nachdem ich ihre Krampfadern gebührend bewundert hatte.

Im Zimmer klatschte ich mir ein paar Hände Wasser ins Gesicht und ging dann runter in die Kneipe, die zum Hotel *Eden* gehörte. Wörtchen wartete an einem abseits gelegenen Tisch. Er bestellte Bier und Schrebergartenwhisky. Das Zeug entpuppte sich als selbstgemachter Beerenlikör, der einem nach und nach die Speiseröhre versiegelte.

Wir verbrachten die nächsten zwei Stunden mit Trinken und Reden.

Der Lange meinte, Pissville sei überall. Wattenscheiß hätten sie nur wegen des Namens ausgesucht und weil er hier lebte.

Was ich über die Stadt aus ihm herausholte, war nicht sonderlich viel:

Der Elihu Willson von Wattenscheiß war Horst Flachmann. Ihm gehörte der größte Betrieb der Stadt, die Flachmann GmbH & Co KG, wo ein paar Tausend Frauen Fernseher zusammenschraubten; der FC Wattenscheiß, dessen Männer in der zweiten Liga kickten und bei Flachmann mehr oder weniger arbeiteten; sowie die restlichen Sportvereine des Kaffs.

Daneben gehörten ihm der Vorsitzende der Arbeiterpartei im Rat der Stadt und die ganze konservative Partei, deren Schatzmeister er war.

»Horst Flachmann ist Wattenscheiß, er ist fast die ganze Stadt«, posaunte Wörtchen durch die Kneipe. Der Satz kam mir bekannt vor.

Was daran Besonderes wäre, fragte ich.

»Horst Flachmann sitzt morgen auf der Anklagebank«, triumphierte der Lange.

Wir beide hatten schon hübsch einen sitzen, als wir soweit gekommen waren. Weshalb der Elihu-Willson-Verschnitt verdonnert werden sollte, kriegte ich nicht mehr richtig mit.

Irgendwas mit Spenden und Steuern. Dann riß mir der Film.

3 Der Boß von Wattenscheiß

Morgens erwischte ich eine der Straßenbahnen, die durch meine Träume gerattert waren. Sie brachte mich in die Nachbarstadt, wo der Prozeß steigen sollte.

Vor dem Justizpalast, einem weißen Fünfzehnstöcker, den sie hier Hochhaus nannten, hatte sich ein halbes Hundert Demonstranten zusammengerottet. Von weitem sah ich ein, zwei Transparente.

Als ich näher kam, drückte mir jemand ein Flugblatt in die Hand.

Wie in Pissville, dachte ich. Dort hatten die Jungs von der Gewerkschaft dem alten Elihu Willson so zugesetzt, daß er ihrer nur mit angeheuerten Pistoleros, Streikbrechern, der Nationalgarde und regelrechten Armee-Einheiten Herr geworden war.

Ich schnüffelte ein bißchen zwischen den Leuten rum, warf einen Blick auf die Spruchbänder. ›Horst wir brauchen dich‹, stand auf einem.

»Was soll der Zirkus?« fragte ich den drahtigen Vierziger, der es hochhielt.

»Wohl auch so'n Roter wie der Staatsanwalt«, giftete der und stieß seinen Kumpel an. Ich verzog mich ins Gericht. Auf dem Gang las ich das Flugblatt.

»Betroffen davon, daß Herr Horst Flachmann – für uns unerklärlich – eines straftätlichen Vergehens angeklagt ist, sehen wir uns veranlaßt, unsere Solidarität Herrn Horst Flachmann gegenüber zum Ausdruck zu bringen. Wir wissen in ihm ein verständnisvolles, hilfsbereites und engagiertes Vorbild, für das es sich lohnt, einzutreten.

Allein die Fülle der Verantwortung, der er gerecht wird, dem Maß an Arbeit, das er stets erfüllt, und die Liebe zu Jugend und Sport, in der er aufgeht und aus der er Kraft schöpft, geben ihn als einen guten und charakterlich einwandfreien Menschen aus.

Wir stehen hinter Horst Flachmann, so, wie er sich immer vor uns gestellt hat.

Belegschaft der Firma Horst Flachmann. Der Betriebsrat.«

»Mein Gott«, stöhnte ich. Der Pieper in meiner Jackentasche ging los. Ich würgte ihn ab, suchte eine Telefonzelle, wählte die Agentur an und fragte den Alten, was er wolle.

»Wieso ich?« konterte er. »Sie haben gerufen.«

Wir redeten noch eine Weile aneinander vorbei, ehe wir auflegten. Ich war froh, daß ich noch einen freien Stuhl auf der Zuhörertribüne fand, klemmte mich zwischen gestriegelte Anzugträger und Muttersöhnchen, die in schikken Pullovern steckten. Ein aufgeregtes Kerlchen, das sie zu früh von der Uni gelassen hatten, stieß mit seinen Bürofingern Löcher in die Luft.

»Das ist umgekehrte Klassenjustiz«, keifte er. Man nickte.

Auf der Pressebank hockte, in einer Meute Wichtigtuer, Werner Wörtchen. Mit seiner Himmelfahrtsnase deutete er rüber auf die andere Seite des Saals. Dort klemmte zwischen Stuhl und Tisch Horst Flachmann, ein kantiger Zwei-Zentner-Mann, Mitte Fünfzig, Naß-Frisur, und versuchte, den Staatsanwalt mit Blicken zu töten. Ohne Erfolg.

Nachdem die ganze Versammlung beim Einzug des Gerichts zum Zweck der Wahrheitsfindung den Hintern gelüftet hatte, legte der Ankläger los.

170000 Mark hatte Flachmann an gemeinnützige Vereinigungen gespendet, die so klangvolle Namen trugen wie ›Seminar für Sozial- und Staatsbürgerliche Bildungsarbeit der Christlichen Arbeiterschaft‹.

Von da war das Geld weitergeflossen in die Kasse der konservativen Partei. Flachmann hatte auf diese Tour 90000 Mark Steuern gespart.

»Hinterzogen«, nannte es der Staatsanwalt und warf dem Angeklagten einen Sack voll Paragraphen an den Kopf, der ausgereicht hätte, einen Mafia-Clan für Jahre aus dem Verkehr zu ziehen.

Die Backen des fetten Mannes auf der Anklagebank zitterten vor Wut. »Dieser Vorwurf ist unglaublich und trifft mich tief«, donnerte er zurück. »Mit dem Geld wollte ich keine bestimmte Partei unterstützen, sondern die Demokratie allgemein.«

Er kam richtig in Fahrt. Daß man Menschen anklage, mit denen man nicht einmal ein Wort gesprochen habe, könne er nicht verstehen, jammerte er. Die Tribüne schüttelte geschlossen den Kopf.

Flachmanns Verteidiger war auch nicht von schlechten Eltern. »Mein Mandant ist einer dieser Männer, die das Land so nötig braucht. Jede Stunde Arbeitszeit, die durch diesen Prozeß verlorengeht, kostet unnötige Kraft.«

Um Flachmann nicht völlig zu entkräften, verlangte er sofortigen Freispruch.

Ganz so eilig hatten es die Richter nicht. Sie riefen einen Zeugen rein, der Müller hieß. War Buchhalter bei den Konservativen gewesen.

Der Staatsanwalt nahm ihn in die Mangel. Ob er einen Brief an seinen Chef geschrieben habe, worin die Flachmann-Spende erwähnt werde. Der Tintenpisser nickte. Was denn mit dem Satz gemeint sei: ›Hunderttausend Mark zwecks Aushebelung von Wilhelm L.‹? Müller hatte es vergessen.

Der Staatsanwalt nicht. »Bei Wilhelm L. handelt es sich um niemand anderen als Ihren damaligen Landesvorsitzenden Wilhelm Leppler. Was nichts anderes bedeutet, als daß Sie offenbar Geld genommen haben, um Ihren eigenen Vorsitzenden aus dem Sattel zu heben. Leppler brauchte dann aber nicht mehr ›ausgehebelt‹ zu werden, weil er starb. Sein Nachfolger wurde Klaus Wiedehopf, unser nächster Zeuge.«

Es wurde still, als der smarte Obermotz der Konservativen in den Raum schritt. Der Mann war vielleicht einen Kopf größer als ein Schäferhund, trat aber auf wie ein Riese.

Der Richter entschuldigte sich fast für seine Fragen. Flachmanns Verteidiger küßte dem Zeugen die Füße. Er hatte allen Grund dazu. Wiedehopf hatte sich mit solchem finanziellen Kleinkram nicht belastet. Er war der Vordenker der Partei. Basta.

Das Spektakel zog sich hin. Staatsanwalt und Verteidiger hielten Reden, in denen Flachmann wahlweise als Dunkelmann oder Wohltäter vorkam. Als der Rechtsanwalt verkündete, sein Mann trage schließlich den höchsten Orden der *Krauts,* und zwar auf Antrag des Betriebsrates, reichte es mir. Ich zwängte mich zwischen Flachmanns Musterknaben durch auf den Flur, eine rauchen.

Keine fünf Minuten später spuckte der Saal den Rest der Belegschaft aus.

»Sie ham sich zur Beratung zurückgezogen«, sagte Wörtchen. Seine Ohren glühten vor Aufregung. Er zog mich in eine ruhige Ecke.

»Na, wat sagense jetz? Is dat'n Stoff fürn Krimi, oder nich?«

Ich sagte: »Nein.«

»Un wieso nich? Is doch fast wie in Pissville.«

Ich hatte keine Lust, ihm zu erklären, daß zu diesem verdammten Kaff im Westen mehr gehört hatte als einer, der der Boß war. Ich schenkte mir den Vergleich zwischen den Industrial Workers of the World, die in Elihu Willsons Peaceville Mining Corporation gefightet hatten, und Flachmanns Leuten. Um diese Sorte Arschkriecher niederzuhalten, brauchte man keine Gangsterbande, die einem nachher die Herrschaft über die Stadt streitig machten. Für die reichte ein Betriebsrat, oder eine Kinderkrankenschwester.

Ich sagte: »Mir fehlt die Leiche.«

Wörtchen winkte ab. »Die erfinden wir dazu. Dat machen doch alle. Mein erstes Buch zum Beispiel. Is 'ne Story außer Nazi-Zeit. Würd heut keine Sau mehr interessiern. Wat hab' ich gemacht? Den Opa, um den et geht, auf Seite sechndreißig abmurksen lassen! Fertig war der Krimi.«

»Und wer soll in ›Wattenscheiß‹ die Leiche mimen?«

»Leppler natürlich. Kann ich mir richtig vorstelln: Leppler liegt im Krankenhaus, auffe Intensivstation. Da kommt Wiedehopf rein un klemmt ihm den Sauerstoffschlauch ab. Leppler tot – Wiedehopf Vorsitzender.«

Danach war mir klar, warum meine fünfzig Jahre alten Thriller von den *Krauts* immer noch so gern gelesen wurden. Ich hatte den Mord den Leuten zurückgegeben, die Grund haben zu morden, und nicht nur dazu da sind, eine Leiche zu liefern.

»In der Strafsache gegen Flachmann bitte eintreten«, knarzte die Sprechanlage. Alles drängte zurück, blieb stehen, weil die Herrschaften mit den schwarzen Kutten hereinkamen.

»Der Angeklagte wird freigesprochen«, verkündete der Vorsitzende und setzte sich.

Die Fans blieben stehen, applaudierten, bis ihnen die Arme steif wurden. Mein Nachbar kämpfte mit den Tränen. Er verlor. Als der Kadi seine haarsträubende Begründung runtergeleiert hatte, knallten die Sektkorken. Man trank das Zeug aus Pappbechern. Alle stießen mit Flachmann an. Zum Schluß auch der fette Gerichtsdiener. Die reinste Elefantenhochzeit.

4 Kriminelle Elemente – bitte melden

Den Nachmittag verbrachte ich im Keller der einzigen Zeitung von Wattenscheiß, wälzte riesige Schwarten voll alter Käseblätter. Falls es in dieser Stadt wirklich schwere

Jungs gab, Glücksspieler, Schnapsschmuggler und so, mußten ihre Heldentaten hier auftauchen.

Das Glücksspiel, soviel wußte ich nach einer Stunde, lag in Wattenscheiß am Boden. Vor Jahren hatte es am Bahnhof ein illegales Casino gegeben, das die Bullen in schöner Regelmäßigkeit hochnahmen. Nach der letzten Razzia blieb der Laden dicht.

Zwei Städte weiter hatte eine Spielbank eröffnet, wo der Staat die Zocker auf eigene Rechnung abkochte. Weil die Arbeiterpartei in diesem Bundesstaat den Gouverneur stellte, gab es dort einen Roulettetisch mit zwei Mark Einsatz, für kleine Leute.

Flüsterkneipen kannten die *Krauts* überhaupt nicht. Im Gegenteil, der Suff erfreute sich auch bei offiziellen Anlässen größter Beliebtheit.

Ich fand ein Foto in der Zeitung, auf dem sich der Bürgermeister von der örtlichen Brauerei zum ›Ritter der Reinheit des Bieres‹ schlagen ließ. Der Mann war Klempnermeister. So was prägt.

Als ich nach zweiundfünfzig Kaninchendiebstählen, genauso vielen Konzerten des Kirchenchors und einer Menge Kirchturmpolitik schon fast das Handtuch werfen wollte, stieß ich doch noch auf einen Mord.

Wegen ein paar zerbrochener Bierflaschen und sechzig Pfennig Wechselgeld hatte ein Penner seinen Kumpanen mit dem Schälmesser erstochen.

Da hatte ich die Nase voll von Wattenscheiß. Ich holte meine Sachen aus dem Hotel und verließ die Stadt mit dem Nachtzug.

Zurück in der Agentur doktorte ich eine Woche an den fälligen Berichten herum. Ich verglich Länder und Zeiten, Sitten und Gebräuche der Eingeborenen von Pissville und Wattenscheiß.

Ergebnis: Das eine hatte mit dem anderen soviel zu tun wie ein Footballteam mit einem Mädchenbibelkreis.

Sollten die *Krauts* doch selbst versuchen, aus ihrem heimatlichen Mief den Stoff für einen hartgesottenen Thriller zu destillieren. Ich wußte nicht wie.

Nur der Alte ließ sich von meinem Geschreibsel nicht beeindrucken. »Auftrag ist Auftrag«, schimpfte er und machte mir die Hölle heiß.

Lydia Tews

»Alle fünf Minuten...«

Kurz nach Mitternacht. Roberta versuchte schneller zu gehen. Sie riß sich zusammen. Bloß nicht rennen, ermahnte sie sich. Fast niemand war mehr unterwegs um diese Zeit. Nur Roberta und ein paar Männer, die durch die verlassene Fußgängerzone schlenderten. Ihr war, als folge ihr jemand. Schwer konnte das nicht sein, denn Robertas roter schwingender Rock und ihre weiße Seidenbluse leuchteten wie Signale.

Alle fünf Minuten wird eine Frau vergewaltigt, sagt die Polizei. Doch Roberta wußte, daß es in Wahrheit viel öfter passierte.

Jetzt mußte sie in eine schlecht beleuchtete Seitengasse einbiegen. Kein Mensch war mehr zu sehen. Laut hallte das Echo ihrer Schritte. Sie ging jetzt schneller. Ihr Herz schlug pochend.

Trotzdem hörte sie es ganz deutlich. Schritte hinter ihr. Harte schnelle Männerschritte.

Sie wagte nicht, sich umzudrehen. Neonlicht flackerte unruhig in der Dunkelheit. Sie mußte sich verstecken. Kurzentschlossen bog sie nach links ab. Jetzt stand Roberta in einer düsteren Hofeinfahrt und hörte, wie ihr Verfolger schneller wurde. Dann blieb auch er stehen. Roberta wagte nicht, um die Ecke zu schauen. Schweigend lauschte sie. Nirgends mehr ein Geräusch. Nur lastende Stille.

Plötzlich wieder die fremden Schritte. Zuerst noch vorsichtig tastend, dann aber hastig. Kein Zweifel, der Mann kam auf sie zu.

Roberta versuchte ein Stück weiter in den dunklen Innenhof vorzudringen und unterdrückte einen Aufschrei, als sie gegen einen Mauervorsprung stieß. Eng preßte sie sich an die rauhe Wand. Sie hielt den Atem an.

Für einige Sekunden schien es ihr, als zögere der Mann, als wolle er umkehren. Vor Erregung keuchend sog Roberta die Luft ein. Der Mann lauschte. Von Gier getrieben kam er auf sie zu. Roberta sah jetzt, daß er stiernackig und breit war.

Noch einen Schritt, dann war es soweit. Roberta sprang auf den Mann zu und stieß ihm ihr Knie zwischen die Beine. Der Mann sank stöhnend zu Boden. Schon war sie über ihm. Mit dem Dolch, den sie in den Falten ihres roten Rockes verborgen hatte, stach sie zu. Alles ging sehr schnell. Der Stich saß mitten im Herz. Roberta wich dem Blutschwall aus, als sie die Klinge wieder herauszog.

Kurz musterte sie das Gesicht des Mannes. Seinen Namen würde sie aus der Zeitung erfahren.

Sie mußte weiter, denn sie hatte noch viel zu tun. Einen Fünf-Minuten-Rhythmus würde sie wohl nie schaffen.

Friedhelm Werremeier

Brain Trust

Eigentlich hat der Frankfurter Wirtschaftsstaatsanwalt Willi Einns diese Horrorgeschichte angezettelt, sagt sich Gerber, sobald er halbwegs wieder klar denken kann; zumindest ist Einns ja wohl mitschuldig. Zumindest ist er insoweit mitschuldig, daß er, Gerber, jetzt nicht sofort auf den Henninger-Turm klettern muß, um sich anstandshalber in den Tod zu stürzen...

Aber trotz und alledem. Eins weiß er: Der Hauptübeltäter ist er selbst. Und seelisch wird er an dem Ding noch lange, schauerlich lange zu knacken haben.

Montag nachmittag ruft ihn Einns im Büro an – so hat's angefangen. »Ich würde gern ein Bier mit Ihnen trinken!« sagt er. Also verabreden sie sich im Bindingbräu Friedensstraße am Frankfurter Hof. Wenn's nach Einns gegangen wäre, hätten sie sich glatt in der Gaststätte Klapperfeld getroffen, direkt bei der Justiz, wo jeder jeden kennt – aber so nun doch nicht: Der Reporter Robert Gerber ist als gebranntes Kind ein vorsichtiger Mann und besteht auf dem neutralen Lokal.

Einns kommt dann mit dem Taxi. Noch bevor das Rippchen serviert wird, zu dem Gerber ihn einlädt, sagt er: »Ich hätte da einen gigantischen Knüller für Sie. Versprechen Sie mir in die Hand, daß Sie vor Freitag nichts bringen?«

Gerber ist zwar erst seit kurzem Frankfurter Korrespondent der Hamburger Boulevardzeitung ›Mittag‹, kennt den bärtigen Einns aber schon sehr viel länger. Er streckt dem Spät-Hippie, dem auf Anhieb wirklich niemand den Ankläger glauben würde, feierlich die Hand hin.

»Also gut«, sagt Einns und schüttelt sie, »sagt Ihnen der Name Berg zu Bergheim was?«

»Heinrich?« fragt Gerber. »Heinrich Berg zu Bergheim? Generaldirektor des Frantz-Konzerns?«

Einns nickt. »Stahl, Maschinen, Elektronik und alles mögliche. Einunddreißig Milliarden Umsatz. Es gibt ein paar Erben, die kassieren aber nur. So gesehen ist Berg nicht Generaldirektor, sondern Generalbevollmächtigter. Er macht, was er will... Ein schillernder Mann...«

»Und?«

»Tja«, sagt er bedächtig, »die Sache ist die, daß er's vielleicht die längste Zeit gewesen ist. Donnerstag früh nehmen wir ihn hops. Steuerhinterziehung größten Ausmaßes – objektiv auf jeden Fall Steuerverkürzung, subjektiv Vorsatz und Steuerunehrlichkeit. Vielleicht auch Betrug. Wir haben die Sache von der Finanzbehörde übernommen. Wenn Berg Pech hat, kann er leicht drei bis fünf Jahre fangen...«

Der Kellner in Frankfurter Tracht bringt die Rippchen und unaufgefordert zwei neue Biere. »Wohl bekomm's!«

»Danke, danke!« sagte Einns aufgeräumt. Er greift sofort zum Messer. »Seit dem Frühstück habe ich nichts gegessen, seit Tagen jagt eine Konferenz die andere, können Sie sich ja vorstellen bei dem dicken Hund...«

»Ja, ja!« Gerber ist so geschockt, daß er sich momentan eigentlich gar nichts vorstellen kann. »Wieviel hat er denn...? Wieviel Schmu soll Berg zu Bergheim denn gemacht haben?«

Einns sagt kauend: »Zwischen – 'tschuldigung –, so zwischen zwanzig und achtzig Millionen!«

Da reißt sich Gerber zusammen und trinkt erst mal, so gelassen wie möglich, einen tiefen Schluck Bier. »Warum erzählen Sie mir das?« fragt er.

»Weil Sie der einzige anständige Mensch in dem Gewerbe sind«, sagt Einns, »weil Sie immer so fair zu mir gewesen sind, daß ich Ihnen auch mal einen Stein in den Garten werfen wollte. Außerdem gibt's da von oben runter schon wieder Bestrebungen, daß man die Sache so klein wie möglich spielen soll. Und das seh' ich nun nicht mehr ein. Über jeden Piesepampel von Gauner zerreißt ihr euch das Maul, weil ihr alle Informationen von uns kriegt, die ihr haben wollt. Und jetzt mit einemmal, bloß weil's der Herr Berg zu Bergheim ist... Nee, nee, also, da spiel' ich dann nicht mehr mit!«

Die ganze Zeit über hat er gegessen und mit vollem Mund geredet; offenbar war er tatsächlich völlig ausgehungert. Als er sich zufrieden den Mund wischt, hat Robert Gerber erst ganze drei Bissen verzehrt, schiebt den Teller jedoch schon weit von sich. »Wie und wo«, erkundigt er sich, »soll denn die Aktion vonstatten gehen?«

»Sowohl in der Konzernzentrale, im Frantz-Haus am Untermainkai«, sagt Einns bereitwillig, »als auch in Bergs Riesenvilla an der Miquelallee!«

»Donnerstag morgen?«

»Punkt sechs Uhr fünfundvierzig!«

Gerber rechnet. »Aber wenn ich vor Freitag gar nichts bringen kann, haben's alle anderen auch...«

»Mann Gottes«, sagt der Staatsanwalt, »eins haben Sie doch in jedem Fall exklusiv! Nehmen Sie sich Ihren Fotografen und stellen Sie sich an die Miquelallee! Das gibt doch irre Fotos, wie die Polizei den Kerl aus dem Bett holt! Daß ich Ihnen noch sagen muß, wie Sie Ihre Geschichten machen... Ehrlich, Gerber...«

Trotzdem fragt Gerber noch: »Es geht also erst mal nur um die Durchsuchung...?«

»Sicher. Im Hauptbüro und privat. Wobei's im Büro bestimmt keine so schönen Fotos gibt, in dem Riesenbetrieb fallen die paar Piepels von uns doch nicht so auf...«

»Keine Verhaftung?« fragt Gerber.

»An dem Tag sicher noch nicht.«

»Also«, folgert er, »brauchen Sie offenbar noch einiges für die Anklage?«

Da zögert Einns. »Soviel wollte ich Ihnen eigentlich nicht verraten «, sagt er schließlich. »Aber, na bitte, also, wenn wir gar nichts finden, sieht's mit der Beweislage tatsächlich mies aus, wie meistens bei diesen White-Collar-Dingern. Nur, warum sollten wir nichts finden? Warum sollte Berg was verschwinden lassen, wenn er nicht weiß, daß was auf ihn zukommt? Gerade deshalb – keine Zeile vor Freitag!«

»Nein, nein!« murmelt Gerber.

»Ganze acht Leute wissen momentan über den Fall Bescheid, so gesehen sind Sie der achte...«

»Ja, ja!« sagt er. Der Schädel brummt ihm. Trotzdem trinkt er mit Willi Einns noch zwei Schnäpse, bevor er ihn nach Niederursel fährt und ihn dort vor seinem Reihenhaus absetzt.

Nachts tut er kein Auge zu. Solche Fälle gibt's also, sagt er sich, plötzlich bist du Geheimnisträger, weil ein echter Geheimnisträger sein soziales Herz entdeckt! Plötzlich verkauft dir einer für 'n Rippchen den Supercoup...

Kurz nach drei Uhr steht Gerber auf und holt sich ein Bier aus dem Kühlschrank. Die Summe von zwanzig bis achtzig Millionen wird dadurch auch nicht kleiner.

Heinrich Berg zu Bergheim: ein schöner Name. Ein schöner Mann dazu, soweit er ihn von Fotos her kennt; auf einem Bonner Presseball hat er ihn auf drei Meter Distanz auch mal persönlich gesehen. Muß etliches über fünfzig sein, obgleich er jünger aussieht: seit ewig der Star der Hochfinanz und Society. Demnächst nur noch ein Steuergauner im Knast?

Im Grunde ist dieser schillernde Mann ein sympathischer Typ in Gerbers Augen. Und in seiner Größenordnung gibt's bestimmt wenige, die den Staat nicht bescheißen, illegal, halb legal oder ganz... Meine Güte, warum greifen sie sich ihn?

Berg zu Bergheim: manchmal kurz Berg, manchmal – nicht ganz korrekt – Bergheim genannt. Es trifft immer die Falschen, denkt Gerber fatalistisch. Ihn selbst ja auch: Vor sechs Monaten erst hat die Finanzprüfung anhand von Kontrollmitteilungen festgestellt, daß der Steuerbürger Gerber drei Jahre lang ein paar lumpige Fernsehhonorare nicht angegeben hatte – haste, was kannste, schon mußte er fast fünftausend Mark ›vergessene‹ Einkommensteuer nachzahlen! Genau in der Zeit, in der er von Hamburg nach Frankfurt umzog. Das tat weh! Nicht mal Ratenzahlungen hatten sie ihm gestattet! Und das Ende vom Lied: er hatte jetzt noch ein rotes Bankkonto und immer noch diesen alten Opel von anno Borgward!

Schon von daher tut ihm der reiche Strahlemann leid. Als Kumpel im Unglück: Irgendwann kommt's ja auf die Höhe des Schadens kaum noch an... Aber macht die mit hundertsoundsoviel Milliarden überschuldete Bundesrepublik etwa pleite, fragt Gerber sich plötzlich, wenn ihr nun auch noch die albernen zwanzig bis achtzig Millionen von Berg zu Bergheim durch die Lappen gehen? Kaum anzunehmen.

Kriegt der Finanzminister auch nur leichte Kopfschmerzen, wenn ihm der Fall durchrutscht?

Kein Gedanke. Umgekehrt: Froh wird er sein, daß er dem Smartie vom Frantz-Konzern auch künftig noch seine dürftigen Witzchen erzählen kann – und daß der dann auch noch darüber lacht – charming, wie er sein soll...

Langsam wird's jetzt hell draußen, und Robert Gerber holt sich ein frisches Bier. Und gleich darauf faßt er – scheinbar hellwach, in Wirklichkeit aber in einer gefährlichen, pseudo-lichten Bewußtseinslage – einen ebenso riskanten wie möglicherweise folgenschweren Entschluß:

Kumpel im Unglück, beschließt er, müssen einander helfen. Also wird er heute, Dienstag, versuchen, Heinrich Berg zu Bergheim zu erreichen, um ihm die Kiste zu verpfeifen!

Einns hat er nur versprochen, daß bis Freitag nichts im Blatt steht – außerdem kann's dem egal sein, es ist nicht sein Geld...

Eine Gefälligkeit allerdings muß sich Berg ihm – seinem Retter – gegenüber abkneifen. Wenn er ihm hilft, zwanzig bis achtzig Millionen zu sparen, kann er ihm ja nun wirklich eine davon abgeben!

Das ist ein Preis unter Freunden. Und immer noch, alles in allem, ein sensationelles Geschäft für den Generalbevollmächtigten des Frantz-Konzerns mit seinen zahllosen einundfünfzig- bis hundertprozentigen Tochterfirmen:

Berg hätte neunzehn bis neunundsiebzig Mios verdient, er – Gerber – nur eine. Aber mehr will er ja auch gar nicht haben!

Dienstag, 18 Uhr, klappt's tatsächlich mit einem Termin: In der Chefetage ist es nicht mal so üppig, wie Gerber erwartet hatte. Er sitzt, mit dem Rücken zum getönten Panoramafenster, ziemlich steif in den ziemlich harten Polstern. Immerhin sind sie wahrscheinlich von DeSede, sagt er sich, den Schweizern, die die Sofas noch mit der Hand schneidern. Außerdem zeigt ihm Berg zu Bergheim, ihm gegenüber, wie man lässig mit den teuren Dingern umgeht: Halb sitzt er, halb liegt er, hat die Beine von sich gestreckt und die Hände zwischen Kopf und Lehne gefaltet.

»Ich darf mal«, sagt er, nachdem er eine halbe Stunde zugehört hat, »zusammenfassen, Herr...«

»Gerber«, sagt Gerber, »vom ›Mittag‹, momentan privat...«

»...eben, Herr Gerber. Punkt eins. Sie schleichen sich als Reporter hier ein, müssen angeblich ein Interview machen, das unbedingt morgen ins Blatt muß, ich als grundsätzlich höflicher Mensch – und so weiter. Finden Sie das korrekt?«

Gerber denkt unwillkürlich an das Zaubergeschöpf im Vorzimmer, das aussieht wie Bo Derek. Übrigens, wenn die nicht so nett gewesen wäre, hätte er vorhin noch auf dem Absatz kehrtgemacht. »Hätte ich Ihrer Sekretärin vielleicht die Wahrheit sagen sollen?« fragt er.

»Die Wahrheit?« sagt Berg zu Bergheim gedehnt. »Oh Gott! Es ist also wahr, daß Sie glauben, ich sei in einer entsetzlichen Gefahr und könne nur entrinnen, wenn Sie mir sagen, woher der Wind weht! Korrekt?«

»Soweit ja«, gibt Gerber zu, »nur...«

»...nur verknüpfen Sie leider Ihre Bereitschaft, mir zu helfen, mit einer massiven Forderung.«

»Sie ist angemessen!« unterbricht er.

»...mit der Forderung von einer Million Mark. Sagen Sie mal, Bester, glauben Sie wirklich, ich könnte mir hier an der Hauptkasse einfach mal so eben eine Million holen?«

»Vielleicht holen Sie sie von Ihrem Privatkonto!« schlägt Gerber vor, so schwer es ihm fällt.

»Ach!« sagt Berg zu Bergheim, verblüfft. »Würden Sie denn einen Scheck von mir nehmen, oder bestehen Sie auf kleinen Scheinen, nicht numeriert?«

Gerber bricht der Schweiß aus. Es läuft schief, sagt er sich, nachdem's ganz gut angefangen hatte. Gut und schön, aber muß er mich deshalb anmachen wie den letzten Erpresser?

»Ich habe Sie was gefragt!« sagt Berg zu Bergheim. Er ist größer, als Gerber ihn in Erinnerung hatte, braun gebrannt, anscheinend kerngesund, duftig, glockig, souverän und sicher ein riesiges Schlitzohr. Bedächtig schält er eine Davidoff aus dem Etui, präpariert sie mit Genuß und natürlicher Eleganz und entzündet sie mit einer Art Kaminstreichholz. »Oder«, sagt er beiläufig, während er aromatische Wolken aus dem Mund entläßt, »soll – ich Sie – gleich rausschmeißen?«

Gerber nimmt sich zusammen. »Ich würd' das für ziemlich dumm halten. Ich habe Ihnen doch klargemacht, warum ich Ihnen das, was Ihnen droht, nicht mal andeuten kann...«

»Wiederholen Sie's!« verlangt Berg zu Bergheim.

»Es handelt sich«, sagt Gerber, »um eine Gefährdung Ihrer gesamten beruflichen und privaten Existenz. Wieweit es sich auf den Konzern auswirken würde, kann ich nicht beurteilen. Ob's im Ansatz mehr den Konzern oder Sie trifft, weiß ich auch nicht. Aber wenn ich Ihnen mehr sage, wissen Sie sofort, wo's langgeht, und spucken keinen Pfennig mehr für mich aus!«

Heinrich Berg zu Bergheim, Ehrendoktor beider Rechte, gestattet sich ein warmes Lächeln. »Könnt's nicht sein, lieber Freund, daß Sie meine Dankbarkeit unterschätzen?«

»Nie«, sagt Gerber entschlossen, »würden Sie nur aus Dankbarkeit eine Million zahlen!«

»Hunderttausend oder eine halbe Million«, Berg zu Bergheim lächelt, »wären ja auch was...«

»Für mich deshalb nicht«, Gerber lächelt tapfer zurück, »weil ich unter einer Million nicht bestechlich wäre!«

Berg zu Bergheim steht auf, geht, mit der Zigarre im Mund, lautlos über den dicken Teppich zum Fenster und stellt sich dekorativ vor die Kulisse der Frankfurter City. »Wie alle Menschen in meiner Position habe ich einen natürlichen Geiz«, sagt er, »er gehört zu ihr wie das Blut zum Leben. Es widerstrebt mir zutiefst, auch nur hundert Mark auszugeben, von denen ich nicht hundertprozentig weiß, ob sie auch sinnvoll verwendet werden. Und nun kommen Sie und verlangen eine Million. Sehen Sie es mal unter diesem Gesichtspunkt!«

»Sicher«, sagt Gerber, »ist mir schon klar. Bloß, wie die Dinge nun mal liegen...«

»Also gut«, entscheidet er, »ich überleg's mir!«

»Bis wann?«

»Morgen früh – sieben Uhr dreißig?«

»Viel länger«, sagt Gerber vorsichtig, »dürfte es allerdings nicht mehr dauern.«

»Okay, okay. Aber machen Sie sich um Himmels willen nicht zuviel Hoffnungen!«

Er ist wieder hinter den riesigen, völlig leeren Schreibtisch gegangen und hat offenbar, ohne daß Gerber es merkte, einen Knopf gedrückt. Wie von Zauberhand nämlich öffnet sich die schwere, lederverkleidete, schalldichte Tür, und Bo Derek aus dem Vorzimmer erscheint. »Bitte, Herr Gerber, wenn ich Sie hinausbegleiten darf...«

»Perfekt, perfekt!« sagt Gerber anerkennend.

Heinrich Berg zu Bergheim gibt ihm die Hand: Der Druck ist nicht mehr ganz so fest, wie der Mann groß ist. »Bring ihn bis zum Ausgang, Charlotte«, sagt er, »und sag Bescheid, daß er morgen früh gleich durchgelassen wird. Noch eins...«

Jetzt lächelt er nicht, jetzt grinst er.

»...paß auf, daß er dir kein Horoskop stellt. Hat er gerade schon bei mir versucht...«

»Die Sterne lügen nicht!« sagt Gerber düster.

»Und wie stehen sie so?« fragt Charlotte Derek.

»In dramatischer Konstellation!« behauptet er. Da sieht sie ihn skeptisch, aber irgendwie auch betroffen an.

Berg zu Bergheim gibt anschließend, wie Gerber sich später aus den Worten von Charlotte und anderen Leuten zusammenreimt, ein leuchtendes Beispiel seiner Entschlußfreudigkeit. Er berät sich vertraulich mit Charlotte;

dann beschließt er, zwar die Tatsache bekanntzugeben, daß man ihn auf seltsame Art gewarnt hat, die Hintergründe jedoch zu verschleiern. Vielleicht tut er's, weil, wie auch immer, die Presse im Spiel ist. Dem Verschleiern im eigenen Haus jedenfalls dient es bereits, daß er an seinen Direktapparat ein Tonbandgerät anschließen läßt. Und sobald auch das getan ist, legt er mit seinem persönlichen Referenten Dr. Gottschalk, einem intelligenten, aber ziemlich farblosen Mann Ende Dreißig, den Termin für ein Gipfeltreffen fest:

20.30 Uhr, am selben Abend. Finanzchef Geyer, sagt Dr. Gottschalk, werde mit einem der konzerneigenen Lear-Jets aus Hannover einfliegen müssen, Chefjustitiar Professor Kramm werde erst die Lufthansa 19.50 Uhr ab München erreichen und ebenfalls etwas später kommen – aber das reicht! meint Bergheim. Alle übrigen Direktoren, sagt Gottschalk, seien in Frankfurt.

»Apropos«, überlegt der Boß, »sagen Sie Tabritius« – dem Jet-Piloten –, »daß es morgen sehr früh losgeht...«

Gottschalk nickt. Er hat's gern, wenn gewirbelt wird.

Unvermittelt allerdings kriegt der Boß einen gequälten Gesichtsausdruck. Er massiert sich den Nacken. »Diese Scheiße«, sagt er, »die man da manchmal wegräumen muß!«

»Wollen Sie sich nicht etwas hinlegen?« fragt Gottschalk, mehr der Form halber.

Wider Erwarten aber sagt er: »Gute Idee!« Er zieht sich in sein komfortables Appartement hinter dem Privatbüro zurück, telefoniert noch kurz, wohl mit seiner Frau, und ist dann still.

Ausgeruht und wie neugeboren, nur zwanzig Minuten später, erscheint er um 20.31 Uhr im kleinen Konferenzraum. Reihum und mit Handschlag begrüßt er den Verkaufschef Wangenroth, den Leiter der Produktion, Dr. Ing. Edgar Böse, den Chef des Zentralbüros, Schultheß, sowie, unter all den Direktoren der Stabsabteilungen, die einzige Randfigur: Michael Prager, Leiter der Arbeitsgruppe Öffentlichkeitsarbeit. Der als einziger hat sich, wie Berg zu Bergheim fast neidisch registriert, unter all diesen Krawattenträgern ein Tuch in den Hemdausschnitt geknüpft und ist sogar in einer Lederjacke erschienen, wenn auch in einer sicher sündhaft teuren.

Charlotte hat Fachinger auf dem Tisch verteilen lassen und sonst gar nichts: von daher kann's eine lange Nacht werden, sagt sich Schultheß, mit vierundsechzig der älteste in der Runde. Vor Berg zu Bergheim steht die Davidoff-Box; außer ihm raucht nur Böse, und auch nur eigene Zigaretten...

»Zwei Dinge«, sagt Bergheim ohne jede Einleitung, »erstens, ich bin heute von einem Reporter der Zeitung ›Mittag‹ interviewt worden, eine ›Tour d'horizon‹ wie er's selber nannte, der Spaßvogel...«

Er lächelt ungeniert, als er sieht, wie Böse und Wangenroth die Nase rümpfen.

»Man kann da nicht immer nein sagen, Herr Wangenroth, die Zeiten sind vorbei, in denen wir nur die FAZ ins Haus ließen, und das auch nur Ostern und Weihnachten. Also, nichts Besonderes, wie ich sagte, außerdem hat der Mann mir versprochen, daß er mir das Interview morgen noch mal vorlegt. Ein gewisser Gerber übrigens... Vielleicht sehen Sie mal nach, Herr Prager, was man so über den Vogel weiß...«

»Jetzt gleich?« fragt Prager.

»Ja, aber sicher!«, sagt der Generalbevollmächtigte. »Und lassen Sie sich Zeit, machen Sie's gründlich, wir sitzen hier bestimmt noch länger zusammen...«

Prager steht auf und geht, dunkelrot im Gesicht, aus dem Raum. Er hat verstanden, daß sein Typ momentan nicht sonderlich gefragt ist.

»Um das Thema dann abzuschließen«, sagt Berg zu Bergheim, als er aus dem Raum ist, »es könnte sein, daß ich Sie oder den einen oder anderen von Ihnen doch noch mal zu Rate ziehe, wenn mir das Interview vorliegt. Ich möchte Sie also bitten, morgen den ganzen Tag über erreichbar zu sein!«

Komisch, denkt Gottschalk, soviel Tamtam macht er selten wegen irgendeiner Pressegeschichte! Immerhin ist er der einzige, der sich wundert, die anderen haben es lange aufgegeben, Berg zu Bergheims Ideen hinterher zu denken...

»Zweitens«, sagt der Boß, »muß ich Sie dann mit einem auf den ersten Blick etwas obskuren Problem behelligen. Ich habe heute eine Warnung erhalten, die anscheinend sowohl mich als auch den Konzern betrifft. Nach Form und Inhalt der Mitteilung kann ich nicht ausschließen, daß sie ernst zu nehmen ist. Insofern wird es in den nächsten Stunden unsere Aufgabe sein, über mögliche Schwachstellen in der Konzernstruktur nachzudenken und sie zu sichern!«

Der Chef des Zentralbüros fragt sofort: »Bomben?«

»Keine Ahnung«, sagt Berg zu Bergheim, »es könnten Bomben sein, es könnten keine Bomben sein...«

»Sabotage?« fragt Schultheß weiter.

»Terroristen?« ergänzt Wangenroth.

»Ich sagte Ihnen doch, daß ich keine Ahnung habe«, sagt Berg zu Bergheim nachsichtig, »natürlich kann's die sogenannte RAF sein oder auch nur ein paar Kriminelle ohne politischen Hintergrund, was weiß ich, womöglich gar die Konkurrenz oder...«

»Oder?« fragt Böse, als er stockt.

»Oder sonstwas!« antwortet Berg zu Bergheim. »Aber damit warten wir, bis unser Finanzchef da ist!«

Schultheß, der Senior im Brain Trust, gibt sich geradezu persönlich verärgert. »Es ist mir in meiner fast vierzigjährigen Tätigkeit in der Industrie noch nicht vorgekommen, daß auf einer Direktoriumssitzung Indianer gespielt wurde. Was, bitte, Herr Berg, hat sich da im einzelnen abgespielt?«

Da lügt der Generalbevollmächtigte schamlos. »Gegen sechzehn Uhr erreichte mich ein Anruf auf meinem Direktanschluß. Ein Mann, der seinen Namen nicht nannte, teilte mir mit, dem Konzern drohe ein Schaden in Millionenhöhe. Ich habe versucht, die gleichen Fragen zu stellen wie Sie vorhin, von wegen Bomben und Extremisten und Geschäftsschädigung, welcher Art immer. Es war zwecklos. Im Grunde war der Anrufer recht freundlich, eine recht kultivierte Stimme. Außerdem hatte er durchaus Ahnung von finanziellen und wirtschaftlichen Zusammenhängen, hatte durchaus die richtigen Sprüche drauf. Und jetzt kommt's, Herr Schultheß – der Kerl gebrauchte fast genau Ihre Worte. Natürlich müsse ich den Eindruck haben, es handele sich hier um ein Indianerspiel, sagte er. Nur sei's leider ernst. Man werde in aller Kürze Forderungen an uns stellen, und wir wären gut beraten, wenn wir sie erfüllen würden...«

»Will er sich wieder melden?« fragt Gottschalk, der zuletzt mit offenem Mund zugehört hat.

»Genau das sagte ich!« sagt Berg geduldig.

»Wann?«

»Er hat sich nicht festgelegt, auch das sagte ich. Aber ich habe Charlotte informiert. Sie wird dafür sorgen, daß keine Anrufe verschüttgehen!«

»Also, mir scheint's doch auf eine terroristische Erpressung hinauszulaufen!« meint der Verkaufschef. »Ich schlage vor, abzuwarten und ad hoc zu entscheiden, ob wir die Polizei einschalten oder – na ja, uns erpressen lassen. Wenn ich denke, was sie mit Schleyer gemacht haben – obgleich der ja nie eine Chance hatte zu zahlen...«

Gerade jetzt geht die Tür auf, und der Finanzchef und der Chefjustitiar erscheinen gemeinsam; Gottschalk hat dafür gesorgt, daß sie sich am Flughafen getroffen haben. Er geht jetzt mit den beiden Herren in eine Ecke und unterrichtet sie präzise über den Konferenzverlauf. Und inzwischen geht's weiter: Auf die Weise geht keine Minute verloren.

Berg zu Bergheim sagt: »Ich habe noch nie mit Terroristen geredet. Aber ich möchte wetten, daß die anders reden!«

Wangenroth meint: »Trotzdem...«

»Trotzdem«, sagt der Generalbevöllmächtigte, »halte ich die von Ihnen vorgeschlagene Taktik für diskutabel, für den Fall einer Entführung oder was immer. Für jeden anderen Fall müssen wir ja wohl weiterdenken. Schlicht und einfach darüber, an welcher Stelle wir verwundbar sind!«

Chefjustitiar Professor Kramm meldet sich. »Sie haben doch sicher das Aufnahmegerät eingeschaltet, Herr Berg, als der Anruf kam?«

Berg zu Bergheim schüttelt den Kopf. »Ich sagte, der Anruf ging auf dem Direktapparat ein. Dessen Nummer ist nur Leuten bekannt, die ich für absolut vertrauenswürdig halte. Sie und Sie alle werden es sicher verstehen, daß ich es grundsätzlich ablehne, einen der wenigen Freiräume mit Tonbändern einzuengen!«

»Ihr Anschluß hat keine Aufnahmemöglichkeit?« fragt der hagere Kramm ungläubig.

»Er wird, wenn dieser Unfug vorbei ist, auch künftig keine haben!« sagt Berg zu Bergheim brüsk. Insgeheim gratuliert er sich, daß er so umsichtig war, vorhin ein Gerät anschließen zu lassen: Gerade wenn die Details stimmen, werden Stories glaubwürdig. »Ende der Fahnenstange!«

Friedrich Geyer, nach ihm der wichtigste Mann in der Konzernspitze, klopft mit dem Kugelschreiber auf den Tisch. »Wenn ich Herrn Gottschalk richtig verstanden habe, Herr Berg, geht aus der ominösen Drohung nicht zwingend hervor, daß uns ein gewaltsamer Akt ins Haus steht?«

»Richtig!« bestätigt der Generalbevollmächtigte.

»Es könnte sich also auch um einen – sagen wir: finanztechnischen Affront handeln?«

Er sieht in die Runde: Alle nicken, weil sie diese Probleme ohnehin nicht durchschauen. Nur Kramm schüttelt den Kopf, was aber eher darauf schließen läßt, daß er den Leichtsinn Bergs immer noch nicht fassen kann.

»Somit«, sagt Geyer, »wäre es also geraten, vorurteilslos mal den gesamten Kredit- und Bürgschaftsbereich abzuklopfen...«

»Beziehungsweise«, erklärt Berg zu Bergheim mit seinem gelegentlich umwerfenden Charme, »ob wir in der letzten Zeit nicht doch wieder mal etliche krumme Dinger gedreht haben, was mich nicht wundern würde...«

Geyer allerdings bleibt humorlos. »Unter meiner Ägide werden ausschließlich legale Möglichkeiten ausgeschöpft. Sie stehen jederzeit im Einklang mit den Gesetzen, wenngleich ich für deren Sinn oder Unsinn nicht verantwortlich bin. Wollten Sie das sagen, Herr Berg?«

»Aber klar!« sagt er fröhlich. Dann, endlich, sucht er in seiner Sandelholzbox nach der richtigen Zigarre – das Zeichen dafür, daß es ernst wird.

»Fangen wir bei Böse an«, sagt Berg zu Bergheim sachlich. »In welchem unserer Produktionsbereiche könnte man uns am ehesten Knüppel zwischen die Beine werfen?«

Dr. Ing. Böse, nach dem Generalbevollmächtigten der zweitschönste, zweitklügste und vermutlich auch zweitwichtigste Mann im Gremium, hat längst auf die Frage gewartet. »Anfällig sind wir überall«, sagt er, »existentiell anfällig in den seltensten Fällen. Irgendeine, na, Sabotage läßt sich technisch wie finanziell auffangen. Wenn ich daran denke, wie die Nazis die alliierten Bombenangriffe verkraftet haben, und beim heutigen Stand der Technologie...«

»Gibt's nicht eine Ausnahme?« fragt Berg zu Bergheim.

»Die Turbine für die Saudis im Werk Rheinhausen!« sagt Böse sofort. »Diese Scheiche sind preußischer als die Preußen. Wenn wir da auch nur drei Tage zu spät liefern, können wir uns das Geschäft an den Hut stecken. Unheimlich empfindlich – denen könnten wir hundertmal nachweisen, daß uns da einer Zucker in den Saft getan hat oder sonstwas hochgegangen ist, das interessiert die überhaupt nicht! Auf der anderen Seite haben wir da sowieso noch Schwierigkeiten mit dem neuen Wärmeaustauschersystem. Also, wenn uns da einer dran geht, würd's mit Sicherheit fürchterlich...«

»Was«, unterbricht Berg zu Bergheim, »läßt sich ganz im allgemeinen über den Rheinhausener Werkschutz sagen?«

»Der ist super«, sagt Dr. Böse, »mit dem Leiter habe ich vorige Woche noch geredet. Könnte drei Leute mehr haben, hat er gesagt...«

»Ziehen Sie sechs gestandene Figuren aus Homberg ab«, entscheidet Berg zu Bergheim, »möglichst noch heute nacht, füllen Sie die Homberger Lücke dann in Ruhe auf. War's das?«

»Das war's!« sagt der Produktionschef.

»Okay. Wangenroth?«

Der Verkaufschef, eine fast lächerlich untersetzte Gestalt ohne Hals, sagt todernst: »Wenn ich mal ausschließe, daß uns ein Güterzug mit Traktoren geklaut werden könnte, befürchte ich eher ein publizistisches Attentat...«

»Die Panzerwannen?«

»Woher wissen Sie das denn?« fragt Wangenroth perplex.

»Ja, was soll's denn sonst sein?«

»Manchmal denk' ich, Sie können Gedanken lesen«, sagt Wangenroth unwirsch, »aber, na schön, Sie haben recht. Ich würd's als ziemlich schlimm ansehen, wenn uns jemand dahinterkäme, daß wir zur Zeit dreimal mehr

Leopard-Wannen bauen, als die Bundeswehr auf lange Sicht braucht ...«

Berg zu Bergheim beruhigt ihn: »Ich versuche, gleich morgen den Kanzler zu erreichen. Natürlich teile ich Ihre Bedenken, Herr Wangenroth. Gerade deshalb seh' ich nicht ein, warum wir ein politisches Risiko tragen sollen, das die Bundesregierung wieder mal scheut. Notfalls drohen wir mit Kurzarbeit, dann müssen sie ihre Waffenkunden wegen Terminschwierigkeiten vertrösten. Oder sie sagen öffentlich, daß es durch die Panzerwannen gar keine Kurzarbeit bei uns geben darf.«

»Warum«, fragt Wangenroth pikiert, »ist Ihnen diese hervorragende Idee nicht früher gekommen?«

Berg zu Bergheim kontert souverän: »Da sehen Sie mal, wie meine Denkfähigkeit durch kriminelle Drohungen angeregt wird! Allerdings könnt's nicht schaden, wenn Sie sich die Unterlagen mal persönlich ansehen ...«

»Filzen?« fragt Wangenroth überrascht.

»Heißt das so?« fragt Berg zurück, reichlich naiv.

Anschließend gibt der Leiter des Zentralbüros, inzwischen doch wohl vom Ernst der Lage überzeugt, einen Überblick über die Störungsmöglichkeiten im internen Kommunikationssystem aller Frantz-Töchter untereinander und mit der Mutter. Man könne Codes anzapfen und die Computer knacken, sagt er. Es sei kaum auszudenken, erstens, welches Chaos entstehen könnte, und zweitens, vor allem, welche Spionagemöglichkeiten sich hier im gesamten Geschäftsbereich und im Know-how des, so gesehen, durchaus anfälligen Konzerns eröffneten ...

Berg zu Bergheim erkundigt sich angelegentlich: »Aber wenn das so einfach ist, warum wird's dann grundsätzlich nicht öfter praktiziert, mal ganz unabhängig von unseren augenblicklichen Problemen?«

Schultheß sagt, er habe das Problem im Rahmen dieser Besprechung verständlicherweise nur strukturell angesprochen. In der Realität beziehungsweise im Detail seien die Zusammenhänge naturgemäß sehr viel komplizierter. So gesehen müsse jemand schon eine Mannschaft in der Größenordnung eines mittleren Geheimdienstes ein- und ansetzen, um einen Schadensfall von Bedeutung zu verursachen.

Dabei stelle sich dann natürlich die Frage, ob die Kosten eines solchen Unterfangens mit dem zu erwartenden Erfolg überhaupt noch zu vereinbaren seien. Abgesehen davon sei es ja auch wohl immer noch nicht üblich, daß konkurrierende Konzerne sich auf diese Weise zu schädigen versuchten...

»Mit anderen Worten«, folgert Berg zu Bergheim, »ist es unwahrscheinlich, daß wir aus der Ecke ernsthaft was zu befürchten haben?«

Schultheß zögert. Er hat immer Probleme, den anderen zu erläutern, was er eigentlich im Detail macht; vielleicht deswegen gerät er leicht ins scheinbar Metaphysische. »Es gibt ein Faktum, Herr Berg, das mich chronisch ängstigt. Ich will's mal so verdeutlichen: Menschen, die angegriffen oder bedroht werden, entwickeln Abwehrmechanismen, Computer hingegen nicht. Daß sie angegriffen werden, merken sie erst, wenn sie tot sind, kaputt, meine ich. Außerdem haben sie, damit zusammenhängend, die äußerst unangenehme Eigenschaft, daß sie alles, was sie gespeichert haben, am liebsten nie wieder rausrücken. Es ist bekanntlich ein internationales Forschungsproblem, Computer ein für allemal dazu zu bringen, nicht mehr benötigte Daten sang- und klanglos zu löschen...«

»Gespenstisch!« sagt der Generalbevollmächtigte. »Einmal angezapft, würde unser Computer dem Feind also hemmungslos das Prinzip des Verbrennungsmotors ausliefern?«

»Sparen Sie sich Ihren Zynismus!« meint Schultheß, mehr bekümmert als vorwurfsvoll. »Sie sollten froh sein, daß ich Ihre Fragen eindeutig beantwortet habe!«

»Eindeutig?« fragt Berg erstaunt.

»Jawohl!« sagt Schultheß stur. »Grundsätzlich sind unsere Systeme und die Organisation verwundbar, habe ich Ihnen mitgeteilt. Auf die schnelle haben wir in dieser Hinsicht wahrscheinlich nichts zu befürchten!«

»Checken Sie trotzdem, ob's Maulwürfe gibt!« verlangt der oberste Boß.

Inzwischen geht's auf Mitternacht, und unter Charlottes Leitung werden von zwei Casino-Mädchen Schnittchen serviert. Böse, Wangenroth und Schultheß nehmen sich ein paar auf die Hand und verlassen die Konferenz, um die bisher besprochenen Maßnahmen zu verwirklichen: Der Frantz-Konzern macht im Rahmen seiner Möglichkeiten mobil. Es dürfte nicht ganz leicht sein, denkt sein Boß, den Riesen in die Luft zu sprengen oder auch nur ins Schleudern zu bringen; sicherlich ist es ähnlich schwierig, etwa Elefanten totzuschießen...

»Also, was ist?« fragt er. »Was haben wir noch vergessen, was kann passieren?«

Noch kauend fragt der Chefjustitiar, ob das, was veranlaßt wurde, ausreicht, um für jeden vorstellbaren Schadensfall den Versicherungsschutz zu gewährleisten.

»Ein glänzender Einfall!« lobt der Generalbevollmächtigte. Er schaut auf die Uhr. »Bis morgen früh können Sie ihn sicher noch rechtlich vertiefen, Professor!«

»Sicher«, sagt Kramm mürrisch, »einer für alle...«

Dann allerdings dreht sich der Brain Trust im Kreise. Brain Stormings, wie Hurrikane, pflegen abzuflauen, endgültig, aber auch schon zwischendurch. »Ich habe Kopfschmerzen«, sagt Berg zu Bergheim, »dieser ganze Scheiß macht mich schon den ganzen Abend schwindelig...«

Geyer indessen schreibt und rechnet und rechnet. Er füllt Seite um Seite mit Zahlen und Hieroglyphen – und er sieht nur mal kurz über die Brille, die ihm auf die Nasenspitze gerutscht ist, als Gottschalk den Chef fragt: »Haben Sie eigentlich auch daran gedacht, daß die Gefahr – daß es auch Ihnen oder Ihrer Familie gelten kann?«

Berg zu Bergheim nickt. »Für mich kann ich selbst sorgen, auf keinen Fall will ich mich jemals wieder mit einer Polizeieskorte herumärgern. Meine Frau und Bettina allerdings werden gleich um sechs mit Tabritius nach Samedan fliegen und die nächste Zeit in Moritz zubringen...«

»Sie wissen noch, daß wir letztes Jahr diese anonymen Briefe gekriegt haben?« sagt Gottschalk beflissen.

»Sicher. Deshalb habe ich ja auch gleich mit meiner Frau telefoniert. Jedenfalls weiß sie Bescheid und ist einverstanden und wird mit meiner Tochter rechtzeitig abgeholt!« Er reibt sich die Augen, müde und erschöpft – anscheinend viel erschöpfter als in anderen Nächten. »Allerdings frage ich mich, ob's nicht irgendeinen von uns treffen könnte...«

Da sieht Gottschalk ihn groß an. »Mich kennt keiner«, sagt er mürrisch, »mit mir ist kein Staat zu machen!«

Berg überlegt. »Wir sollten jeden fragen...«

»Quatsch«, sagt Geyer, »kein Mensch will sich beschatten lassen wegen eines verrückten Anrufs!«

»Trotzdem« sagt der Generalbevollmächtigte, »werde ich morgen jeden einzelnen fragen!«

Professor Kramm, eigentlich längst auf dem Sprung, seine Versicherungs-Expertise zu verfertigen, hat vorab noch eine Sorge. Er muß wissen, meint er, wie's denn nun wirklich mit eventuellen finanziellen Bedrohungen steht: immerhin, sagt er sachlich, habe Geyer das Thema vorhin selbst angeschnitten.

»Nichts!« sagt Geyer lediglich. Zuvor hat er Berg zu Bergheim, was Kramm entgangen ist, fragend angeschaut und gesehen, daß er den Kopf schüttelte.

Berg zu Bergheim kommt ihm auch noch direkt zu Hilfe, bevor Kramm weiter fragen kann. »Ich wollte anschließend sowieso einiges, das hier nicht zur Sache gehört, mit Geyer durchsprechen. Selbstverständlich sind alle Herren, die nicht anderweitig beschäftigt sind, eingeladen. Ich glaube allerdings nicht, daß wir das Gremium brauchen.«

Auch Kramm, viel zu nüchtern, um sich zu ärgern, verläßt den Konferenzraum, in dem sich dann nur noch Berg zu Bergheim, Geyer und Gottschalk aufhalten, letzterer auf einen nicht mißzuverstehenden Wink des Chefs hin. Und Berg lächelt plötzlich wie ein Spitzbube: Er ruft Charlotte und ordert erst mal eine Magnumflasche Dom Perignon Jahrgang.

Es ist die Nacht, in der im rheinischen Homberg sechs stämmige Werkschutzleute des Frantz-Konzerns ihre Waffen und Henkelmänner zusammenpacken, um die Truppe im Turbinenwerk Rheinhausen zu verstärken. Im Sheraton am Rhein-Main-Flughafen wird um 3.30 Uhr der Pilot Tabritius geweckt werden, um den Flug in die Schweiz, nach Samedan bei St. Moritz, vorzubereiten. Im Frantz-Haus am Untermainkai sieht Direktor Wangenroth persönlich die Panzerwannen-Unterlagen durch: Er hat auf Anhieb schon dreißig oder vierzig sogenannte Aktennotizen vernichtet. Zwei Flure weiter wälzt Professor Kramm juristische Kommentare. Und sieben Etagen tiefer inspiziert Direktor Schultheß mit den EDV-Leuten gewissenhaft das Herz des Konzerns, die riesige Computer-Anlage, obgleich er hundertprozentig davon überzeugt ist, keine Maulwürfe aufzuscheuchen...

Robert Gerber indessen, der nicht ahnt, was er hier ausgelöst hat, ist zu müde, um schlafen zu können. Gleich vom Untermainkai aus ist er nach Niederursel gefahren und hatte Willi Einns zum Ärger seiner Ehefrau noch in eine Kneipe verschleppt. »Ich muß einfach ein paar Takte mehr wissen«, hat er gesagt, »es ist ja nicht damit getan, wenn ich schreibe, daß Sie am Tatort Ihren graugrünen Trenchcoat getragen haben...«

»Na schön!« Einns ist darauf eingegangen. »Namen kann ich Ihnen natürlich nicht nennen. Im Grunde haben die Brüder eine uralte Masche praktiziert. Insofern reicht's sicher, wenn ich's Ihnen schematisch erkläre ...«

Und es reichte tatsächlich, denkt Gerber. Er sitzt, zu Hause in Bockenheim, unter der Lampe und hat die Beine – wenigstens sie sind eingeschlafen – auf den Tisch gelegt:

Schematisch und nach der alten Masche sieht's so aus, daß der Frantz-Konzern Maschinen, die er entwickelt und zu einem Herstellungspreis von 100000 Mark produziert hat, für 30000 Mark an eine angebliche Tochterfirma in Liechtenstein oder sonstwo verkauft hat. Von dort aus sind sie für 300000, je nach Marktlage auch mal ›nur‹ für 200000 Mark, weiterverkauft worden. Der tatsächliche Gewinn von rund 100000 bis an die 200000 Mark pro Stück ist von Liechtenstein oder sonstwo zu 30000 Mark nach Frankfurt, zu 70000 oder 170000 Mark in die Schweiz abgeführt worden. Versteuert also haben die Konzernleute ›natürlich‹ nur jeweils 30000 Mark, wobei sie zusätzlich noch Exportförderungen und ähnliche hübsche Bonbons in Anspruch nehmen konnten ...

»Natürlich fallen bei dieser Tour jede Menge fingierter Rechnungen an«, hat Einns gesagt, »und genau an die wollen wir jetzt rankommen!«

Gerbers wichtigste Frage: »Wie weit ist Berg zu Bergheim selber in die Sache verwickelt?«

Darauf hat Einns dann klipp und klar erklärt: »Wahrscheinlich ist er derjenige, der die Gaunerei angezettelt und den Riesengewinn aufs Schweizer Konto gekriegt hat! Die paar Prozente, die er seinen Helfershelfern gezahlt hat, können Sie fast schon vergessen ...«

So gesehen ist das mit seinem eigenen Steuerschadensfall doch wohl nicht so ganz zu vergleichen! sagt sich Gerber ehrlichen, wenn auch schweren Herzens. Wenn er's nochmals zu tun hätte, würde er Berg zu Bergheim sicher nichts mehr verpfeifen. Nun kann er die Geschichte ja nun leider Gottes nicht mehr rückgängig machen!

Als er endlich ins Bett geht, ist er wieder ziemlich alkoholisiert. Zu sehr alkoholisiert aber nun auch wieder nicht: Er hat den Wecker auf sechs Uhr gestellt und außerdem den telefonischen Weckdienst beauftragt. Einschlafen kann er allerdings erst, als er sich allen Ernstes sagt, daß es ihm inzwischen fast schon egal ist, ob er morgens eine Million kriegt oder nicht. Wahrscheinlich kriegt er sie so und so nicht, wie er Bergheim kennengelernt hat – wahrscheinlich war die ganze Idee großer Unfug, sogar jenseits aller Moral...

Warum also soll er sich überhaupt erst freuen? fragt er sich, schon halb im Tran. Warum sollte er dem Tag auch nur mit Spannung ins Auge blicken, wenn er doch nichts bringt?

»Bevor wir dann mal ans Eingemachte gehen«, sagt in der Chefetage am Untermainkai der dicke Friedrich Geyer, »sollten wir wenigstens noch mal kurz die Frage anschneiden, ob zu den gefährdeten Personen nicht auch Frau Charlotte Rathje zu zählen wäre...«

»Sie werden unverschämt!« sagt Berg zu Bergheim prompt, lässig wie zu seinen besten Zeiten.

»Ich nenne lediglich in einer Krisensituation die Dinge beim Namen«, erklärt Geyer ungerührt, »es gibt in ganz Deutschland keinen halbswegs informierten Industriefritzen, der nicht weiß, daß Sie mit Ihrer tüchtigen Sekretärin ein mehr als hervorragendes Verhältnis haben. Ich vermag nicht einzusehen, warum es ausgerechnet potentiellen Feinden unseres Hauses verborgen geblieben sein sollte...«

Dr. Hansjürgen Gottschalk hört sich das an, starr wie eine Statue. Nur seine Augen gehen hin und her, als säße er auf der Zuschauerbank beim Pingpong. Natürlich war er der erste, der's erfahren hatte, als Berg zu Bergheim vor drei Jahren anfing, mit Charlotte ins Bett zu gehen. Aber was Geyer sich jetzt leistet... Es ist, entscheidet Gottschalk, ein absolut absurder Fall von falschem Pragmatismus!

Berg zu Bergheim drückt den Rufknopf. Charlotte, geschiedene Rathje, erscheint. »Nimm dir mal ein Glas Champagner!« empfiehlt der Generalbevollmächtigte.

Sie gehorcht, schenkt sich selbst ein und scheint sich nicht mal zu wundern, daß er sie öffentlich duzt.

»Prost!« sagt er. Geyer und Gottschalk starren jetzt gemeinsam von ihm zu Charlotte und umgekehrt. »Alsdann, Mädchen. Du weißt ja im Prinzip, was hier verhackstückt wird. Nun meint Herr Geyer liebenswürdigerweise, daß man daran denken sollte, daß die uns vorerst pauschal übermittelten Drohungen auch dir gelten könnten. Ein umsichtiger Gedanke...«

»Mir?« fragt sie ruhig.

»Die besondere Form unserer Zusammenarbeit, so etwa meint er, könnt's mit sich bringen!« sagt Berg zu Bergheim, mittlerweile deutlich amüsiert. »Frage also, wenn da nun Leute von uns in Sicherheit gebracht werden sollten, ob du auch mal untertauchen möchtest?«

Sie trinkt ihr Glas aus. Irgendwas, denkt Gottschalk, wird sie gleich von Pflichterfüllung reden – daß ihr Platz an der Seite ihres Herrn und Meisters ist, wenn's brennt. Statt dessen aber geht sie zur Tür und sagt lediglich: »Nein!«

Sobald sie draußen ist, fragt Berg zu Bergheim freudestrahlend: »Ist sie nicht ein Schatz?«

»Ja, ja«, sagt Geyer gleichgültig, »nettes Kind!« Er nimmt sich seine Notizen vor. »Also, ich habe nochmals alles durchgecheckt. Sie, Herr Berg, sprachen von einem angedrohten Schaden in Milliardenhöhe, wie mir Gottschalk mitteilte. Das ist natürlich Unfug, wenn wir an gewaltsame Anschläge denken, eingeschlossen die Turbine für die Saudis. Gerade Araber haben viel Verständnis dafür, daß man gegen Bomben machtlos ist. Die würden uns bei einmaliger Lieferverspätung bestimmt nicht die versprochenen Milliardenaufträge stornieren! Von daher also – absoluter Nonsens!«

»Gut und schön«, sagt Berg, »nur, wer garantiert uns, daß der Anrufer den kleinen Unterschied zwischen Milliarden und Millionen nicht parat hatte? Oder sind Millionen heutzutage überhaupt kein Geld mehr?«

»Das«, sagt Geyer philosophisch, »ist relativ. Millionenschäden bei uns durch Bomben – damit würden wir mit unseren sowieso viel zu teuren Versicherungen tatsächlich ziemlich leicht fertig werden, deswegen bräuchten wir uns nicht mal die Nacht um die Ohren zu schlagen. Im übrigen« – er nimmt sich den nächsten Zettel – »sehe ich auch in dem publizistischen Attentat, wie Wangenroth das nannte, keine Gefahr. Wieso sind wir eigentlich verpflichtet zu wissen, daß die bei uns zuviel bestellten Panzerartikel wieder mal in Spannungsgebiete geliefert werden sollen? Wieso können wir nicht einfach davon ausgehen, daß ja vielleicht die NATO nächstens mehr auf deutsche Waffen umrüstet?«

Berg zu Bergheim schüttelt den Kopf. »Umwerfend komisch! Bloß, die Naivität nimmt uns keiner ab...«

»Na, und?« sagt Geyer. »Wollen wir wetten, daß wir keinen Kochtopf oder Computer weniger verkaufen würden, nur weil da vielleicht ein paar Pazifisten im Bundestag den Frantz-Konzern boykottieren möchten? Glauben Sie etwa an das politische Gewissen des deutschen Volkes?«

»Darauf«, sagt Berg zu Bergheim, »berufe ich mich am allerwenigsten. Trotzdem wär's besser, wenn die Bettdecke nicht gerade bei uns gelüftet würde...«

»Deshalb lassen Sie die Unterlagen ja auch cleanen«, nickt Geyer. »Bon! Thema durch?«

»Thema durch!« lächelt der Generalbevollmächtigte.

»Nächstes Thema«, fährt Geyer fort. »Was Schultheß uns da vorhin vorgetragen hat, halte ich für den letzten Schwachsinn ...«

»Einverstanden!« sagt Berg zu Bergheim.

»Wir sollten uns wirklich mal leise weinend nach einem neuen Mann umsehen – aber gut, muß nicht heute sein! Den Alarm können wir jedenfalls abblasen ...«

»Mein lieber Friedrich« sagt Heinrich Berg an dieser Stelle ahnungslos, »sagen Sie bloß, daß Sie gleich auf unsere Exportförderung zu sprechen kommen ...?«

»Exportförderung?« sagt Geyer entgeistert. »Das ist ja wohl die größte Chuzpe, die Sie sich je geleistet haben!«

»Also stimmt's?«

»Ja, es stimmt!«, bestätigt er. Dann aber, ohne die geringste Spur von Höflichkeit: »Gottschalk soll rausgehen!«

»Er bleibt hier!« entscheidet sein Boß.

»Warum?«

»Weil ich's leid bin, einen Referenten zu haben, der immer nur die Hälfte weiß!« sagt Berg zu Bergheim, unvermittelt heftig. »Außerdem wird's längst Zeit, daß er endlich mal seine Unschuld los wird!«

»Nicht bei dieser Gelegenheit!« erklärt Geyer.

»Doch!« sagt er, noch erregter. »Gerade! Mir geht's nämlich beschissen, verdammt noch mal. Ich will hier einfach einen dabei haben, der mir hilft, verstehen Sie? Verstehen Sie, daß ich auch nicht mehr der Jüngste bin? Daß ich mir jederzeit einen ausgucken kann, der aufpaßt?«

Da zuckt Geyer nur noch die Schultern. Und Gottschalk, der sich das alles mit Staunen und zuletzt mit Entsetzen angehört hat, denkt: Um Gottes willen! Der Alte ist ja tatsächlich völlig fertig.

Und dann wird er entjungfert.

»Im Prinzip«, sagt Geyer, »möchte ich erst mal auch noch die Möglichkeit ausschließen, daß einer von uns entführt wird, das habe ich im Prinzip vorhin schon gesagt. Aber stellen wir uns trotzdem mal vor, daß da eine Lösegeldforderung von, sagen wir mal, dreißig Millionen auf uns zukäme. Was, Herr Berg, würde dann passieren?«

»Dreißig Millionen?« fragt Berg zu Bergheim kopfschüttelnd, immerhin wieder etwas ruhiger.

»Einundzwanzig hat's schon vor Jahren gegeben«, sagt Geyer, »und bezahlt hat Oetker sie auch...«

»Also gut. Dreißig Millionen. Müßten wir eben zahlen, wenn's anders nicht mehr geht!«

»So. Und wovon?«

Da kapiert der Generalbevollmächtigte. »Sie meinen, weil unsere Finanzdecke ziemlich dünn ist?«

»Aus guten Gründen«, sagt Geyer zufrieden, »ist sie mehr als dünn. Und jetzt kommen wir darauf zurück, daß Millionen und Millionen eben doch zweierlei sind. Millionensachschäden können wir verkraften. Aber Millionen Lösegeld, dafür gäb's effektiv nicht den geringsten Spielraum! Nun können Sie argumentieren« – er hebt die Hand, um nicht unterbrochen zu werden –, »daß in Notfällen vielleicht die öffentliche Hand einspringen müßte, hat's ja bei den Geiseln in Teheran schon gegeben, so gesehen, hat's aber im Prinzip sogar schon mal gegeben, als Heinz Kühn in Düsseldorf noch Ministerpräsident war. Der hat glatt mehrere hundert Mille Steuergelder lockergemacht und an einen Kidnapper auszahlen lassen...«

Aber nun winkt Berg zu Bergheim ab. »Ich hätte nicht die geringste Lust, meine Bedürftigkeit nachzuweisen. Dann könnten wir ja gleich Bilanzen veröffentlichen! Aber ist doch Unsinn, was Sie da reden. In jedem Fall könnte einer von uns sofort nach Zürich fliegen. Dreißig Millionen – relative Millionen, zugegeben, also, die hätten wir ja nun wirklich innerhalb von drei Stunden!«

»So«, sagt Geyer, »meinen Sie? Meinen Sie, niemand würde fragen, wenn's vorbei ist, wer da in Zürich so unheimlich generös gewesen ist, uns die lächerlichen paar Piepen zu pumpen oder zu schenken?«

Gottschalk fragt äußerst vorsichtig: »Heißt das, daß wir in der Schweiz Reserven haben, über die wir nicht so ohne weiteres verfügen können?«

»Schwarzgeld heißt das«, sagt Berg zu Bergheim, »schlicht und einfach Schwarzgeld! Nicht wahr, Friedrich?«

»Ich ziehe die Formulierung von Herrn Gottschalk vor!« sagt Geyer pikiert. »Es gibt kein Gesetz außerhalb der Kartellgesetze, das es mir verbietet, meine Waren billig ins Ausland zu verkaufen! Alles andere ist eine Auslegungsfrage. Wobei ich mir klar darüber bin, daß es durchaus auch andere Auslegungen gibt als meine...«

»Die Steuerfahndung?« fragt Gottschalk weiter.

»Endlich!« sagt Geyer. »Endlich hat's einer begriffen, wovor ich Manschetten habe!«

Berg zu Bergheim nickt. »Ihr Beispiel ist mir klar. Aber solange der konkrete Fall nicht eintritt, hat niemand Veranlassung, uns dumme Fragen zu stellen. Und da sogar Sie der Ansicht sind, daß der konkrete Fall nicht eintritt...«

»Aber ich habe Ihnen doch nur beibringen wollen, daß er schon eingetreten ist!« sagt Geyer wehklagend. »Die Terroristen, vor denen Sie gewarnt worden sind, kommen von Anfang an von der Steuerfahndung, wahrscheinlich sogar gleich mit dem Staatsanwalt! Da ist uns irgend jemand hinter die Liechtenstein-Transaktionen gekommen, und nun wollen sie schlicht und ergreifend wissen, was Sache ist! Und deshalb muß hier noch heute nacht der komplette Liechtenstein-Komplex aus dem Haus, und wenn wir die Klamotten persönlich aufladen müssen, Herrgott noch mal, alles andere wäre doch Selbstmord!«

»Wahrscheinlich haben Sie recht!« sagt Berg zu Bergheim ungewöhnlich ernst.

»Wahrscheinlich?« erwidert Geyer höhnisch. »Das ist so sicher wie das Amen in der Kirche! Ich häng' sofort meinen Job an den Nagel, wenn ich mich da...«

Mitten im Satz hört er auf. Denn mit einem Male sind sie zu viert: Michael Prager, Leiter der Öffentlichkeitsarbeit, ist unvermittelt erschienen.

»Was wollen Sie denn?« fragt Berg zu Bergheim.

»Ich habe hier Ihre Unterlagen...«

»Was denn für Unterlagen?«

»Ja, über den Journalisten Gerber«, sagt er, »Robert Gerber. Sie haben mir wörtlich gesagt, ich soll rauskriegen, was das für ein Vogel ist...«

»Und?«

Prager kommt näher und legt ihm einen dünnen Hefter hin. »So gesehen ein ganz ehrenwerter Mann. Er ist seit kurzem in Frankfurt, deshalb hat's länger gedauert, die Informationen zu kriegen. Außerdem habe ich erst mal die völlig falschen Leute gefragt. Merkwürdigerweise schreibt Gerber nämlich hauptsächlich über Kriminalfälle und Human Interest und so gut wie nie über wirtschaftliche Probleme...«

»Ach nee!« sagt der Generalbevollmächtigte.

»Wieso der neuerdings über Konzernprobleme schreibt, das kann sich niemand erklären...«

Just in diesem Moment hat Gottschalk eine Idee, die, zu Bergs Entsetzen, den Nagel auf den Kopf trifft. »Ob's da nicht vielleicht Zusammenhänge gibt?« fragt er. »Erst ein Kriminalreporter, dann die Drohung am Telefon...?«

»Also, nun sehen Sie wirklich Gespenster!« sagt Berg zu Bergheim gefaßt. »Aber schönen Dank, Herr Prager, daß Sie sich die Mühe gemacht haben...«

Als Prager wieder draußen ist, kommt Gottschalk ohne Übergang sofort wieder zum Thema. »Wär's nicht besser, die Papiere zu vernichten?«

Geyer schüttelt den Kopf. »Erstens werden sie bei uns noch benötigt, zweitens könnte die Steuerfahndung danach fragen. Daß wir nach Liechtenstein verkaufen, ist ja nicht a priori geheim, warum auch?«

»Und wenn nun gefragt wird?«

»Dann sagen wir mit schöner Selbstverständlichkeit, die ganzen Unterlagen seien wegen einer konzerninternen Revision zur Zeit in Liechtenstein selbst, wir könnten sie allerdings jederzeit herbeischaffen. Auf jeden Fall hätten wir dadurch viel mehr Zeit als heute nacht, den ganzen Kram erst mal gründlich auf Vordermann zu bringen!«

»Mein lieber Friedrich«, sagt Berg zu Bergheim, der aufmerksam zugehört hat, »eins müssen Sie mir noch erklären. Warum sind Sie sich eigentlich so entsetzlich sicher, daß uns tatsächlich die Steuerfahndung am Arsch hat?«

Diesmal antwortet Geyer ausgesprochen schlicht: »Ich hab's mein Lebtag noch nicht erlebt, daß mich mein schlechtes Gewissen an der falschen Stelle geplagt hat!«

Zwanzig Minuten später hat Gottschalk einen Kombi aufgetrieben, und der Sicherheitsdienst wird verständigt, daß einige Herrn der Konzernspitze persönlich die Unterlagen für eine Luftfrachtsendung zusammenstellen würden. Dann beginnt in Geyers Büro eine Aktion, die in einer Konzernzentrale sicher nicht alle Tage stattfindet: Geyer öffnet eine dreifach gesicherte eichene Schrankwand, hinter der vierzig bis fünfzig Aktenordner stehen, nimmt einen nach dem anderen heraus, blättert sie durch und wirft die allermeisten achtlos auf den Teppich.

Gottschalk und Berg zu Bergheim heben sie auf, laden sie auf Aktenkarren und bringen sie, eine Karre nach der anderen, in den Kombi in der Tiefgarage. Dabei reden sie so wenig miteinander, daß Gottschalk mehrfach deutlich hört, wie der Generalbevollmächtigte schnauft und ächzt...

»Lassen Sie's doch«, sagt er schließlich, »die Hälfte haben wir schon, den Rest schaff' ich allein...«

Aber Berg zu Bergheim erklärt grimmig: »Machen Sie mir nicht eins meiner schönsten Erlebnisse madig!«

Dennoch: Er ist sichtlich froh, als sie fertig sind. Geyer ist noch oben, um nachzusehen, ob er kein einziges indiskretes Papier übersehen hat. Gottschalk öffnet die linke Vordertür des Transporters, den er gleich in den Hochtaunus fahren wird, in ein kleines, abgelegenes, aber komfortables Hotel, das dem Frantz-Konzern gehört, was aber niemand weiß. Morgen, wird er sagen, werden einige leitende Herren kommen, die die Akten für eine Klausurtagung brauchen.

Im Moment allerdings bleibt Gottschalk in der Tiefgarage am Untermainkai unschlüssig stehen. »Fahren Sie noch nach Hause?« fragt er. »Soll ich nicht über die Miquelallee fahren und Sie dort abliefern?«

»Ich glaube, ich bleibe hier«, sagt Berg zu Bergheim, »die Zeit ist ziemlich knapp, morgen früh habe ich den Terminkalender randvoll...«

»Aber so ganz allein?« gibt Gottschalk zu bedenken.

Da grinst er. Er macht zum letztenmal sein berühmtes Lausejungengesicht: Gottschalk wird's nie vergessen. »Erstens ist der Sicherheitsdienst ganz potent, wenn wir ihn nicht gerade selber lahmlegen. Zweitens...«

Er grinst stärker. Gottschalk wartet.

»...ich will noch feiern, wenn Sie's bitte für sich behalten. Charlotte bleibt auch hier. Ich hab' heute nacht effektiv eine Million gespart...«

»Wie denn?« fragt Gottschalk überrascht.

»Das«, sagt er, »erzähle ich Ihnen später mal. Wenn wir uns noch besser kennen.«

»Würde mich freuen!« Gottschalk steigt ein.

»Tschüs!« sagt der Generalbevollmächtigte herzlich, und Gottschalk winkt, als er den Kombi in den Morgen steuert, der sehr schön zu werden verspricht.

Daß Heinrich Berg zu Bergheims Gesicht sich plötzlich unter einem rasenden Schmerz verzerrt, daß er sich ins

Genick faßt, wo irgendwas explodiert ist – das kriegt Dr. Gottschalk nicht mehr mit. Das sieht nur Geyer, als er die Garage betritt:

»Mein Kopf platzt«, stöhnt Berg zu Bergheim, »helfen Sie mir, tun Sie was …«

Aber dann stürzt er, bevor der entsetzte Geyer ihn auffangen kann, wie ein Baum auf den Beton.

Robert Gerber wird um fünf vor halb acht in der Eingangshalle des Frantz-Hauses durchgelassen, das, immerhin, hat Berg zu Bergheim noch selbst angeordnet, und niemand hat's rückgängig gemacht. Der Mann vom Sicherheitsdienst bringt den Besucher zum Expreßlift, und das einzige, was Gerber auffällt, ist die düstere und verschlossene Miene des Mannes.

Gerber geht in Berg zu Bergheims erstes Vorzimmer, dessen Tür offensteht: Es ist leer. Offen ist von dort aus auch die Tür zu Charlotte: Der Raum ist ebenfalls leer, aber aus dem Allerheiligsten nebenan hört man gedämpfte Stimmen. Gerber ist unschlüssig, geht ein paar Schritte näher und ruft halblaut: »Hallo?«

Als Charlotte erscheint, weiß er auf den ersten Blick, was los ist. »Bitte, gehen Sie …«, sagt sie. Unter dem Make-up ist sie kalkweiß.

»Was – was ist denn los?« fragt er trotzdem, wobei ihm das Herz bis in den Hals schlägt.

»Es geht Sie am wenigsten an!« sagt sie und setzt sich an ihren Schreibtisch.

Aus Berg zu Bergheims Gemächern indessen kommt ein jüngerer Typ in einer teuren Lederjacke. »Prager«, stellt er sich vor, »sind Sie Herr Gerber?«

»Gerber, ja …«

»Dann muß ich Ihnen die traurige Mitteilung machen, daß Herr Berg zu Bergheim vor einer Stunde verstorben ist«, sagt er. »Wir werden heute vormittag noch eine Pressemitteilung herausgeben, insofern …«

»Aber – ich war für heute früh mit ihm verabredet...«, hört Gerber sich sagen.

Und Prager nickt. »Sie haben ihn interviewt, ich weiß. Können wir – können wir die Veröffentlichung ein paar Tage zurückstellen? Oder bestehen Sie...«

»Nein, nein«, sagt er hastig, »sicher nicht. Aber wie – was ist denn nun tatsächlich passiert?«

Prager zögert. Aber sei's aus Dankbarkeit für den verständnisvollen Reporter, sei's, weil er's am liebsten hinausschreien möchte – er steht Rede und Antwort. »Herr Berg hat um etwa vier Uhr dreißig eine sogenannte intrakranielle Subarachnoidalblutung erlitten«, sagt er, ohne anzustoßen, »er bekam plötzlich schlagartig starke Kopfschmerzen und verlor wenig später das Bewußtsein. Man hat ihn sehr schnell in die Neurologie bringen können, aber es war zu spät...«

»Um vier Uhr dreißig?«

»Am Ende einer sehr langen und anstrengenden Konferenz über Konzernfragen«, bestätigt Prager. »Es ist ein Charakteristikum dieser – Erkrankung, sagte mir der Professor, daß die Blutung aus – aus vollem Wohlbefinden heraus erfolgt, ohne Ankündigung durch nennenswerte Beschwerden, allerdings meist unmittelbar nach großen Anstrengungen...«

Gerber macht sich Notizen. »Subarach...«

»...subarachnoidales Aneurysma«, sagt Prager, »mehr werden wir Ihren Kollegen übrigens sicher auch nicht sagen können. Wenn Sie nun doch bitte...«

»Ja, natürlich!« Er steckt den Block ein. »Ich darf Ihnen allerdings mein tiefempfundenes Beileid...«

»Ich danke Ihnen!« sagt Prager mit Würde.

»...auch Ihnen, Charlotte.«

»Sie?« fragt sie nur. »Ausgerechnet Sie?«

Da geht er davon wie ein geprügelter Hund.

Ich habe ihn umgebracht! sagt er sich im Fahrstuhl. Und

gleich darauf: Aber wenn Berg zu Bergheim mir nun einfach die Million gegeben hätte, könnte er doch noch leben!

Und im Grunde hat doch dieser verdammte Willi Einns diese Horrorgeschichte angezettelt! Zumindest ist er ja wohl mitschuldig, und ich muß jetzt nicht sofort auf den Henninger-Turm klettern und mich anstandshalber in den Tod stürzen...

Der Fahrstuhl stoppt lautlos. Gerber marschiert durch die riesige Halle auf die Drehtür zu. In dem Moment aber sieht er, daß draußen ein Mannschaftswagen der Polizei stoppt und daß, mit zwei anderen Typen in Zivil, Staatsanwalt Einns persönlich aus einem blauen Mercedes steigt.

»Was soll das denn?« sagt neben Gerber ein Sicherheitsmann, an diesem Tage noch viel mißtrauischer als sonst.

»Mittwoch«, sagt Gerber, mehr zu sich selbst, »zweiundzwanzig Stunden zu früh. Woher wissen sie denn schon, daß er gestorben ist...?«

Er rennt zum Portier, der am Empfang sitzt. »Geben Sie mir sofort Berg zu Bergheims Chefsekretärin«, sagt er hastig. »Charlotte, Charlotte...«

»Frau Rathje?« fragt der Portier verdattert, drückt allerdings schon die Tasten und gibt ihm den Hörer.

»Rathje?« meldet sich Charlotte.

»Ich bin's, Gerber. Ich weiß ja, daß Ihr Chef die Konferenz heute nacht meinetwegen gemacht hat. Ich wollte ihn warnen, jetzt ist es soweit. Hallo, hören Sie?«

»Ja«, sagt sie, »ich höre. Sie haben ihn erpreßt!«

»Reden Sie doch keinen Quatsch, ich habe...«

»Sicher«, sagt sie, »auf dem Gewissen haben Sie ihn!«

»Nein«, schreit er, »ich doch nicht!« Und dann, leiser: »Es ging um die Steuerfahndung, Charlotte... Sie kommen ins Haus, gerade jetzt...«

»Ja. Und?«

»Sie müssen – Sie müssen sofort...«

»Ach, wissen Sie«, sagt sie müde, »wir müssen gar nichts. Halten Sie sich doch endlich aus der Sache raus!«

Klick! sagt's. Charlotte hat aufgelegt. »O Gott«, flüstert Gerber. »Gott sei Dank...«

Willi Einns, sieht er dann, betritt soeben das Frantz-Haus, und er gibt den Hörer zurück und duckt sich instinktiv unter den niedrigen Empfangstisch. Der verwirrte Portier, geschockt wie alle anderen von den Ereignissen des Tages, der kaum begonnen hat, schiebt ihn sogar noch weiter in Deckung, als Einns und die Zivilisten sich nähern...

So starrt er jetzt auf die blankgewichsten Schuhe des Frantz-Angestellten: Charlottes Reaktion, sagt er sich, läßt nur den Schluß zu, daß sie die Gefahr auch ohne ihn, also von sich aus, geortet haben – daß sie tatsächlich alles dichtgemacht haben, bevor Bergheim umkippte! Und für den Augenblick erleichtert's ihn sogar unendlich, auch wenn's hundertmal unmoralisch ist und außerdem völlig nutzlos... Auf die Dauer aber, selbst wenn er hier rauskommt, auf die Dauer wird er seelisch noch schauerlich an dem Ding zu knacken haben!

Plötzlich stehen, fast direkt neben ihm, noch zwei andere Füße – zwei Füße in ausgelatschten wildledernen Mokassins, die er kennt. Jemand beugt sich unter den Tisch, ein ihm wohlbekanntes, völlig entgeistertes Gesicht erscheint, die Haare unten, der Bart oben, also umgekehrt...

»Tach, tach...«, sagt Robert Gerber resignierend.

»Was machen Sie denn da?« fragt Einns verstört.

Gleich darauf allerdings werden seine eher weichen Züge hart und amtlich. Und wenn Gerber nicht sofort von sich aus wieder ans Tageslicht gekommen wäre, hätte Einns ihn von seinen Bullen bestimmt gewaltsam rausholen lassen.

Peter Zeindler

Eine Leiche kommt selten allein

»Störe ich?«

Viktor Felber blieb einen Schritt hinter der rotgestrichenen Bank stehen und starrte auf den kahlen Hinterkopf des Mannes, der jetzt langsam seine rechte Hand hob, mit spitzem Finger auf den Fluß hinauszeigte und sie dann wieder in der weiten Tasche seiner wollenen Jacke verschwinden ließ.

Felber zögerte. Er wußte nicht, ob die Handbewegung des Mannes auf der Bank als Einladung zu deuten war, sich neben ihn zu setzen oder ob der Zeigefinger, der in Richtung Fluß gewiesen hatte, vielleicht mitten in Felbers Leben gezielt hatte.

Der Mann war ihm schon früher aufgefallen. Unbeweglich, wie tiefgefroren, hatte er Abend für Abend und Wochenende für Wochenende auf der Bank gesessen, wenn Felber seine Spaziergänge in Begleitung absolviert hatte. Und immer wieder hatte der Mann dann in die Tasche gegriffen, hatte ein Stück Brot aus dem Papier geschält, dann eine Weile lustlos daran herumgeknabbert und den großen Rest brockenweise in die Luft geworfen, wo Möwen grell und flatternd zugepackt hatten.

»Nein, Sie stören überhaupt nicht«, sagte der Mann endlich. »Ich habe auf Sie gewartet. Einmal mußten Sie ja kommen!«

»Felber!«

Viktor, irritiert durch diese Begrüßung, setzte sich neben den Mann, vermied es aber, den Kopf nach links zu drehen.

»Reding!« stellte sich der andere seinerseits vor.

Felber erhaschte einen flüchtigen Eindruck vom Gesicht des anderen: Kleine graue Augen, tiefe, bogenförmig nach unten stürzende Mundfalten.

»Sie sitzen jeden Tag hier, nicht wahr?«

Reding schüttelte den Kopf. »Abends, wie Sie wissen sollten. Und an Wochenenden. Auch bei Regen, Herr Felber!«

»Fließendes Wasser beruhigt die Nerven, nicht wahr?« Felbers Stimme zitterte nur leicht.

»Wenn man lange genug auf den Fluß hinausschaut, wird der Widerstand immer kleiner. So, als ob man zu schweben begänne. Und dann braucht es nur noch wenig, und man erliegt dem Sog des Wassers, wird hineingezogen –«

Ein Selbstmordkandidat, dachte Felber erleichtert.

»Sie sind ein ziemlich melancholischer Mensch«, sagte er laut.

Reding zuckte mit den Schultern. »Ich habe schon manchen Abschiedsbrief verfaßt, nur der Mut –« er brach plötzlich ab. »Was wissen Sie schon!« Seine Stimme klang jetzt scharf und aggressiv. »Sie hängen ja am Leben. An – Ihrem Leben!«

Felber zuckte erneut zusammen. Er zwang sich, seinen Kopf nicht seinem Banknachbarn zuzuwenden. Sein Blick, starr auf den Fluß gerichtet, fixierte sich auf ein Stück Holz, das langsam und trudelnd vorbeitrieb.

»Immer wieder verfängt sich der müde gewordene Blick an Gegenständen, die da draußen vorbeitreiben. Ein Stück Leben, Treibgut! Und in diesem Augenblick zögert man –«

»Gegenstände? Zum Beispiel?« Felber versuchte, seine Stimme ruhig und beiläufig klingen zu lassen.

»Zum Beispiel? Regenschirme. Rote mit weißen Tupfen!«

Felber reagierte nicht. Endlich stand er langsam auf und trat ans Ufer. Er spürte den Blick des andern im Rücken.

»Regenschirme!« wiederholte er laut, als er sich brüsk umdrehte und dem Mann zum erstenmal ins Gesicht sah.

»Oder Leichen«, sagte jetzt Reding schnell und ganz leise und verzog dann sein Gesicht zu einem schiefen Lächeln.

»Sie haben eine Leiche vorbeitreiben sehen?«

Reding zuckte mit den Schultern. »Wenn schon! Es war nicht die Leiche, die mich interessierte!«

Felber schüttelte ungläubig den Kopf. »Ich verstehe Sie nicht, Herr Reding«, sagte er, obwohl er zu ahnen begann, was der andere meinte.

»Nicht Ihre Leiche?« fragte er trotzdem. »Wie soll ich das verstehen?« Er versuchte, amüsiert dreinzuschauen.

»Ihre Leiche!«

Redings Antwort kam schnell und wieder zeigte der spitze Zeigefinger auf den Fluß hinaus.

»Sollte ich Sie verstehen?« fragte Felber leise und setzte sich schnell hin.

»Das liegt an Ihnen«, sagte Reding gleichmütig. »Sie haben ein Alibi, ich weiß. Ihre – Verlobte – oder wie immer man das auch nennen will – ist bei einem morgendlichen Spaziergang von der Brücke dort oben gestürzt. Oder gesprungen. Oder beides!«

»Ich war im Ausland damals. Übrigens, wir hatten geheiratet.«

Reding nickte. »Trotzdem habe ich Sie an jenem Sonntagmorgen früh gesehen. Im Regen. Unter dem roten Schirm. Zusammen mit Ihrer –« er brach plötzlich ab. »Sie hatte wohl eine hohe Lebensversicherung, wie ich? Selbstmörder werden nicht –«

»Selbstmörder, nein!« unterbrach ihn Felber brüsk. »Aber bei Unfalltod... Und es war ein Unfall!«

»Nein, es war kein Unfall, Herr Felber. Die Frau war in Begleitung ihres Mörders!«

»Die Polizei tappt im dunkeln!«

Reding griff in seine Jackentasche und streckte dann Felber ein Foto hin.

»Aber wie gesagt...«

»Wie gesagt?« fragte Felber völlig abwesend, starrte zuerst auf das Foto und sah dann auf den Fotoapparat im braunen Futteral, den er erst jetzt auf Redings Knie bemerkte.

»Wie gesagt, es war nicht meine Leiche, die da vorbeitrieb.«

»Ich verstehe Sie nicht, Herr Reding«, murmelte Felber.

»Sie verstehen mich schon. Eine Leiche kommt selten allein!«

Beide schwiegen und starrten auf den trägen Fluß hinaus.

»Mein Vorgesetzter steht ein paar hundert Meter weiter oben am Ufer und fischt. Jeden Abend steht er da und auch an Wochenenden!« sagte Reding unvermittelt und machte eine Kopfbewegung flußaufwärts. »Und auch er kann nicht schwimmen, wie Ihre – Frau!«

Felber antwortete nicht.

»Ich habe ein Alibi«, sagte er störrisch, als er die Stille nicht mehr aushielt.

»Das sagten Sie schon«, gab Reding sanft zur Antwort. »Sie waren in Paris. Per Flugzeug. So stand es in der Zeitung. Und Sie kehrten erst einen Tag nach dem unglücklichen Tod Ihrer Frau zurück.«

»Eben!«

»Die Zeit hätte auch gereicht, per Zug –«

»Hätte!« unterbrach ihn Felber, und seine Stimme kippte.

»Das Foto, Herr Felber!«

»Ein roter Schirm und vier Beine. Mehr sieht man darauf nicht!«

»Die Beine der späteren Leiche. Und Ihre Schuhe, Herr Felber! Diese gelben auffälligen schweren Regenschuhe«, seufzte Reding und zeigte dabei anklagend auf Felbers Füße.

»Was wollen Sie, Herr Reding?«

Felber war aufgesprungen.

Aber Reding schüttelte ganz leicht den Kopf. »Setzen Sie sich bitte hin. Ich will nichts! Nichts direkt! Ich sitze da, seit Tagen, seit Wochen und warte. Ich beobachte den Fluß und warte auf den Zufall. Und da oben am Fluß steht mein Chef und fischt. Der Mann, der mich immer wieder erniedrigt hat und mir schließlich einen Jüngeren vor die Nase setzte.«

»Das ist doch kein Grund – !«

»Das sagen Sie«, unterbrach ihn Reding schnell. »Gründe wachsen mit der Zeit. Eine Frage der Geduld auch. Dasitzen wie Gott! Und mit einemmal gehört der kleine Ausschnitt Welt dir, den du im Blickfeld hast. Dir ganz allein. Und da thronst du eben wie Gott. Und alles und jedes, was sich in dein Territorium verirrt, wird zu deiner Kreatur, zum Partikel in deinen unergründlichen Plänen.« Reding machte eine Pause und fügte dann beinahe flüsternd hinzu: »Sie haben sich in mein Territorium begeben, Herr Felber!«

Felber nickte kaum merklich mit dem Kopf und fragte dann: »Ihr Chef? Ist er jetzt auch zu Ihrer Kreatur geworden?«

Reding schüttelte den Kopf. »Nein. Er nicht! Er befindet sich ja nicht in meinem Gesichtsfeld. Aber ich könnte ihn in mein Gesichtsfeld zwingen. So wie die Leiche Ihrer Frau durch mein Gesichtsfeld getrieben ist. Und damit haben Sie sich zu meiner Kreatur gemacht, Herr Felber. Eine Leiche kommt selten allein!« Langsam wandte sich Felber Reding zu und betrachtete ihn mit ungläubigem

Gesichtsausdruck. »Verstehe ich Sie recht? Sie meinen, ich – ?«

»Verstehen Sie es, wie Sie wollen, Herr Felber«, sagte Reding, griff nach seinem Fotoapparat und stand auf. Ohne sich noch einmal umzusehen, ging er davon.

»Wer Gott ist, bestimmen nicht Sie!« rief ihm Felber nach. »Das ist eine Frage der Perspektive!«

Aber Reding machte nur eine abschätzige Handbewegung und verschwand im Regen.

Am nächsten Morgen fand man seine Leiche drei Kilometer flußabwärts im Wehr des Elektrizitätswerkes. Seine Lebensversicherung zahlte anstandslos, denn an seinem Hals waren Würgspuren gefunden worden.

Ein Jahr später heiratete Viktor Felber seine junge Witwe.

Sirmione Zinth

Der Kopflose

Modessa war ein schönes Mädchen, jedenfalls eines, das man als attraktiv bezeichnet. Und jung war Modessa, sehr jung. Deshalb redeten die Leute auch; der Altersunterschied zwischen ihr und Jeremie war ihnen zu groß.

Jeremie kannte Modessa schon lange. Er hatte seine Gründe, gerade sie zu heiraten. Was ihm dabei wichtig erschien, verriet er nicht. Dabei war er kein verschlossener Mensch. Jeremie war bereits zweimal verheiratet gewesen. Die Frauen waren gestorben, Kinder hatte er mit keiner der beiden. So dachte man, er wolle ein drittes Mal – sozusagen ›sein Glück versuchen‹. Ein Erbe wäre bestimmt willkommen bei seinem großen Vermögen. Jedenfalls gab es genug Verwandte böswilliger Natur, die berechneten, ob oder was überhaupt noch für sie übrig bliebe, wenn Jeremie Modessa heiratete und sie Kinder bekommen würden.

Modessa konnte Jeremie gut leiden. Die große Liebe war es nicht, aber wann schon kommt alles zusammen? Ein großes Haus, erfüllte Wünsche und weich gebettet, nicht nur in Seidenkissen: dies war die feine, empfindsame Art, mit der Jeremie Modessa umwarb. Er wollte nicht, daß sie unglücklich war. Doch wie in einem alten Märchen gab es in ihrer Beziehung ein bestimmtes Versprechen. Er bat sie um etwas, und zwar noch bevor sie seinen Namen angenommen hatte.

»Du sollst es schön bei mir haben. Ich bitte dich dafür nur um eines«, sagte Jeremie und kam sogleich zum Thema.

»Hör zu, Mädchen, meine kleine Modessa. Es ist nicht leicht, was ich von dir verlange. Es ist sogar furchtbar – und glaube mir: Ich könnte es nicht. Ich wäre niemals dazu fähig. Aber du, Modessa, du hast starke Nerven – und kannst es.«

Sie hörte ihm aufmerksam zu, saß ihm gegenüber, nippte an ihrem Glas Wein und stellte sich vor, wie sie das Ungeheuerliche tun würde.

Ärzte hatten Jeremie mehrfach bestätigt, daß er bald sterben müßte. Doch das war nicht sein Problem. Das Fortgehen von einer Welt in eine andere erschien ihm normal und stimmte ihn keinesfalls traurig. Es ging um das ›Wie‹, um diesen letzten aller Atemzüge, den er hier auf dieser Welt zu leisten hatte. Es sollte mit Sicherheit auch der letzte sein, und zwar bevor man ihn ins Grab senkte.

Es war keine kopflose Angst, die ihn zu seltsam makabren Gedanken trieb! Vielleicht spielten die dunklen und grauenhaften Geschichten eines Edgar Allan Poe bei seinem Sinnieren eine Rolle. Jeremie kaufte ein schweres und sehr scharf geschliffenes Messer und gab es Modessa, wobei er sagte: »Und nun vergessen wir das Ganze.« Er vergaß es jedoch nicht, sondern sprach immer wieder davon.

Jeremie wurde nicht bettlägerig. Es gab für Modessa nichts zu pflegen. Im Gegenteil: Ihr Mann strahlte eine Kraft aus, daß es ihr so vorkam, als könnte er in dieser Ehe von alt und jung gesunden. Seine Zärtlichkeit schien endlos. Sein sanftes Benehmen, sein strahlendes Lächeln, dazu eine Abgeklärtheit, die nichts in Mißmut fallen ließ, machten ihr Leben zu einer traumhaft schönen Reise. Modessa bedeutete wohl alles für Jeremie – doch warum?!

»Ich erfülle dir jeden Wunsch. Ich selbst habe nur diesen einen. Du weißt wie sehr mich die Vorstellung quält...« Modessa horchte in seine Stimme hinein. Das feine Zittern entging ihr nicht, und in seinen Augen war die immer größer werdende Angst zu sehen.

»Du hast es nicht vergessen?« Er fragte es, als sie in seinen Armen lag wie jede Nacht.

»Nein, ich habe es nicht vergessen«, sagte Modessa und starrte wie er zum weitgeöffneten Fenster und hinaus in die Sommernacht zum Mond, der voll und rund zu lachen schien.

»Und du wirst es tun?« Immer wieder fragte es Jeremie. Sie saßen am Kamin. Das Feuer knisterte und der Herbststurm jagte ums Haus. Sie trank das Glas leuchtend roten Weines in einem Zuge leer und setzte es so hart auf, daß es zerbrach.

»Ich verspreche es dir«, sagte Modessa. Auch ihre Stimme zitterte. Konnte sie seine Bitten nicht mehr hören? War sie sich nicht mehr sicher, das tun zu können, was sie, um ihn zu beruhigen, immer wieder versprach? Es *mußte* sie ja Angst ergreifen! Sie sah es mit jedem Tag deutlicher vor sich, was er von ihr verlangte: daß sie ihm, wenn er tot war, den Kopf abschnitt.

Jeremie hatte es seiner Frau genau erklärt, wie sie dabei vorzugehen hatte.

»Keine Angst, mein Mädchen, meine kleine Modessa. Es ist nur zu meiner eigenen Beruhigung. Ich werde nichts mehr spüren; ich bin ganz sicher tot.«

So sicher wie seine Stimme klang? Das war es nämlich, was er fürchtete und ihr auch in ausführlicher Weise immer wieder geschildert hatte: Er wollte – welch qualvolle Vision – nicht noch einmal erwachen – und das im verschlossenen Sarg.

Jeremie starb. Modessa traf ihre Vorbereitungen. Niemand sollte von ihrem Vorhaben wissen. Das wäre nicht einfach gewesen, hätte Jeremie nicht schon alles vorbereitet. Sie betrat den Raum, in dem er aufgebahrt lag und verschloß hinter sich die Tür.

Gerüchte und Vermutungen können sich schnell wie Steppenfeuer ausbreiten, aber auch langsam wie schwere Regentropfen ins Bewußtsein fallen. War Modessa wirklich eine trauernde Witwe? Man war sich nicht ganz sicher in diesem Punkt, nein, keineswegs!

»Sie hat ihn umgebracht.«

»Meinst du?«

»Er war ihr eben zu alt.«

»Sieh mal an, diese Kanaille.«

Das war die Meinung vieler. Manche gingen noch weiter. Trauer um Jeremie spielte dabei keine allzu große Rolle, sondern sein Vermögen, das einer Mörderin nie zufallen sollte. So forderte ein Kreis habgieriger Erben eine Untersuchung. War es Gift? Auf plumpe Weise hatte Modessa ihren Mann sicher nicht getötet! Dazu erschien sie den Zweifelnden zu intelligent, auch zu fein.

Der Sarg, bereits der Erde anvertraut, sollte noch einmal geöffnet werden, und zwar in Modessas Beisein. Sie erwartete die Exhumierung in vollkommener Ruhe.

Modessa war sich keiner Schuld bewußt. Sie trauerte um Jeremie und hatte das getan, was *sie* für richtig hielt. Jeremies Ängste hatte sie nie verstanden. Sie waren für sie, die noch so jung war und Zweifel nicht kannte, Hirngespinste, die ihn gequält hatten, nichts weiter. Nicht, daß sie darüber lachte! Nein. Modessa gedachte mit viel Zärtlichkeit der schönen, unvergeßlichen Stunden mit Jeremie. Sie hatte begonnen, ihn von Tag zu Tag mehr zu lieben. Es bedurfte keiner langen Überlegung, das Messer unbenutzt in ihren Schrank zu legen. Wie hätte sie dem armen, doch so liebevollen Gatten die Kehle zerschneiden können!

Also konnte auch nichts Außergewöhnliches festgestellt werden. Man fand weder Gift noch eine Verletzung, die auf einen gewaltsamen Tod hinwies. Und doch war etwas seltsam, worüber man noch lange sprach. Modessa hatte es sogleich erkannt. Sie schrie, als sie Jeremie erblickte und hörte damit nicht auf. Niemand war fähig – auch später nicht – sie zu beruhigen. Man mußte sie gewaltsam zurückhalten, daß sie sich nicht auf den Verstorbenen stürzte. Wie grauenhaft! Wie entsetzlich! Noch einmal zu erwachen, die Augen zu öffnen und dann zu merken –

»Seltsam«, sagte einer, »das habe ich noch nie erlebt, daß der Tote nicht auf dem Rücken liegt.«

Armer Jeremie! Oder – arme Modessa?

Die Autoren

A.B.S.

Pseudonym für Astrid Schumacher: geboren 1948; Studium der Biologie, Psychologie, Promotion, Professorin an der Uni Hamburg, jetzt Lehrerin, lebt in Hamburg und ist verheiratet mit Bernt Schumacher: geboren 1947; Studium der Wirtschaftswissenschaften und Pädagogik, ist z. Z. Sprecher des ›Syndikats‹.
Unter A.B.S. schreiben sie gemeinsam Kriminalromane.
Ole, Dole, Doff, Hamburg 1985; München 1987
Double Feature, München 1987
Déjà vu, München 1988
Im Umfeld der Sympathie, München 1990
Kurz und schmerzlich, Kriminalstories, München 1988
Mehrere Erzählungen und Kurzgeschichten in Zeitschriften, Zeitungen und Anthologien.
A.B.S. mit Frank Göhre:
Tiefe Spuren, Kriminalerzählungen, München 1989

JÜRGEN ALBERTS

geboren 1946, Journalist und Schriftsteller, lebt in Bremen, schreibt Hör- und Fernsehspiele und seit 1969 Romane. Seine Kriminalromane erscheinen seit 1984 im Heyne Verlag, die Bremen-Polizei-Serie umfaßt inzwischen fünf Titel. Der letzte heißt: *Die Selbstmörder*.
Für seinen halbdokumentarischen Roman über den französischen Frauenmörder *Landru* erhielt er 1988 den Preis des SYNDIKATES für den besten deutschsprachigen Krimi. 1990 veröffentlichte er seinen Roman: *Zielperson unbekannt*, ein Buch, das im Kölner Verfassungsschutz spielt.

LEO P. ARD

ist Jürgen Pomorin. Der Hamburger Journalist ist vorübergehend 38 Jahre alt und macht Dokumentarfilme fürs Fernsehen. Jürgen Pomorin schrieb eine vierteilige Buchdokumentation über alte und neue Nazis in der Bundesrepublik Deutschland, die in fünf Sprachen übersetzt wurde. Als Leo P. Ard veröffentlichte er die Kriminalromane *Roter Libanese* und *Die Fotofalle,* zusammen mit Reinhard Junge *Bonner Roulette, Das Ekel von Datteln* und *Das Ekel schlägt zurück* (GRAFIT Verlag, Dortmund). Im März 1991 erschien bei GRAFIT *Die Miteßzentrale,* eine Sammlung fiktiver Reportagen.

HERIBERT BAUER

Jahrgang 1944, lebt in Frankfurt am Main und veröffentlichte als Harry Porter und Frank Moorfield zahlreiche Kriminal- und Seeabenteuer-Romane in zwei Serien. Ein Kriminalroman wurde ins Portugiesische übersetzt und in Brasilien nachgedruckt. Unter richtigem Namen erschienen Kriminalgeschichten in Zeitungen und Zeitschriften (u. a. Sonntagsausgaben der ›Frankfurter Allgemeinen Zeitung‹ und ›Berliner Morgenpost‹) sowie in Krimi-Anthologien (Wilhelm Heyne Verlag und Verlag Schiele & Schön). Mitglied der Autorengruppe Kriminalliteratur Das Syndikat (A.I.E.P.).

PIEKE BIERMANN

Jahrgang 1950, lebt als freie Schriftstellerin und Übersetzerin (Italienisch und Englisch) in Berlin.
Bücher: *Wir sind Frauen wie andere auch!* – Prostituierte und ihre Kämpfe (1980), zwei Kriminalromane aus dem heutigen Berlin: *Potsdamer Ableben* (1987) und *Violetta* (1990), aus der Serie mit Karin Lietzke, dem MI/3 und der Migräne.

FRED BREINERSDORFER

Jahrgang 1946, ist Rechtsanwalt und Schriftsteller. Er lebt in Stuttgart. Neben Fachveröffentlichungen und zahlreichen Kurzgeschichten (prämiert mit dem Walter-Serner-Preis des Senders Freies Berlin 1985) hat Breinersdorfer seit 1980 acht Kriminalromane veröffentlicht, von denen sieben verfilmt wurden. Breinersdorfer gilt als der einzige Vertreter des spannend geschriebenen, actionreichen Justiz-Kriminalromans in der deutschen Sprache. Zu seinen wichtigsten Werken gehören die Romane *Notwehr, Der Dienstagmann, Quarantäne* und der Faction-Thriller *Der Hammermörder*. Alle wurden nach den Drehbüchern des Autors verfilmt. Quarantäne wurde 1989 für den Prix Italia nominiert. Bücher und Kurzgeschichten Breinersdorfers sind in Englisch, Französisch, Polnisch, Tschechisch, Russisch und Bulgarisch übersetzt, eine spanische Übersetzung ist in Vorbereitung.

UWE ERICHSEN

Jahrgang 1936, gelernter Techniker, seit 1974 freier Autor, zunächst überwiegend Kriminalromane, aber auch Western und Spionage-Thriller, dann Fernseh- und Kino-Arbeiten: *Tatort, Der Fahnder*, Kinofilm *Die Katze*. Romane u. a.: *Todesfalle Nizza, Das Weiße im Auge des Feindes, Was heißt denn hier Freundschaft, Die Katze.*

UWE FRIESEL

1939 in Braunschweig geboren, studierte nach einem USA-Aufenthalt (1956/57) und Abitur in Hannover Geisteswissenschaften in Hamburg, wo er zunächst als Verlagslektor und Hörspielredakteur tätig war. Nach einem Romjahr (Villa Massimo-Stipendium 1968/69) ging er als Theaterdramaturg nach Berlin. Als Mitbegründer der AutorenEdition wurde er schließlich freier Autor und Übersetzer (u. a. Ben Jonson und Vladimir Nabokov). Er lebt abwechselnd in Hamburg und Olevano romano bei Rom. Er ist Vorsitzender des VS sowie Mitglied im P.E.N. und in der Krimi-Autorengruppe ›Das Syndikat‹.
Eine Auswahl der Publikationen: *Linien in die Zeit*, Lyrik, 1963; *Sonnenflecke*, Roman, 1965; *Am falschen Ort*, Erzählungen, 1978; *Sein erster freier Fall*, Kriminalroman, 1983; *Aufrecht flußabwärts*, Gedichte, 1984; *Spiegel verkehrt*, Kriminalroman, 1984; *Das Ewige an Rom (...)*, Erzählungen, 1985; *Im Schatten des Löwen*, Roman, 1987; *Das gelbe Gift*, Kriminalroman, 1988; ›Verschiedene Ansichten von der Themse‹, Kriminal-Geschichte, 1990; ›Hunde erziehen ohne Strafe‹, Erzählung, 1991. Mehr als 15 Hörspiele an allen Sendern der ARD.

HORST HERRMANN

geboren 1940, seit 1970 o. Professor der Theologie an der Universität Münster, seit 1981 o. Professor für Soziologie in Münster, Mitglied des deutschen PEN-Zentrums seit 1977, bisher 17 Bücher und 130 Zeitschriftenartikel (in andere Sprachen übersetzt) zu gesellschaftskritischen Themen, zuletzt: ›Die Angst der Männer vor den Frauen‹ (Hamburg 1989) und *Die Kirche und unser Geld* (Hamburg 1990). Die wissenschaftliche Theorie ›Soziologie des Verbrechens im Patriarchat‹ wird durch Kriminalgeschichten ergänzt und konkretisiert.

RICHARD HEY

Jahrgang 1926, studierte Musik, Theaterwissenschaften und Philosophie. Journalist und Autor für Theater, Fernsehen und Rundfunk. Seine bekanntesten Kriminalromane sind: *Ein Mord am Lietzensee*, 1973, *Engelmacher & Co.*, 1975, *Ohne Geld singt der Blinde nicht*, 1980, *Feuer unter den Füßen*, 1981.

FELIX HUBY

Jahrgang 1938, Pseudonym für Eberhard Hungerbühler, lebt als freier Autor in Stuttgart. Neben seinen Kriminalromanen mit der Hauptfigur Kommissar Bienzle veröffentlichte er Jugend- und Sachbücher und arbeitet als Drehbuchautor fürs Fernsehen.

H. P. KARR & WALTER WEHNER

geboren 1955 und 1949 in Saalfeld und Werdohl, leben in Essen (Karr) und Velbert (Wehner). H. P. Karr schrieb einige Jugendbücher, einen Roman und zahlreiche Kriminalhörspiele. Walter Wehner veröffentlichte überwiegend Gedichtbände und einige literaturwissenschaftliche Arbeiten. Seit 1988 schreiben sie mitunter gemeinsam Kriminalstories und Hörspiele. Mit ›Nachtfahrt‹ gewannen sie den Walter Serner-Preis, für die Story ›Angela, mein Engel‹ erhielten sie 1990 den Literaturpreis der Stadt Aachen/Walter Hasenclever-Preis. Zuletzt wurden sie für ihre Kriminalstory ›Berbersommer‹ mit dem Literaturpreis Ruhrgebiet 1990 (Förderpreis) ausgezeichnet.

MARGARETE KUBELKA

wurde am 14. 9. 23 in Haida (Nordböhmen) geboren. Germanistik und Lateinstudium in Prag, Rostock und Hamburg. Seit 1951 freie Schriftstellerin in Darmstadt. 35 Bücher, Veröffentlichungen in Presse und Rundfunk. Zahlreiche Preise und Auszeichnungen, u. a. Andreas Gryphius-Preis, Hörspielpreis des Westdeutschen Rundfunks und des OKR, Erzählerpreis des Bayerischen Rundfunks, Bronzene Verdienstmedaille der Stadt Darmstadt, Johann Heinrich Merck-Ehrung. 1985 wurde ihr das Bundesverdienstkreuz verliehen. Ihre Kinderbücher wurden ins Englische und Chinesische übersetzt.

-ky (Dr. Horst Bosetzky)

geboren am 1. 2. 1938 in Berlin. Professor für Soziologie in Berlin. Div. wissenschaftl. Veröffentlichungen (u. a. *Mensch und Organisation* zus. mit P. Heinrich). Seit 1971 zahlreiche (z. T. verfilmte) Kriminalromane (u. a. *Einer von uns beiden, Stör die feinen Leute nicht, Kein Reihenhaus für Robin Hood, Feuer für den Drachen*), Jugendromane (u. a. *Heißt du wirklich Hasan Schmidt?*), Bürokratie-Satiren (u. a. *Ich glaub', mich tritt ein Schimmel!*), Fernsehspiele (u. a. für die Serien ›Detektivbüro Roth‹, ›Ein Fall für zwei‹ und ›Soko 5113‹), Hörspiele und Kurzgeschichten. 1980 Preis für den besten deutschsprachigen Kriminalroman, 1988 Prix Mystère de la Critique für den besten ausländischen Kriminalroman in französischer Sprache.

CONNY LENS

geboren am 10. 3. 1951 in Essen. Nach Volksschule und kaufm. Lehre arbeitete er als Angestellter, zuletzt im Bereich EDV und Organisation. Neben seiner Berufstätigkeit schrieb er Romane, Stories, Lyrik, Songs und Kabarett-Texte. Seit 1989 lebt er als freier Autor in Datteln. Romane: *Roter Fingerhut, Kobermann, Die Lesbe, Die Sonnenbrillenfrau, Ottos Hobby, Lexa von Herzfeld, Casablanca ist weit.* Hörspiele: *Alexandra* (WDR), *Zug um Zug* (WDR), *Dreißigtausend* (BR). Stories in Anthologien und Zeitschriften.

HANSJÖRG MARTIN

Jahrgang 1920, lebt als freier Autor in Wedel (Holstein). Martin ist einer der ersten und erfolgreichsten Krimiautoren Deutschlands (ca. 1,5 Millionen Auflage). Viele seiner Kriminalromane wurden für das Fernsehen verfilmt. Martin schreibt auch Kinder- und Jugendbücher.

PETER SCHMIDT

1944 in Gescher geboren, lebt seit 1977 als freier Schriftsteller in Gelsenkirchen, Spezialgebiet: Polit-Thriller. Romane: *Mehnerts Fall* (Ullstein/Neuausgabe Rowohlt); *Die Trophäe* (Ullstein/Neuausgabe Rowohlt); *Augenschein; Eiszeit für Maulhelden; Die Regeln der Gewalt; Ein Fall von großer Redlichkeit; Erfindergeist,* Übersetzung: Gallimard Paris 1985; *Die Stunde des Geschichtenerzählers; Der EMP-Effekt; Der Agentenjäger; Linders Liste, Die fünfte Macht; Der kleine Herzog; Das Veteranentreffen,* alle Rowohlt; ›Das Prinzip von Hell und Dunkel‹, Heyne.

WERNER SCHMITZ

Nachkriegskind aus dem Ruhrgebiet, war 15 lange Jahre Kommunalbeamter in Bochum, ehe er seinen ersten Krimi schrieb. Nach journalistischen Lehrjahren beim Revier-Magazin *Marabo* arbeitet er heute als STERN-Redakteur in Hamburg.

Seine bisherigen, stark autobiographisch geprägten Kriminalromane *Nahtlos braun* (1984), *Dienst nach Vorschuß* (1985) und *Auf Teufel komm raus* (1987) spielen im Ruhrgebiet und handeln von Beamten, Journalisten und anderen Verbrechern. Schmitz versteht sich als ›hartgesottener Heimatdichter‹.

LYDIA TEWS

Jahrgang 1951, Buchhändlerin, Studium der Pädagogik und der Kommunikationswissenschaft, Journalistin, Lehrerin. Gründete in Schwäb. Gmünd die alternative Stadtzeitung *gegenDruck*. Veröffentlichungen: *Sie sind ein schlechter Bulle, gnädige Frau*, 1982; *Leichen brauchen kein Make-up*, 1983; *Störung der Totenruhe*, 1984; Kriminalhörspiele, Jugendkriminalhörspiele, zuletzt erschien 1987 *Wer nicht träumt ist tot*.

FRIEDHELM WERREMEIER

geboren 1930 in Witten, D-3118 Bad Bevensen. Zahlreiche Romane, Fernsehspiele, Hörspiele, Sachbücher, Reportagen sowie Übersetzungen. Mitbegründer des deutschen Kriminalromans, Erfinder u. a. von Trimmel, der ersten erfolgreichen deutschen Krimi-Serienfigur. Übersetzungen/Fernseh-Übernahmen Italien, Frankreich, Südafrika, Holland, Belgien, Norwegen, Schweden, Dänemark, Schweiz, Griechenland, CSFR, Ungarn, Südafrika. »Faction in der Tradition von Truman Capote und später Joseph Wambaugh« (Krimi-Jahrbuch 1990), »Romane, die man zweimal liest« (Frankfurter Allgemeine).

PETER ZEINDLER

geboren am 18. Februar 1934 in Zürich. Studium der Germanistik und Kunstgeschichte an der Universität Zürich. Dissertation bei Emil Staiger: »Der negative Held im Drama«. Dozent für deutsche Sprache an den Goethe Instituten von Radolfzell und Iserlohn (BRD). Lehrer für Deutsch am Gymnasium Biel. Mitarbeiter im Pressedienst der Pro Helvetia (Zürich). Redaktor und Moderator des Kulturmagazins ›Perspektiven‹ am Schweizer Fernsehen. Seit 1974 freier Journalist und Schriftsteller. Redaktor für Literatur bei Radio Zürich. Mitarbeiter des Schweizer Fernsehens und verschiedener Zeitungen und Zeitschriften.

Werke:

1982 *Tarock*, Roman (Knaur)
1984 *Die Ringe des Saturns*, Roman (Knaur)
1985 *Der Zirkel*, Roman (Benziger Verlag), (Deutscher Krimipreis 1986)
1985 *Der Kurgast*, Komödie (Theater am Hechtplatz, Zürich)
1987 ›Alles schon hundertmal gesagt‹ (Chansons für Eva Rieck, Theater am Hechtplatz, Zürich)
1987 *Restrisiko*, Hörspiel (Radio Zürich)
1987 *Widerspiel*, Roman (Paul Zsolnay Verlag), (Deutscher Krimipreis 1988)
1988 *Der Meister des jüngsten Tages* (TV-Drehbuch nach dem Roman von Leo Perutz), (ORF/ZDF/SRG)
1989 *Der Marques de Bolibar* (TV-Drehbuch nach dem Roman von Leo Perutz für den ORF)
1989 *Der Schattenagent*, Roman (Paul Zsolnay Verlag) (Deutscher Krimipreis 1990)
1990 *Die Meisterpartie*, Hörpiel (Südwestfunk Baden-Baden) NDR, SFB, SRG, DL, WDR
1990 *Die Ringe des Saturn* (Vier TV-Drehbücher im Auftrag des ORF)

SIRMIONE ZINTH

geboren 1927 in Karlsbad, Grafikerin, Illustratorin. Makabre Kriminalerzählungen, Hörspiele, ›HORROR-LYRIK‹ u. a. Beiträge in Funk u. Fernsehen, literarische Abende. Mitglied der Autorenvereinigung Kriminalliteratur ›Das Syndikat‹ e. V. (A.I.E.P.). Publikationen: *Grausame Gedichte, Soirée mit Sirmione Zinth, Ruhe Samt* (Litteraturverlag K. H. Hartmann, Frankfurt am Main), ›RATZ oder: Die Masken der Madame Denis‹ in *Killerladies* (Heyne Verlag, München), ›Ein Sarg für Zwei‹ (Heyne-Krimijahresband 1990), ›Der Kopflose‹ (›DIE ZEIT‹, Hamburg), ›Scaletta im Nebel‹ (Frankfurter Allgemeine Zeitung).

JOSEPH
KOENIG
Die Wasser-
leiche
Kriminalroman

FRIEDHELM
WERREMEIER
Taxi nach Leipzig
Ich verkaufe mich
exklusiv
2 Trimmel-Romane

STUART
KAMINSKY
Mein Freund Dash
Ein Toby-Peters Kriminalroman

LEN
DEIGHTON
Eiskalt
Der berühmte Agenten-Thriller

ELLERY QUEEN'S
KRIMINAL
MAGAZIN 98
mit Janwillem van de Wetering
Henry Slesar
Margaret Yorke · Clark Howard

JOHN
LUTZ
Todesstrafe
Kriminalroman

WOLFGANG
SCHWEIGER
Ein neues Gesicht
in der Hölle
Thriller

FELIX HUBY
FRED BREINERSDORFER
Der Schlangenbiß
Kriminalroman